U0463147

战后英国小说中的伦敦城市空间和民族文化身份建构

赵晶辉　著

London's Urban Space and the
National Cultural Identity in
Contemporary British Fiction

图书在版编目(CIP)数据

战后英国小说中的伦敦城市空间和民族文化身份建构/
赵晶辉著. —南京：南京大学出版社，2023.10
ISBN 978-7-305-25497-0

Ⅰ.①战… Ⅱ.①赵… Ⅲ.①小说研究-英国-现代
Ⅳ.①I561.074

中国版本图书馆 CIP 数据核字(2022)第 046023 号

出版发行　南京大学出版社
社　　址　南京市汉口路 22 号　　　　邮　编 210093
出 版 人　王文军

书　　名　**战后英国小说中的伦敦城市空间和民族文化身份建构**
　　　　　ZHANHOU YINGGUO XIAOSHUO ZHONG DE LUNDUN CHENGSHI KONGJIAN
　　　　　HE MINZU WENHUA SHENFEN JIANGOU
著　　者　赵晶辉
责任编辑　刘慧宁

照　　排　南京紫藤制版印务中心
印　　刷　江苏苏中印刷有限公司
开　　本　880 mm×1230 mm　1/32　印张 11.25　字数 262 千
版　　次　2023 年 10 月第 1 版　2023 年 10 月第 1 次印刷
ISBN 978-7-305-25497-0
定　　价　36.00 元

网　　址　http://www.njupco.com
官方微博　http://weibo.com/njupco
官方微信　njupress
销售咨询　025-83594756

序

英国文学是世界文学的重要组成部分,一向以其独特的地域风情给异国读者带来某种新奇感受和精神食粮,使其在具体文本的品读中进一步感受英国社会历史文化的底蕴及其值得品鉴和思考的复杂思想元素。在英国文学传统中,伦敦一直是城市书写中的主角。在战后英国小说的城市书写中,城市空间中移民弱势群体的生存状况越来越受到关注。作家们通过对个体独特的生命感受力来描述城市生活的状态。其中小说、自传等文学作品所揭示的移民是一个流离的生命共同体。移民的经典形象,闪现在繁华喧嚣的城市背后,构成了观照英国生活的重要景象,富有深邃的政治文化意蕴。战后英国文学的城市书写并不局限于主题意义上的城市生活表征。具有不同背景的创作主体根据自身不同的文学背景和关注对象,创作了一系列展示不同城市图景的文学作品。他们依托城市书写深入观照当代现实生活,通过一个个建构起来的城市形象再现当今英国多元而立体的都市文化及其丰富的历史面貌。

赵晶辉教授即将付梓的专著《战后英国小说中的伦敦城市空间和民族文化身份建构》立足于当代学术理论平台,将空间批评与文化研究的理论方法相结合,融合哲学、现象学、后现代地理学和文化研究等多种理论话语资源,着重考察当代英国小说的空间意识和文化认知表现特征,进而全面而系统地论述战后英国小说的主题意蕴。她将"城市空间"作为理解当代英国文学的视域和方法,并以身份认知为切入点深入透视当代英国文学城市书写叙述特征,构建了当代英国小说评论系统的一个侧面。该论著是其国家社科基金项目结项成果,研究视野开阔,理论视角与文本分析有机结合,出色地将身份认知研究纳入文学艺术创作法则的分析与阐释中,很好地拓展了文学研究的边界,不仅深化了小说研究的理论范式,而且彰显了战后英国小说城市书写独特的魅力。

综上,《战后英国小说中的伦敦城市空间和民族文化身份建构》是一部难得的学术佳作,聚焦当代英国小说伦敦书写中的城市移民与城市问题,以其对英国族裔文学的出色评论,进一步论证以文化多样性为特征的当代英国民族认同问题。这是一个值得深入开掘的学术命题。

衷心祝贺赵晶辉教授! 也期待她产出更多、更好的学术成果。

杨金才

2023 年 3 月于南京大学侨裕楼

目 录

导

论

城市作为乡村的对立面而出现，是人类社会生产力发展到一定阶段的产物。从历史上看，"城"与"市"并非一开始就绑定在一起。交换的产生促进了集市的产生，这是"市"的由来。当人们开始争夺领地，修筑高墙城堡保护自己的劳动成果时，"城"便产生了。城市的出现时间较人类在地球上的占有史而言算是晚近的事了。城市是"一种高度复杂的聚落形态"①，从早期的城市雏形到成熟的城市聚落形态是一个不断改变的演进过程。根据考古发现"位于土耳其安纳托利亚（Anatonia）的恰塔勒胡由克是最早的城市之一，其历史可追溯到距今 9000 年前"。② 公元前 5 世纪前后，古希腊的雅典已经发展成了重要的商业中心。

　　尽管世界各地不同历史阶段的城市有不同的形态，但城市一直是物质空间的汇聚地，是经济发展的空间表现形式。"中世纪城镇

---

① 陈淳：《聚落考古与城市起源研究》，载《杭州师范大学学报》（社会科学版）2014
　　年第 1 期，第 47—57 页，第 53 页。
② 约翰·伦尼·肖特：《城市秩序：城市、文化与权力导论》，郑娟、梁捷译，上海：
　　上海人民出版社，2015 年，第 17 页。

的平面布局沿袭了古代村落最一般的布局形式。"①城市中的街道和建筑规划体系的形成很大程度基于村落的发展形态,有沿街形成的城镇、有围绕十字路口形成的城镇、有环形城镇,还有不规则的城镇。19世纪初,城市在资本主义的萌芽中显现出了现代城市的征兆。工业化的发展高速地推进了城市化进程,城市的数量不断增加,规模蔓延扩张。当人类社会从传统农业向工业现代化全面转型时,城市建筑空间组织和社会空间形态从外在形式到具体内容也随之发生了巨大的变化。历时性的城市布局变化是城市存在的显性的表现向度。"某些特定的形态和发展阶段在时间上是前后连续的,同时通过都市的媒介作用,它们在空间上又是累积叠加的。"②在晚期现代主义潮流的涌动中,城市过往的成就和当代的世界同时展现。许多具有中世纪特征的区域性城市都保留着自己的传统区域,比如:充当交往手段和沟通设置的古老街道、矩形街区以及用砖石城墙围护的安置有大教堂或主教堂规则的内城等。传统建筑审美意象体现着每一座城市的历史文脉,是流动的城市历史的固化表征。叠加在这些本国传统老城存在之上的,则是表现城市现代化与国际化的空间形式:明亮繁华的商业街道、充满工业装配、附加美学基础的后现代主义建筑,以及景观设计考究的中央商务区。进入21世纪,世界城市化进程飞速发展,城市不断打破既有边界,接纳

---

① 刘易斯·芒福德:《城市文化》,宋俊岭、李翔宁、周鸣浩译,北京:中国建筑工业出版社,2009年,第52页。

② 刘易斯·芒福德:《城市文化》,宋俊岭、李翔宁、周鸣浩译,北京:中国建筑工业出版社,2009年,第263页。

新的延伸部分,城市的积聚全然抹去了地块规划的设计愿景。

　　城市不仅是一个以地理单位划分的纯粹物质事实,它同时也是文化的容器、经济变化的大熔炉。城市的起源与人类文明的探源紧密联系在一起。"城市是文明人的自然居住地。正因如此,它也是一个具有独特文化类型的文化区域。"①城市作为文化与社会关系的介质,记录了人类每个时代的思想精粹和文明果实。从收集在博物馆、画廊、建筑景观的设计中的城市文化中可以发现,城市的居民沿袭了不同的文化习俗,不同文化的交融与碰撞演绎着次生文化。标志性建筑是最能体现城市文化特色和城市内涵底蕴的符号要素。建筑的存在、变化和组合影响甚至决定着城市的时空形态。空间排布形式与社会经济、文化发展相互作用,不断更新现代城市的面貌。显性的城市空间形态的变化引发了作为隐性的城市文化系统的社会成员的构成方式、种群关系以及社会阶层结构的变化。城市发展和经济发展存在着共生关系,全球化经济的发展促使国与国之间政治、文化的交流与交往日益频繁,也把风姿各异的城市都串联在了同一个振幅的律动中,由此使城市中更多的不同文化之间产生了差异与冲突,同时也产生了更多的融合与发展。

　　当我们端详城市的时候,发现城市这一现象极其复杂,仅用一个独特的标记,一些典型的特征,一套符号系统或者单一的视角都无法完全概括它。从社会学的角度来看,城市是一个机构:"由占领

---

① 罗伯特·E. 帕克、欧内斯特·W. 伯吉斯:《城市——有关城市环境中人类行为研究的建议》,杭苏红译,北京:商务印书馆,2016 年,第 7 页。

了某一区域的群体构成,而该群体发展出若干技术设置、机构、行政机器和组织。"①在这个由建筑、街道和居民聚集而成的庞大汇聚体与场域中,社会学家发现一种心物机制:拥有共同习惯、情感与传统实践的若干代人占领着不同的区域,形成了很多不同的分群形态,城市中不同区域的构成是城市接续发展与分解的结果。"这些区域中的每一个区域的利益与特征都鲜有共同之处,以便将自己与其他群体分开"②,不同区域不断培育各自的外在征貌,也培养着各自独特的居民。生活于不同区域的居民以这样的方式参与城市生活,成为城市这个更大的共同体中的一员。所以城市是什么呢? 一言以蔽之:"城市在其完整意义上便是一个地理网状物,一个经济组织体,一个制度的过程物,一个社会战斗的舞台,以及一个集合统一体的美学象征物。"③

第一节　城市体验与文学表征

文学用文字记录了人类内心情感,用艺术再现了不同时期不同地域的社会生活。城市蕴含着不同的经验和感受,不仅提供了

---

① 罗伯特・E. 帕克、欧内斯特・W. 伯吉斯:《城市——有关城市环境中人类行为研究的建议》,杭苏红译,北京:商务印书馆,2016 年,第 192 页。
② 罗伯特・E. 帕克、欧内斯特・W. 伯吉斯:《城市——有关城市环境中人类行为研究的建议》,杭苏红译,北京:商务印书馆,2016 年,第 192 页。
③ 刘易斯・芒福德:《城市文化》,宋俊岭、李翔宁、周鸣浩译,北京:中国建筑工业出版社,2009 年,第 507 页。

一个人类经验表达的场所，也提供了不同个体展示自我的舞台，因此文学作品中城市是作家关注与言说的对象。城市空间作为城市文化的介质，以其开放性、复杂性和多元性为文学创作提供了广阔的写作空间。城市包容了文学，在文学作品中的城市书写作为一种叙事，不仅是一个背景，更是一个形象的表意系统，甚至成为意识和话语建构的产物。作为城市形貌特征和形态的主要承担者，城市建筑自然是文学"表现"中不容忽略的一环。当我们走进一座城市，进入我们视线和直接触摸到的永远都是姿态不一的建筑物；建筑是城市的体现与标志，对每一位体验建筑的人来说都有不同的感受。形形色色的建筑勾连并置形成了城市的时空构形，也构成了触手可摸的"城市文本"，其中的一些又进入作家的视野，参与组合"文本城市"。文本中的城市建筑承担着故事发生的场所、人物生存的空间、镜头切换的标志物、情节并置的手段乃至文化风貌和主题意蕴的投射等诸多功能，是城市书写中必不可少的组成部分。

伴随着都市化的进程，作家们不断地进行着对生存价值和人性的上下求索。城市中多元文化并存的现实环境促使文学呈现出一种特殊的城市文学形态。由于创作主体的不同背景和创作旨向，不同作家对城市居住空间的细腻感触各有特色，在城市小说中呈现出独特的城市生活。作家对城市的摄录承载了包括性别意识在内的社会文化符码，他们以自身的文化背景和对居住空间的敏锐感以及细腻度，把握叙述者对城市的感知、体认和想象，而这种城市生存本质的体验式书写成了城市文学的典范。"文学是人学"这一命题的

"核心在于'人','人'是文学的主体,也是文学的本根"。[1] 文学对人性意义和人性光辉的追寻与挖掘是一个永恒的主题,对于文学来说它的终极目的不在于城市本身,而是通过作家对于城市空间的择取行为实现对生活于其间的人的描写。"人类从未在由科学家和物理学家们所设想出来的各项同性的那种空间生活过,即未在各个方向的特征都相同的空间生活过。人类在其中生活的空间是有取向性的,因而也是各项异性的,因为每一维和每一方向都有其特殊的价值。"[2]追随着文学作品中的人物行走轨迹,探寻和索骥城市生活的方方面面,将诸多城市的不同场景的切换安放在对比与并置中。一个个既无作者也无旁观者的多层次的故事记录了形形色色的人群对现代城市空间的体验,对居住其间的人的生命状态和精神状态的矛盾性进行展示。作家力透纸背的城市书写背后折射出矛盾凸显的社会问题,诸如城市中不同族裔人群的现实归属和历史问题、被社会化者被动接受内化给定的身份时的无奈,以及在集体自尊驱使下主动建构城市身份时遭遇的种种尴尬。无论是消费主义文化盛行下的欲望化景观的摹写,还是在物质主义叙事符号对城市空间中生存者精神异化的寓言性表达;无论是文学对理想城市的乌托邦式想象,还是反乌托邦叙事下对"文明"图景的焦虑。可以说,居住于城市其间的人的书写为文学世界描摹了一幅立体的城市地图,并

---

① 陈伯海:《"文学是人学"再续谈——贺钱师百岁寿诞》,载《华东师范大学学报》(哲学社会科学版)2017 年第 4 期,第 33—35 页,第 35 页。

② 米尔希·埃利亚德:《神秘主义、巫术与文化风尚》,宋立道、鲁奇译,北京:光明日报社,1990 年,第 38 页。

深入映衬出作家空间迁移和居住其间，所觅求或营构的城市身份。

城市之于文学是重要的。城市中各色人汇聚在一个有限的生存空间内，城市生活的多样性与异质性直接投射到文学作品中尽显问题的张力，更利于文学对复杂人性的考察。城市的发展衍生了文学的类属即城市文学，并促使它从生成到发展，以及到逐步繁荣。"城市文学"并非一个由来已久的概念，这一称谓的存在并非与城市同时产生，20世纪80年代初期以前，学界没有从城市的角度对文学进行分类，亦没有对城市文学做出明确的内涵阐释。此后，对于何为城市文学探讨不断，莫衷一是，但是研究的理路是不约而同地从乡村文学的对立面切入的。我们可以初步得出结论，城市文学并非简单等同于在题材方面表达城市生活的文学，现代意识和城市精神才是城市文学讨论的焦点。城市文学这一概念的外延超出了当时因城市之名而赋予它的本意，城市文学的发展壮大一再强化现代指向，直指当下。

城市文学作为一种精神生产活动参与到城市观念与人类存在意义的组构和更新过程中。城市作为一种特定的社会媒介在审美活动的确立方面主要地来源于一个巨大的外在的推动力，即强大的哲学理念和现代社会思潮强有力的支撑。在纷纭复杂的西方哲学思潮中，对城市文学起到重大作用的首先是萨特的存在主义哲学。萨特的存在主义哲学的核心是"自由选择"，它强调主体自由是对人作为主体的主体意识、自主意识的确认，它也是"人之为人"的本质规定。城市文学直面人在城市空间存在状态本身，以描述居住于其间的人的"自由选择"作为自己的起点，透视出个体面对城市群体和社会变迁所承受的孤寂和虚无,以及个体在极限境遇中做出的身份选择和找回本真自我的突围方式。城市文学中不同文化的交融、殖民文化与本土文化的碰撞、生存困境与身份认同的焦虑以及城市人内心深处心灵活动无法自处的体察无不显示着存在主义影响的痕迹。除存在主义之外,对城市文学影响最为久远而深刻的是解构主义。如果说存在主义之于文学的影响主要是作品的主体和人物的精神内核,那么,解构的颠覆性则赋予了城市文学一种内在的形式变革冲动。城市文学对城市实践的解构,导致对传统写作方式的颠覆,因而产生了异化、变形的文学艺术形态。城市文学对开放性情节和开放性阅读的召唤,显示它不是还原客观现实,而是揭示一套话语或叙事结构与城市实践和意识形态之间的复杂联系。

在解构主义理论的支撑中,城市文学拆解了西方传统的文化思想基础,从跨文化解构角度研究少数族裔的身份建构,尝试探索多元文化跨文化传播的有效途径,从而加深了人们对文学的理解和感受,为人们反映和理解城市提供了途径。实际上,对城市空间的文学建构和社会分析是通过空间来反观自己,思考自我。

第二节　战后英国城市的选取与城市空间的界定

本书的论题是在第二次世界大战之后这一时间范畴中,以战后丰富的小说实践为基础,对城市空间中文化与身份问题概念进行理论探索,重在揭示城市文学空间生产与社会文化认知之间的内在关联,考察战后英国小说中的城市书写及其丰富驳杂的城市空间描述背后聚合的多种个人主体与群体主体的文化样态。

　　首先是"战后英国小说"文本的搜集与选取。就英国现代文学而言,学术界经常以第二次世界大战为界作为研究的分水岭。以"战后英国小说"命名自20世纪中叶以来直至当下的小说创作有其合理性。从文学的创作和文学作品受众的层面分析,英帝国的瓦解导致哲学、艺术、美学等关系场域的变化,由此使得文学生产机制和消费方式发生了转变。英国文学在传承西方正典的文学理路的发展轨迹中,承受着传统与现代、本土化与全球化的文化张力。这一时期的英国文学写作凸显文学内部的异质性,强调本土和外来的互动与联系。从社会历史语境方面看,战后英国单一中心文化的旧格局被打破,英国的多元文化身份凸显,生成了复合多元的文化体系。

　　战后生活在殖民地的作家纷纷回到故国英国。生存空间的剧变,作家所处时代的种种社会变革,伴随而来的社会、心理问题都使作家的城市意识日益强烈。城市生活中日益呈现出多民族多文化特征,普通人不同程度地面临文化的同化与冲突问题。特别是少数族裔作家的写作从边缘到中心,文学作品中日常生活叙事、现实主义叙事的回归。20世纪中期开始的冷战对英国本土作家的创作产生了深远的影响。他们直击人物的内心深处,讲究艺术表现手法,创作了大量以现代的城市为背景的严肃文学作品来反映现实生活,也借助科学幻想等小说形式在核战争阴影下对人类未来的走向进行合理假设。安格斯・威尔逊(Angus Wilson,1913—1991)的《动物园的老人们》(*The Old Men at the Zoo*,1961)寓真实于寓言与虚构之中,将故事的场景设定在1970年到1973年间伦敦的一家动物园里,通过传统现实主义手法和现代主义技巧融合的政治小说的艺术表现形式,描写了管理动物园的几位老人之间权力争斗的冲突,反映英国社会帝国衰败后无序的景象。多丽丝·莱辛(Doris Lessing,1919—2013)的《幸存者回忆录》(*The Memoirs of a Survivor*,1974)是反乌托邦小说,描述了一场无名灾难之后伦敦的残破和沉沦景象。本书所选择的文本不是战后英国小说城市书写的概览,而是在战后英国小说课题中把作家的因素纳入小说城市空间的考察范围之中,以城市空间为基点而旁涉文化与身份问题,在具体文本的搜检与剖析中,以有不同空间转移经历作家的小说创作为契领呈现战后城市空间图景,聚焦到城市空间中文化与身份问题的研究上。

其次是所选取城市的范畴。要想更深刻地理解当前的城市,城市研究的首要任务就是我们必须循着历史的踪迹,去考察城市发展过程中古老的结构和演变的功能,力求从深层次的文化层面探索城市结构秩序的规划。在追溯城市发展的历史过程中,我们需要回溯到城市的最本初的形态。在五千多年的人类历史中,城市的本质和演变程度在工业革命以来得到了快速发展。工业革命是社会发展史的重要阶段也是城市发展史的关键转折点。工业革命后的社会经济形态发生了根本的变化,工业经济替代农业经济,城市经济替代乡村经济。马克思对突飞猛进的城市化进程精辟地概括为:"现代的历史是乡村城市化,而不像古代那样是城市乡村化。"[1]英国是

---

① 马克思、恩格斯:《马克思恩格斯全集》第四十六卷(上),中共中央马克思恩格斯列宁斯大林著作编译局编译,北京:人民出版社,1979年,第480页。

世界上第一个开始城市化的国度,英国城市的发展历史久远。在盎
格鲁-撒克逊晚期,生产力的发展和商品经济的活跃,为城市的兴起
奠定了坚实的物质基础。都铎王朝早期,英国城市市场开始改善,
一些小城镇对外贸易出口异常地兴旺,它们被称之为"繁荣的乡村
工业"。在需求方面,城市中的办公机构、教会、大学、市场、朝圣地、
商品集散地、国王驻地机构等往往聚集着大量的消费群体,为城市
消费服务业的发展带来很大的潜力。兰开斯特家族和约克家族为
了争夺王位继承权持续 30 年的玫瑰战争(1455—1485)也影响了英
国城市的繁荣发展。到了 15 世纪中期,瘟疫致使城市和农村大量
的人口死亡,导致了城市发展的大萧条。16 世纪亨利八世宗教改
革所带来的城市社会结构的变革与影响,形成了英国近代的统一民
族国家。丹麦战争(1864)中王权为收复失地而采取的各项临时措
施广泛地刺激了英国城市的发展。

　　工业和城市之间关系密切,城市对带动工业化起到了不可估量
的推进作用。同时,工业化促进了城市的兴起和发展。英国是第一
次工业革命的发祥地,在工业社会和城市化过程中,许多城市的资
本主义工场手工业、制造业在生产方式得到重大变革后过渡到大机
器生产的资本主义工厂,城市经济兴盛起来。在英国城市转型时期
缘起于低技术含量的纺织工业,城市经济发展得益于工业生产机制
的创新和以纺织业为主的经济贸易。英国西北部地区的城市逐渐
向工业社会转型,最终成为工业革命的发源地。以曼彻斯特(Man-
chester)、伯明翰(Birmingham)和利兹(Leeds)为代表的新型工业
城市在空间结构方面体现出鲜明特征:随着新型工业建筑的出现,

土地功能实现区分;各类建筑交叉林立,呈现出现代工业城市的样貌。在城市工业发展方面,工业资产阶级同贵族地主阶级的利益趋于一致。在这一过程中,城市成了地区的工商业活动中心,周围的乡村聚集了大量人口,乡村城市化进程得到了发展。西北部地区形成了以城市为核心的经济发展区,因此成为以伦敦为中心的英国金融经济统一体的重要构成部分。

工业革命之后,有的中世纪城市永远消沉,有的则获得了新生。工业城市积极开展规划实践,空间结构得到合理重组,城市空间排列的混乱无序得以缓解,城市面貌显著改观。城市功能形态发生变化,城市空间的重构包含了商业空间的扩张和居住空间的新形式,明显规划出工业区、商业区、居住区等功能分区。工业房地产商的开发活动和铁路等交通方式的出现使工业在郊区的发展成为可能,居住区社会分布出现了郊区化趋势,城市中产阶级和社会精英阶层往来于郊区独立的别墅与市中心的社区。这一时期,英国的工业中心主要集中在从萨默塞特(Somerset)以东以南的地区。

20 世纪 40 年代以来英国城市的发展超越了以民族与国家为界限的社会关系的增长,具有独特语言、生活方式和价值理念的不同民族正在被吸纳进入以伦敦为代表的城市空间。以英国本土族群的生存方式为内涵的传统城市时空模式被消解,社会原有结构开始断裂,城市日常生活面临诸多问题,现代化过程中人性异化凸显与伦敦城市发展息息相关。伦敦城市空间无疑是解读当代英国各种社会现象的关键符码。

英国是一个殖民国家,伴随着英国本土的城市化进程,在其殖民地建立的城市，是西方殖民化及其殖民主义政策的产物，具有明显的现代城市特征，殖民城市多以伦敦为原型。殖民城市的发展经历了近代时期、现代早期和"二战"之后几个主要阶段。英帝国可以被描述为一个内在相互联系的建筑群，源远流长而盘根错节，它是一个巨大的网络，这个大帝国各地的殖民者可以在这个网上用英国首都伦敦象征性的建筑外观进行身份认证，伦敦城市景观的建筑形态与选材成为一种约定俗成的惯例在殖民地之间漫游。宗主国为服务本土经济发展将工业移入殖民城市，伴随着殖民主义的渗透而使殖民地城市在受外来政治势力控制的市政体制下成为政治统治空间。

殖民城市中的宗主国白人及其文化居于优越的统治地位。殖民化在千差万别的地域复制殖民文化象征的模板，结果是他们的建筑空间呈现出惊人的相似。尽管现实的城市多元复杂，但每个作家在表现城市景象时所用的艺术方式是可以找到相似之处的。战后小说中随处可见对英帝国本土以及殖民地范围内新古典时期房屋的摹写，建筑形态成为一种介质，尽管地域相隔遥远，风格却大致相同，英帝国被描述为一个内在相互联系的建筑群。空间因素的加入使建筑具有巨大的文化力量和强制性，社会关系和社会观念赋予大英帝国的建筑特定的空间含义。这不仅是民族文化间的交流吸纳与民族文化自身的保守性、排他性交互作用、相互冲撞的结果，更是由于大英帝国商业利益和自身的文化需求。

战后英国小说中的伦敦现代社会的各种空间形态为我们理解英国城市提供了经验性的材料。可能发生于各个不同城市、不同历史情况下、历时数千年之久的悄然演变,凝缩为伦敦城市空间中的城市景观和发展变化。本书以伦敦城市体验为中心,考察英国现代城市与战后英国文学的内在关联,企望以伦敦为观测点,探讨小说文本中城市空间的复杂表现。本书并不是对历史文本对文学与城市空间的关系进行概览,而是在对大量文本的梳理之后,聚焦于伦敦城市空间书写,将伦敦作为把与现代化同质而异名的城市化视为联系所有问题的关键点,致力于战后英国小说城市文学中体现出共性之外的城市"肌理"以及个性化色彩,并进行伦敦与他城的对话、跨城研究。将"伦敦"置于整个战后的历史长河之中,横向地对"伦敦"与英帝国其他城市进行讨论,从文化形态与身份认知等方面对伦敦进行考察,从而窥视伦敦与整个英国社会发展的内在联系。

文学创作在很大程度上是作家认知和反思民族身份的重要载体,而对属于特定文化群体,经受故国与居住国文化张力带来的不确定性与处于社会变革时期的作家而言,通过文学叙事重构历史经验和文化记忆,为个体文学创作寻找核心理论话语和表现路径就显得格外重要。伦敦城市空间的呈现方式因着作家的性别、文化立场和种族身份的差异而表现出不同的面向。本书中所选择的作家 V. S.奈保尔(V. S. Naipaul,1932—2018)、石黑一雄(Kazuo Ishiguro,1954—)、塞缪尔·塞尔文(Sam Selvon,1923—1994)、扎迪·史密斯(Zadie Smith,1975—)和莫妮卡·阿里(Monica Ali,1967—)都有着各自的流散经历,都有殖民地生活的经验。这些作家感受本族与异族文化冲突,体会多种文化身份属性并存在"边缘"与"中心"之间的挣扎,因此弥漫着通过文学创作追问民族身份认同的直接动机。他们的文学实践以多重视角将异质的现实元素归并在城市书写的话语表达中,体现了文学空间对民族身份的主动建构。创作的主体与城市的相互感应似乎证明了"谁来写"比"写什么"更为重要。因循这样的思路,在浩如烟海的文本中寻找埋设在其中的线索,选定的作家奈保尔、史密斯、阿里等的文学创作可以说是对大英帝国式微所导致的民族身份认同危机的美学阐释,所要识别和破解的重要问题是应该如何安放后帝国时代的英国身份归属。

出于研究的需要,本书需要"城市空间"的概念界定。城市空间在没有空间的定义之前是一个非常抽象的概念。要界定城市空间,首先要涉及"空间"这个概念。恩格斯(Friedrich Von Engels)说:"一切存在的基本形式是空间和时间,时间以外的存在和空间以外的存在,同样是荒诞的事情。"①其实,空间可以被视为是一个古老而又常新的问题,它不仅是一个科学的概念,同时更是一个哲学概念。空间的概念很难用严苛的定义加以厘定。英文中的空间"space"一词源自拉丁文"spatium",原初是一个哲学概念。自牛顿、伽利略开始,空间就与经典物理学密不可分,因此通常人们更多地将空间视为显在状态下的一个物理学概念。空间如同时间在确定个体存在的定位坐标中是不可或缺的维度。空间并不仅仅具有物理的属性,同时它也具备社会属性。时间体现物质运动的持续性,空间则体现物质存在的延展性。在"空间贬值"的传统中,"空间被当作僵死、固

---

① 恩格斯:《反杜林论》,选自马克思、恩格斯:《马克思恩格斯选集》(第三卷),中共中央马克思恩格斯列宁斯大林著作编译局编译,北京:人民出版社,1972年,第392页。

定、非辩证和静止的东西。反之,时间则是丰富的、多产的、有生命的、辩证的"①。列斐伏尔(Henri Lefebvre)反对传统社会理论单纯视空间为社会关系演变的容器或者舞台,指出空间本身和内部具有社会意义。空间概念的形成受到了人类不同阶段科学发展和认知能力的制约,即便是在同一学科内,也因为研究对象与目标的不同,呈现出一种重新认识和再度呈现的可能性。

一般来说,城市的描述通常是与乡村相对而言的,它是可持续发展的大型定居聚落。由于城市自身是一个有着不同内涵的巨大存在,这些不同的内涵就有可能指向无数内涵不同的空间,每一个空间又都有其自身所指向的物质存在、精神力量和感知结果,而城市空间显著地表达了这一概念。而当我们需要完整构建伦敦的城市空间时,战后英国小说所指向的空间内涵则成了伦敦精神空间的有效组成部分。事实上,城市的物质空间与精神空间并不是相互独立毫无关涉的,这两个空间的内涵也是共同合作相互影响的。城市本身就是一种形象表意系统,文学中的城市不只是一个背景,而是寄托着作家复杂的个人体验,成为表达主题的表意中心,城市作为一种叙述,甚至成为完全脱离实体的意识产物和话语建构。在战后英国小说中,创作主体将主观理念性意图投射在城市上,在自己的文学世界里创造的相对于现实的城市想象空间,不但实践了作者内在自我对城市的经验,同时也折射了社会、文化以及政治等种种外

---

① Phillip E. Wegner. "Spatial Criticism: Critical Geography, Space, Place and Textuality," in Julian Wolfreys (ed.), *Introducing Criticism at the 21st Century*, Edinburgh: Edinburgh University Press, 2002, p.179.

在因素对作家的撞击和启发。

　　对于英国文学中的城市空间，传统的英国文学研究认为，城市意象在浪漫主义诗歌中是一种与光明的乡村意象相对抗的、负面的、阴暗的异质存在，诗人们对其从精神、道德、社会等多重层面所进行了严厉的拷问与批判。也有研究对浪漫主义诗歌中的城市意象进行更深入的剖析，揭示了其中的冲突与矛盾，进而探寻这一现象背后所反映出的英国浪漫主义诗人面对现代工业文明和城市发展进程时产生的矛盾心理。19世纪英国文学经典中的城市文明演进在自然生态的强烈比照之下，从浪漫主义的"自然"写作到城市风貌与生活的表现内容；勃朗特姐妹的"荒原"情结到哈代小说中乡村与城市的对立生活，再到王尔德童话故事里的灵性自然与亟待革新的"城市"，19世纪英国文学中的这些经典逐一呈现了在工业革命助长下，城市文明在与充满自然生态的乡村生活的博弈中，经历了被抗拒、批判、质疑，再到被接受中求革新的全过程。这些作品呈现了城市文明与环境生态的矛盾与冲突，同时体现了要求二者和谐共生的终极诉求。20世纪的英国文学中，主要的表现内容就是城市风貌与生活。较之历史上的其他文学类型，城市文学更加注重对城市景观的展现和城市空间的建构。战后英国小说中，作家们受作品整体结构、中心主题的支配，在对空间场景的选择上存在着不可避免的"断裂性"和"戏剧化"特征。战后英国小说中的城市景观既是对现实城市的展现也是创作主体对城市经验的反映。建筑秩序、城市景观等物质形态与居住其间的人的精神形态的匹配是本书的思考内容。

第三节　世界城市伦敦的聚落形态与文学表达

帕特里克·格迪斯（Patric Geddes）在《进化中的城市》（*Cities in Evolution*）一书中创造了"世界城市"这个新词，用来定义那些全世界大部分重要商务活动的发生地。霍尔对"世界城市"做了进一步阐释，指出世界城市的划分"不是基于人口规模而是基于一系列关键的人口特征来划分"。[①] 霍尔以此标准，明确划定伦敦是一个世界城市。[②] 伦敦距今有两千多年的历史，早在 1800 年，英国本质上还是一个农业社会，伦敦已经是一个世界城市。在时代变迁的影响下，伦敦的城市形态不断发展，经济、文化、政治也在不断变化。伦敦作为英国最重要的城市率先经历了工业革命的巨大社会变革。伦敦不仅是英国政治经济文化的中心，还是议会和皇室所在地。在帝国的时代，伦敦更是一个轮辐触及北美洲、大洋洲、南美洲和全世界不可计数的角落，并源源不断地输送着资金流的城市。伦敦的人口密度和亲近性形成了持续的消费力和聚合力。在有形的英帝国坍塌之后，伦敦仍是联合王国的政府所在地，这个城市的权力以及影响力照样运转。在后殖民主义时代，伦敦依然保持了它的枢纽地位。历经了几个世纪的风风雨雨，伦敦一直是屹立在西半球的大城

---

① 艾伦·哈丁、泰尔佳·布劳克兰德：《城市理论——对 21 世纪权力、城市和城市主义的批判性介绍》，王岩译，北京：社会科学文献出版社，2016 年，第 73 页。

② 艾伦·哈丁、泰尔佳·布劳克兰德：《城市理论——对 21 世纪权力、城市和城市主义的批判性介绍》，王岩译，北京：社会科学文献出版社，2016 年，第 73 页。

市,是全球蔚为壮观的城市之一。伦敦商铺林立,拥有世界顶级的高质量商品,是一个具有神奇魔力的交易所,成为商旅的辐辏。在这座城市里,你既可以看到群英荟萃,极尽奢华的富贵,又能见到穷困潦倒、贫困无助的苦痛。居住在这里的人既有趋之若鹜寻求发展的移居者,又有崇尚贵族生活的拼搏者,所有的一切自然地并置在一起。

作为世界城市的伦敦必然拥有在深刻的技术变革和日益加剧的全球化进程中的城市的共性特征。但同时,其自身最为鲜明、最为强烈的空间组织、社会结构和金融运行方式是解析伦敦克服千城一面获取独具一格的特殊地位,探索多元文化并存中"差异"的可能性及其意义的重要途径。

世界城市的定位决定了伦敦的人口是由本地人、世界其他地方的迁入者和全球高质量人才共同构成。伦敦的移民问题乃至多元文化由来已久。伦敦是由罗马人建成,最初称为伦底纽姆。大约在公元 48 年,伦底纽姆崛起。公元 410 年左右,罗马人在不列颠的统治结束。[①] 在最初的 1000 年间,城市是由外来入侵者盎格鲁-撒克逊人、丹麦人、维京人更迭统治,战事不断。直到 1066 年的诺曼征服结束了一切纷争。此后的 1000 年间,伦敦逐渐成为欧洲的超级城市,来自世界各地的航海者聚居于此,伦敦成为一座移民之城。伦敦一直都在不断同化、吸收大批具有不同民族背景的移民,"其中

---

① 参见杰里·怀特:《伦敦:一个伟大城市的故事》,逄亚萍译,北京:中国友谊出版公司,2018 年,第 46 页。

最负盛名的还是德国的汉萨同盟商人、热那亚人、法国人以及以放债著称的伦巴底人"。[①] 移民的后代壮大了土生土长的伦敦"考尼克"人的队伍。伦敦城市化和地区之间的自由移民过程是一个几十年甚至上百年的过程。法国的胡格教派教徒(Huguenots)定居在苏活区和斯毕塔菲尔德(Spitalfield),大批的美国殖民地和西印度群岛的奴隶迁移到伦敦。19 世纪伦敦的移民中德国、意大利等欧洲各地的人占有很大的比重,给这个城市带来了浓郁的异国风情。

　　然而,第二次世界大战之后,英国国内的问题变得非常复杂。英国面临严重的经济困难,为了经济的恢复与发展,在国内劳动力供给不济的情况下,英国政府修改移民政策,积极引进外国的廉价劳工来填补劳动力的空缺。英国此举深刻影响了战后城市人员结构的面貌,大量的前殖民地居民为了更好的生活前景从"帝国边缘"蜂拥至"帝国中心",引发了近代史上大规模的移民浪潮。1948 年 6 月 22 日,载有 492 名加勒比黑人移民的"帝国顺风号"轮船靠岸英国蒂尔伯里港。接下来十几年内,成百盈千的移民者迁移至伦敦,先是从西印度群岛,再是非洲,大量的黑人进入英国。南亚次大陆的印度人在 20 世纪 60 年代之后出现了自发的移民英国的高潮,这批人既有前往英国从事体力劳动的劳工,也有赴英国求学、定居、工作的技术人才。移民从熟悉的领地穿越边境,定居在异国他乡,虽然位移和位错是由于多种原因而发生的,但是各国移民的陆续到

---

① 参见杰里·怀特:《伦敦:一个伟大城市的故事》,逄亚萍译,北京:中国友谊出版公司,2018 年,第 46 页。

来,改变了英国劳动力锐减、经济凋敝的局面,也不断地改变着英国社会基础和文化价值观的构成。伦敦民族和种族成分的重新配置,导致传统的文化权力和话语霸权不断受到挑战,这就需要摆脱与现行城市人员组成不匹配的旧欧洲中心主义模式,开启重新定向于多元文化归属的新世界。进入 21 世纪,伦敦这场大规模的、持久的人口迁移运动还在继续,伦敦城市空间已然是现代移民空间的典型,是由无数的过往和复杂纷乱的共生以及相互竞争的异质空间并置而成的多元化大都市之一。

城市是空间存在技术在发展中显现出的不同的具象存在形态。聚焦当下,社会地位和经济情况的差异在城市空间的占有上得以彰显,"城市最大限度地反映了社会分层,或者说社会空间内接于实体空间"。[①] 伦敦用更加具体的方式反映着独特的聚落形态。

> 伦敦的上层人士大多数住在城西上风侧,免受灰尘和烟雾侵扰。这里的一些街道在那时候就延伸到了城墙外。比如舰队街(Fleet Street)和河岸街(Strand)一直延伸到开阔田野中间的查令十字街(Charing Cross)。接下来,沿着泰晤士河向南急转,就是当时约克大主教们在伦敦的住所;紧接着就是威斯敏斯特,这是一个独立的社区,包括威斯敏斯特教堂和国会建筑。行人可以在威斯敏斯特乘船

---

① 艾伦·哈丁、泰尔佳·布劳克兰德:《城市理论——对 21 世纪权力、城市和城市主义的批判性介绍》,王岩译,北京:社会科学文献出版社,2016 年,第 125 页。

前往郊区萨瑟克（Southwark），不然就只能过伦敦桥
（London Bridge）再往东走一英里到达。①

从这个城镇的布局和聚落形态来看，它的外观反映出一种受到约束的创世权。富人居住在精英密集的高端住宅区里，而穷人住在偏僻、粗陋不受欢迎的地方。在对居住者对定居区域的占有这个问题的讨论中，仅从行动者面临的选择限制和偏好进行阐释已经不足以给出令人满意的解答。"与新经济学的假设相反，人们并不是自由住房市场上的平等竞争者。不仅健康限制着人们的住房选择，种族和性别影响着人们选择住所的机会。"②这座城市的感觉和气氛，"反映出精英阶层持之以恒的对于地形审美的关心，这种关心经历了二百多年时间的验证，而且还反映出具有比二百年更久远的、强大的英国贵族式的根基。精英阶层从没有偏离过他们的目标，他们志在建构一种精英式的地形"。③ 前所未有的人口流动导致了全球化的无边界文化，伦敦城市居民在传统的本地文化与世界其他地方的文化的并存中生活往来。伦敦作为一个特大城市，它的真正挑战在于不同的个体具有不同的习俗、文化和宗教。伦敦面临着城市空

---

① 珀西·H. 波恩顿：《笔尖下的伦敦》，王京琼等译，北京：中国青年出版社，2015年，第 18 页。

② 艾伦·哈丁、泰尔佳·布劳克兰德：《城市理论——对 21 世纪权力、城市和城市主义的批判性介绍》，王岩译，北京：社会科学文献出版社，2016 年，第 125 页。

③ Peter J. Hugill. *Upstate Arcadia: Landscape, Aesthetics, and the Triumph of Social Differentiation in America*, Lanham, Md: Rowman & Littlefield, 1995, p.231.

间的种族化,在这个过程中城市空间与各种不同的族群和社会群体建立了联系。城市出现了一个个由族群主导的居住区,隔离能够更加方便地比较移民与非移民的差异。

隔离可以指族群或种族空间隔离,也可以指社会隔离。研究者出于对城市研究的不同旨趣,根据占有的文献资料或者是擅长阐述的专业领域,试图专注于论述某一种形式的隔离,但是实际上,在城市中各种形式的隔离纠缠裹挟在一起,是无法被分开的。"由于聚落形态的改变,城市空间的密度加大,会连带城市内部的功能发生一系列集聚效应……人们的利益关系、劳动方式、人生目标、语言模式……等诸多方面,都必然要随之发生变化。"①伦敦的社会秩序正在分化和重构,因此伦敦的社会空间也正变得越来越"支离破碎"。"移民文化成为城市文化一个突出的问题。城市移民文化具有天然的异质性,同时具有融合性因素,作为城市文化的有机组成部分,移民文化面对整体的城市文化有一个艰难而缓慢的渗透、形塑、接纳与改造过程。"②少数族裔独特的文化身份、历史变迁、宗教信仰和与之相关联的身份认同、消费和生活方式的差异性,正在不断冲击着英国曾一度认为是基本原则的集体目标——英国文化的纯洁特征。

在当今世界,几乎所有的国家都受到全球化的多样性体验的影响。移民从熟悉的领地穿越边境,定居在异国环境中,表达一种不

---

① 陈宇飞:《城市文化概论》,北京:文化艺术出版社,2008 年,第 18 页。

② 黄仲山:《当代城市移民文化变迁与文化共同体建构》,载《中华文化论坛》2018
　年第 4 期,第 68—73 页,第 68 页。

归属感,滋养一种重新定义他们内在自我的冲动,并重塑他们各自在疏远的领土上的"家园"。在这种背景下,英国已经成为移民的一个流散中心,那些来自前殖民地的人为了更好的生活前景而迁移。然而置换和位移是由于多种原因而发生的,从历史上讲他们加强和重新构成了社会的凝聚力,同时也丰富了居住在这个整体中的人的文化生活。移民对经济发展和社会文化发展带来互补性和多样性,文化和民族多样性有益于产生重大的思想精粹。在这种情况下,英国在多种族、多文化共存的现实中经历着异质文化间的交流与互动、碰撞与冲突,正在摸索组建一个"新的世界秩序"①。新的社会秩序赋予了移民重新设定各自身份的机会,拒绝了有关种族和民族的权力结构和占统治地位的意识形态,正视和接纳异质族群。

"二战"后,随着世界格局的调整,英国文化逐渐失去了用自己的文化来衡量文明程度的霸权地位。英国性作为一个不断建构的概念,正在经历着重大历史变革,英国性以新的面孔存在于作为后帝国时代英国常用的话语表述中,呈现在多元文化的表现中。英国性被迫重新组织其内容,并在跨民族和跨文化的视角下呈现出崭新的特征。具体地说,英国黑人和亚裔人口久远的历史,并不是殖民统治的遗留问题。黑人在英国已有两千多年的历史。在这历史长河中,当代英国黑人的离散经历最为多元与复杂,长久以来直至"二战"前黑人的存在被隐匿,在国家政治文化和文学史的书写中被刻

---

① David Farrier. "The Other Is the Neighbor: The Limits of Dignity in Caryl Philip's *A Distant Shore*," *Journal of Postcolonial Writing* 44(4), 2008, pp.403 - 413, p.403.

意回避。"二战"后,受英国移民政策的影响,黑人问题已经成了英国的显性问题,黑人在英国历史中现身,黑人文化已成为英国文化的重要构成部分。其拆解了"根深蒂固的英国性概念",英国被视为一个"想象中的家园",其基础是"纯洁的思想和文化的支配",揭示了"作为绿色和宜人的土地的英国古代神话背后的不那么纯粹的现实"。①

　　由单一文化传统作为个体的成长环境在英国社会自始至终都是理想化的设想。随着全球联系的加强和人口流动性的增加,战后伦敦成了一个差异相遇的场域,帝国臣民在城市的迁入、迁出不可避免地伴随着居住于其间的人们对于身份认同的焦虑和不安,促使研究者对于如何选择和建构民族认同和文化认同进行深入的探讨。民族认同"从根本上说涉及祖先世系,是关于自己祖先源起的信仰"②,民族认同是一种族群群体归属的认同。"文化认同指的是对某一特定文化或文化群体的归属感。"③文化认同的指标是文化属性,不是自然属性或生理特征。文化认同、族群认同是身份认同的两个不同维度。民族认同与文化认同存在着密切的关联。在战后的伦敦,城市日常生活与具有不同文化背景的个体之间的人际关系

---

① Susheila Nasta. *Home Truths: Fictions of the South Asian Diaspora in Britain*, New York: Palgrave, 2002, p.2.

② 任裕海:《全球化、身份认同与超文化能力》,南京:南京大学出版社,2015年,第15页。

③ 任裕海:《全球化、身份认同与超文化能力》,南京:南京大学出版社,2015年,第17页。

裹挟在一起。英国本土居民生活的城市公共空间所面对的文化不止一种,所接触的语言亦不止一种,与之交往的其他个体往往是来自殖民地不同族群的英国子民和拥有其他国别身份的人。由于个体与文化他者的接触互动日益密切,跨种族婚姻的现象普遍,新文化元素的吸纳对身份认同的影响呈现出"去地域化"的特征。在多元文化的交互影响下,当个体以移居者身份进入原生文化之外的新环境时,异文化的价值体系时会造成对于个体身份认同的内在冲击。本书分析具体的文本时,结合文化流动的动态语境,通过考察文化认同与民族认同的关系比较,分析身份认同的作用机制。

　城市文化的多元并置中不断被注入的民族和种族差异也在继续被演绎着,并在本土的城市空间中被铭刻下来。"在同质性的都市共同体瓦解之后,城市所面临的问题是:如何为世俗社会中的平民大众提供一种身份。"①城市中不知疲倦的流动人口是伦敦现代人最基本的生命样态,但身处异乡的伦敦移民的生命叙事,以及城市中飘零的个体结成的社区的共同纽带必然充斥着社会问题和被排斥的消极空间。作为城市个体的人承受着一种不归属感,滋养着一种重新定义内在自我的冲动,并重塑他们各自的自我,"家园"只能以概念的方式停留在一个疏远的领土上。

　自盎格鲁-撒克逊时代伊始,拉丁语成为当时的文学语言。"在伦敦为征服者威廉打开大门并开始受到法国文化的影响之前,英格

---

① 理查德·利罕:《文学中的城市:知识与文化的历史》,吴子枫译,上海:上海人民出版社,2009 年,第 149 页。

兰已经形成了自己的文学传统——世界上生命力最强的文学传统之一。"①伦敦是英国的历史和文化宝库,也是一个多民族城市,对英国文学产生了深远影响。无数的诗人、剧作家、小说家在伦敦安家汲取创作的灵感,世世代代的图书出版商和销售企业汇聚在此,伦敦成为文学创作不竭的源泉。作家与城市的关系具有无法割裂的因果、逻辑关系。城市影响着作家的命运和生活方式,城市为作家的创作提供了物质和灵感,因而成为文学创作的主题。随着城市意识的增长,城市作家的表达也变得越来越丰富。而更深层次的是,这些作家作品中的城市不仅是一个背景,而且也是一个复杂的个人经验的体现,甚至成为完全脱离实体的意识产物和话语建构。作家在城市的处境及其世界观、人生观,对认识、体验城市乃至对城市的表现方式,描述了文学城市的空间配置,以及生活于其间的个体的人的生存状况。城市空间是"空间实践"的产物。②"一个社会的空间实践,是透过对其空间的释明而显现。城市社会生活展布在城市空间之中,社会过程透过空间而运作,社会阶层、阶级和其他群体界线(如性别、族群等)以及其间的社会权力关系,都镶嵌在一定的空间里。"③

---

① 唐娜·戴利、约翰·汤米迪:《伦敦文学地图》,张玉红等译,上海:上海交通大学出版社,2011年,第14页。

② 亨利·列斐伏尔:《空间:社会产物与使用价值》,《现代性与空间的生产》,包亚明主编,上海:上海教育出版社,2003年,第48页。

③ 杨宁:《城市、空间与人——杨德昌电影中的台北城市形象》,载《当代电影》2007年第6期,第106—109页,第107页。

　　英国的文学传统中，伦敦一直是城市书写中的主角。被称为
"英国诗歌之父"的杰弗利·乔叟（Jeffrey Chaucer，1342—1400），
用当时的伦敦方言进行文学创作，他是最早表现伦敦生活的英国作
家。约翰·斯托（John Stow，1524/1525—1605）在《伦敦调查》
（*Survey of London*，1598）中描绘了文艺复兴时期的伦敦。在伊丽
莎白女王在位期间，文学艺术呈现出一片繁荣景象。莎士比亚剧本
中的大量有关外国、古典文学和宫廷生活的知识源自剧作家在伦敦
的生活经历，剧中的人物时常提及伦敦一些知名的地方和事件。莎
士比亚的很多伟大的作品，如《哈姆雷特》《麦克白》和《奥赛罗》都在
伦敦的环球剧院演出。活跃于 18 世纪初的丹尼尔·笛福（Daniel
Defoe，1660—1731）不但生活在伦敦，更挥笔书写伦敦，可以算得
上是第一位地道的伦敦作家。笛福在《大疫年纪事》（*A Journal of
the Plague Year*，1722）中对于伦敦当时的生活进行了最具吸引力
的描述，记录了 1665 年夏天和秋天"大瘟疫"在伦敦制造的恐怖景
象。亨利·菲尔丁（Henry Fielding，1707—1754）的小说《汤姆·
琼斯》（*Tom Jones*）讲述了琼斯从出身低贱的弃儿成长为乡绅的冒
险经历，小说的部分故事就发生在伦敦。19 世纪早期关于伦敦的
作品强调它的多样性。皮尔斯·伊根的《伦敦生活》（1821）描述了
城市的混杂性和奢华享受。亨利·梅修在《伦敦的劳工和穷人》
（1861）对数以千计的伦敦工人进行了观察描写。瓦尔特·比桑特
（Walter Besant，1836—1901）在《西敏寺志》（*Westminster*，1895）
中刻画了 19 世纪伦敦的建筑风貌。浪漫主义诗人威廉·布莱克
（William Blake，1757—1827）的诗作《伦敦》（"London"）、散文家托

马斯·德·昆西(Thomas De Quincey，1785—1859)的《伦敦》，呈现了伦敦的不同风貌。查尔斯·狄更斯(Charles Dickens，1812—1870)的《雾都孤儿》讲述了19世纪30年代孤儿奥利弗在伦敦的社会生活。亨利·詹姆斯以心理现实见长，但是还是可以看出詹姆斯的很多小说都发生在伦敦。他的小说《美国人》(*The American*，1877)中伦敦被描写得非常优美。在《卡萨玛西玛公主》(*The Princess Casamassima*，1886)中，伦敦还投射到了人物的内心深处。20世纪初，萧伯纳(George Bernard Shaw，1856—1950)的《卖花女》(*Pygmalion*，1912)等剧作在伦敦演出多场，大获成功。《荒原》(*The Waste Land*，1922)是艾略特(T. S. Eliot，1888—1965)的长诗，诗歌的描述将辉煌的文学史和第一次世界大战后伦敦的可怕景象交织在一起，获得了社会的广泛认同。弗吉尼亚·伍尔夫(Virginia Woolf，1882—1941)的小说与伦敦密切相关，她的小说《达洛维夫人》(*Mrs. Dalloway*，1925)讲述的故事所发生的背景是已经走出一战阴影的伦敦。奥威尔(George Orwell，1903—1950)创作的纪实作品《巴黎伦敦落魄记》(*Down And Out In Paris And London*，1933)展示了伦敦的穷人和劳动人民的生活。美国作家品钦(Thomas Pynchon，1937—　　)的代表作《万有引力之虹》(*Gravity's Rainbow*，1973)展示了"二战"末伦敦形形色色的情报机关以及流亡政府等混乱而不确定的生活。伦敦是众多作家笔下城市描写的核心所在，不同作家的小说创作呈现不同的城市面相，不同视角下的场景切换、景观描写以及城市人的精神气质被安放到城市内涵的比较与并置之中。

　　如果从地域角度看,"二战"后的英国文学对不同城市的精细表述扩充了文学中的城市版图,更多的城市生活样态进入了创作主体的视野,城市文学以其独特的地理面貌和文化特点丰富着当代文学。英国现当代文学史上的现代城市版图中,伦敦依然是言说的主要对象。伦敦作为历史文化名都,经历过时间的沉淀与战争的洗礼之后,所表现出来的社会历史内涵更为丰厚。昔日的帝国中心伦敦是一个殖民主义和反殖民主义话语并存的权力场,伦敦对于作家来说依然是一个活力四射的地方。20世纪后期生活于伦敦的文学大师依然宝刀不老,比如马丁·艾米斯的《伦敦场地》,这是一部谋杀小说,反映了当时社会情感与传统价值的背离。伊恩·麦克尤恩(Ian McEwan,1948—　)在短篇小说《蝴蝶》(*Butterflies*)中刻画了伦敦城市的景观之熵。他在《时间的孩子》(*The Child in Time*,1987)中刻画了一幅荒原般的伦敦景象。他在小说《星期六》中以一名中年外科医生贝罗安在"星期六"这一天的生活轨迹为主线深刻地呈现出伦敦市民的精神状态和景观式的伦敦印象。朱利安·巴恩斯(Julian Barnes,1946—　)的处女作《地铁通达之处》(*Metroland*,1980)描写了生活于英国伦敦郊区、地铁沿线的伦敦少年克里斯托弗的成长轨迹,勾画了典型的伦敦佬的生活道路。1980年代末到1990年代,出现了新的伦敦文学热潮,起因可部分归结为1980年代撒切尔政府推行的通过特殊的复兴重新构筑英国民族身份认同的条例。彼得·阿克罗伊德(Peter Ackroyd,1949—　)笔下的伦敦是多面而丰富的,《伦敦大火》(*The Great Fire of London*,1981)是他的处女作,还有他的鸿篇巨制《伦敦传》(*London:The*

Biography），小说《维克多·弗兰肯斯坦的个案》（*The Casebook of Victor Frankenstein*，2008)，《查特顿》（*Chatterton*，1987)等。2001年，阿克罗伊德的同名小说《伦敦传》（*London: The Biography*，2001)，描述了一个崇尚物质金钱，盛行浮夸之风的城市精神气候。这些作家都把底层生存的艰辛揭示出来，以此让人们反思城市化过程中弱势群体的生存状况，并希望在新世纪"底层"书写中得到关注。出生于伦敦的本土作家威尔·赛尔夫（Will Self，1961— ）堪称文坛"怪杰"，伦敦经常出现在他小说的故事情节里，《伞》（*Umbrella*，2018)更多地描述了人物心理上的阴暗。

　　战后英国小说创作的特定历史语境是全球化背景下的城市社会生活。其基本特征是，由英国话语决定的传统价值体系被与民族文化相结合的多元城市文化价值观体系所取代。全球化与城市化进程同步，城市社会资源和社会利益划分后，社会阶层被划分为几个层次。不同层次、不同群体的利益诉求各不相同，为城市书写提供了丰富的表现素材。不同地区的少数族裔作家和英国本土作家的作品共同构成了当代英国小说的众生百相。因此，文学领域一改传统的英国古典文学主宰世界的格局，以多样化概括当下语境中的混杂与多元，敏锐地捕捉了在全球化背景下城市发展时期的文学表现。少数族裔文学作为一种记载或评述少数族裔生活的方式和少数族裔书写城市的介质与城市的发展变化和城市的包容气质之间有着密切的联系。城市的发展变化与文本的建构是互动的，文学创作赋予城市新意，城市的存在丰富了文学的书写内容。"城市是都市生活加之于文学形式和文学形式加之都市生活的持续不断的双重建构。"①少数族裔作家的不同国家的生活体验和多元文化认知，在跨文化的书写中得以显性呈现。他们丰富的人生阅历，能够在多元文化中撼动文学传统，添加独特的地域模式，因此，少数族裔作家的写作注定比单一民族文学作家具有更宏阔的全球眼界和人文意识。

奈保尔是早期移民作家中较有自觉意识的一位，他在《抵达之谜》中指出，20 世纪后半叶"人民群众的伟大运动"从根本上改变了伦敦这样的城市，"它们多多少少已不再是一个国家或一个民族的城市；它们将变成世界性的城市，现代的罗马"。② 拉什迪在《撒旦诗篇》(*The Satanic Verses*，1988)中也正确地指出，伦敦的"多元混杂的本质"③，已经反射出当年包罗万象的帝国的影子。多丽丝·莱辛的《暴力的孩子》中的《四门城》以 50 年代及 60 年代的伦敦为背景，建造了一个虚拟的理想世界，它与现实的四分五裂的世界相对立。以及 "内部空间"(inner space)④ 小说：《坠入地狱简况》

---

① 理查德·利罕：《文学中的城市：知识与文化的历史》，吴子枫译，上海：上海人民出版社，2009 年，第 3 页。
② 艾勒克·博埃默：《殖民与后殖民文学》，盛宁、韩敏中译，沈阳：辽宁教育出版社，1998 年，第 270 页。
③ 艾勒克·博埃默：《殖民与后殖民文学》，盛宁、韩敏中译，沈阳：辽宁教育出版社，1998 年，第 270 页。
④ 莱辛在写作中将观察的视角从外部世界转向了人的内心世界的蜕变，通过苏菲神秘主义探讨了个人与社会、内心世界与外部世界的相互关系，所以称之为"内部空间"小说。莱辛企图借此帮助人们克服危机感和对社会分崩离析的前景的恐惧感。

（*Briefing for a Descent into Hell*，1971）。莱辛在《伦敦见闻录：一个
漫游者的都市文本》（*London Observed: Stories and Sketches*，1992）
以街头闲暇者的视角描写伦敦城市生活的瞬间。

　　"二战"后的城市文学作品执着于文化自觉，将众声喧哗的城市
铭写深刻地嵌入在各国文化肌理中。尽管英国小说的城市写作离
不开城市化的语境，但归根结底，文学是一门人文科学。在全球化
的进程中，我们必须关注居住在城市空间中的个体的人的生存境遇
和精神状态。在战后英国小说的城市书写中，城市空间中移民弱势
群体的生存状况越来越受到关注，作家通过对个体独特的生命感受
力来描述城市生活的状态。在皇皇巨著中，通过小说、自传等文学
作品所呈现的移民是流离的命运共同体，移民的经典形象闪现在繁
华喧嚣的城市背后，构成了研究英国生活的重要内容。战后的城市
写作并不局限于主题意义上的城市生活，具有不同背景的创作主体
根据自身不同的文学背景和关注对象，创作了不同面向的城市图
景。他们依托此类书写以当代意识观照现实生活，建构城市形象，
组成了都市多元而立体的历史存在。其中女性作家对城市的摄录
承载了性别意识的社会文化符码，她们以自身的文化背景和对居住
空间的敏锐感叙述着对城市的感知、体认和想象，而这种城市生存
本质的体验式书写成了都市文学的典范。英国都市女作家海伦·
菲尔丁（Helen Fielding，1958—　　）的《BJ 单身日记》（*Bridget
Jone's Diary*，1996）以及续篇《BJ 单身日记 2：理性边缘》（*Bridget
Jone's Diary Ⅱ : The Edge of Reason*，1999），讲述了后现代伦敦一
位大龄单身女性的生存境遇，被誉为"现代版的《傲慢与偏见》"。

21世纪各国优秀文学作品中的理想城市,伴随着作品的流转与接受,在被不断地编码与解码。纵观21世纪的文学作品,作家鲜少埋设一条城市兴衰的线索来表现现实城市,而是用无数的活动片段来引出城市的各种景观。这一章追随着文学中的人物行走轨迹,索骥城市生活的方方面面,将诸多城市不同场景的切换安放在对比与并置中。一个个既无作者也无旁观者的多层次的故事记录了形形色色的人群对现代城市空间的体验,对居住其间的人的生命状态和精神状态矛盾性进行展示。作家力透纸背的城市书写背后折射出矛盾凸显的社会问题,诸如城市中不同族裔人群的现实归属和历史问题,被社会化者被动接受内化给定的身份时的无奈,以及在集体自尊驱使下主动建构城市身份遭遇的种种尴尬。文学中的城市作为一种空间生产活动,一种特定的意义组构,已然突破美学的疆域,进入文化研究的视野。新千年的伦敦都市文学中新晋优秀作家不少,包括莫妮卡·阿里,其作品《砖巷》(*Brick Lane*)生动地展现了东区的生活;英国女作家扎迪·史密斯的小说《白牙》讲述了生活在伦敦的琼斯、伊克巴尔、夏尔芬三家人的故事,其作品《西北》(*NW*)于2013年入围了女性小说奖(Women's Prize for Fiction)候选名单;杰克·阿诺特(Jack Arnott),其背景设在苏荷区的帮派小说《皮包公司》(*The Long Firm*)相当睿智;还有高塔姆·马卡妮(Gautam Malkani),他的小说《伦敦阿三》(*Londonstani*)被炒得很火。在《孤独的伦敦人》(*The Lonely Londoners*,2006)中,塞缪尔·塞尔文聚焦了20世纪50年代伦敦西印度群岛移民的生存境况。英国犹太裔小说家霍华德·雅各布森(Howard Jacboson)的喜剧小说《芬克勒之问》(*The Finkler Question*, 2010)荣获了 2010 年曼氏布克奖(Man Booker Prize),用诙谐的手法展示了在英国社会中小人物的孤独感和边缘感。

纵观英国近百年的文学作品,伦敦各个阶段的本土作家和少数族裔作家的表现或多或少受到伦敦城市风格的影响。他们要么驻留在纷繁复杂的公共空间,要么穿行在错综复杂的城市街道上,要么锁定在城市的私人居所。他们体验城市的空间,也体验居住在建筑中的城市人的生活,试图管窥现代都市人自我封闭的内心。在伦敦城市想象的不同时期,许多作家从自己的切身经历和城市意识对伦敦城市空间进行了各自的解读。虽然这些维度并不能涵盖整个城市审美意象的所有范畴,但是是伦敦城市空间中最基本、最关键的方面,也是对伦敦凸显的城市困境的深入思考,和探索城市人群"再身份"的途中尤待解决的问题。伦敦个性的问题在很大程度上就是居住于城市空间中不同人群的身份认知问题,不同的城市书写塑造了城市千差万别的个性特点,而鲜明的城市个性又带给城市居民迥然不同的归属体验。战后英国小说在记录城市化过程中的当代社会生活与日常生活的同时,揭示了当代社会全球化进程中本土居民与外来移民的碰撞与融合。从城市文化的建构角度来看,英国当代小说无疑建构了一种多元混杂的当代社会城市文化。在这种混合文化基质中,传统与现代之间显现出冲突与融合,同时掺杂着身份归属的焦虑和民族文化认同等问题,这也似乎印证了理查德·利罕的看法,"城市和文学文本已然有着密不可分的共同历史,对城市的阅读只不过是另一形式的文本阅读"。①

全球化背景下,在后工业化的伦敦,种族、族裔和阶级之间的联系获得了新的关联。作为当代英国社会生活中最突出的现实情况,城市的全球化不仅为战后英国小说的创作提供了历史语境,也为小说的生产方式、写作内容和表现形式提供了写作素材,甚至为英国小说培养了不同的受众群体。如果说战后英国小说是本土作家和来自不同地区的少数族裔作家自觉地以文学创作来呈现英国城市社会风尚的话,倒不如说战后英国小说是由全球化的社会现实和移民增长引发的多样性所塑的。换言之,城市的发展与变化是生产当代英国小说的一个极为重要的因素。伦敦不是故事情节的静态背景,更不是静止的空间容器,而是社会文化变迁与文化碰撞交锋的发生地。

正是在"二战"之后,现代和后现代的艺术发展使得城市文学空间的排布和内在肌理具有了很多新特征,现实主义的艺术理念处在不断的革新中,作家们追求作品的内在艺术价值,在次第纷呈的诸种文学流派中,从各自的角度和立场重新诠释了外来的"传统现实主义",在不同维度的城市空间叙事实践中做出了很好的尝试。"随着物质的城市不断演进,文学——尤其是小说——对它的再现方式也在不断演进。"②"二战"后,城市文学一如既往地坚持对文化和历

---

① 理查德·利罕:《文学中的城市:知识与文化的历史》,吴子枫译,上海:上海人民出版社,2009 年,第 380 页。

② 理查德·利罕:《文学中的城市:知识与文化的历史》,吴子枫译,上海:上海人民出版社,2009 年,第 380 页。

史发展的主题展现,结合城市独特的经验和身份,从不同的创作立场和艺术目的出发,呈现出纷然杂陈的城市镜像与多样文化共存的城市面貌。历史的车轮滚滚向前,城市文学将以越来越丰富的声音,越来越敏锐的观察视角,触摸时代的脉搏,引领城市文化,为后来者提供城市研究的多重路径。

第四节　城市空间研究议题与理路

　　城市作为人类社会最为显著的文明产物的集合体,向来是不同学科研究的共同对象。城市的构成原理和呈现的现象极为复杂,不同学科背景下的学者对城市这个同一意象有不同的研究旨趣。从人文社会科学的角度对城市进行深入细致的研究可以追溯到城市成立之初。"如果要汇编一份完整的书目,我们极有可能从柏拉图《理想国》第二卷中苏格拉底的经典对话开始。"[①]然而,历数历史上不断罗列的诸多研究成果,研究议题呈现出开放性、多样性的趋势,研究的理路与框架跨越学科壁垒,越发复杂。直至当下,我们已经说不清哪门科学与城市毫无关联了。从研究的角度看,若想以有限篇幅描述清楚城市的来龙去脉与文化表征,是很难企及的事。

　　从文献目录大致可以推断,最早将城市作为论题的著作大抵出自早期的社会学家之手。"针对城市进行学术研究的诸般努力,可

---

① 　罗伯特・E. 帕克、欧内斯特・W. 伯吉斯:《城市——有关城市环境中人类行为研究的建议》,杭苏红译,北京:商务印书馆,2016 年,第 183 页。

追溯到 19 世纪的卡尔·马克思、费里德里希·恩格斯和马克斯·韦伯等'社会学之父'身上。"①社会学关注的是工业化和现代性作用于城市而产生的后果与矛盾。20 世纪,城市学作为社会学的一个分支得以进一步的发展,城市作为特定的对象成为学者关注的主要领域。城市学与人文地理学、城市规划学以及城市历史学等其他学科相关联,产生了丰富的成果。20 世纪 60 年代,英法两国学者开始城市研究。韦伯学派的城市管理主义和马克思主义的政治经济学尽管在观点表达上存有很大差异,但都是将城市形态和城市发展视为"生产力"等因素作用下的产物,关注的重点是城市里的差异与冲突,而不是理想中的和谐与统一。

在马克思的思想和巨著中,城市占据着重要的地位。马克思在政治经济学领域探索城市"社会存在"。尤其是他们对城乡关系、住宅问题的论述至今仍堪称经典,马克思唯物史观视域中的政治经济学批判理论对城市资本的发展有着精辟论述。奥斯瓦尔德·斯宾格勒(Oswald Spengler,1880—1936)对人类的文明史做了"另类"解读,则将世界历史等同于城市的历史,在《西方的没落》中,他对西方的城镇化进程进行消除,西方民主的困境在于西方的城镇化进程消除了乡土文化对社会结构的支撑,现代化的城市社区是分散的集合体,并不具有乡土社会中的"社群"功能。法国社会学家埃米尔·杜尔凯姆(Émile Durkheim,1858—1917)对社会分工的内容、功

---

① 德波拉·史蒂文森:《城市与城市文化》,李东航译,北京:北京大学出版社,2015 年,第 6 页。

能、人与社会之间的关系、社会发展的路径走向方面等进行了细致、深入、系统的探讨,也为城市研究提供了社会学理论基础。德国社会学家斐迪南·滕尼斯(Ferdinand Tönnies,1855—1936)的社会学研究使用了"共同体"与"社会"的概念对欧洲工业化以来的社会变迁进行诠释,形成了社会学当中的一种流派,对后来的城市研究产生了重要的影响。

20世纪以来,西方城市研究在前人开辟的道路上有了长足的发展。德国社会学家格奥尔格·齐美尔(Georg Simmel,1858—1918)的审美现代性体验论提供了理解城市现代社会发展的重要视角。他认为理解现代性的关键是对现代人的生命感觉的把握。时尚是现代性都市生活中人们超越生存状态的风格趋势。德国学者瓦尔特·本雅明(Walter Benjamin,1892—1940)在《波德莱尔:发达资本主义时代的抒情诗人》中以巴黎城市作为观察现代人的生存景域,深入考察了发达资本主义时代的城市生活对波德莱尔诗歌创作的影响,反映了他对都市的思考。本雅明的历史唯物主义具有先锋姿态,超出传统西方马克思主义,展示出与发端于维柯的精神科学传统的隐秘关联。

学术界致力于理解城市空间的结构和城市日常生活的文化的早期研究,学者们基于城市社会背景的描述,把空间仅当作社会事件发生和运作的场所进行一般性阐释。在各种城市理论与已有的城市研究传统的互相参照中,学界已意识到城市景观在导致社会和文化的不平等上,连同人种、性别以及民族的结构性压迫和边缘化过程中起到了共谋作用。在20世纪末西方"空间转向"的学术背景下,"空间"研究在城市研究中得以展开。

"空间转向"所获得的成果为进一步探讨城市提供了重要的理论视阈。法国新马克思主义哲学家列斐伏尔将马克思的实践观点运用到空间研究的阐释中。在 1974 年出版的《空间的生产》中提出了一种三度空间模式,用"空间实践"(spatial practices)、"空间呈现"(representations of space)和"呈现的空间"(spaces of representation)解释作为社会存在的空间的运动过程。在《进入都市的权利》(1968)、《城市革命》(1970)、《社会正义与城市》(1973)等研究城市的著作中,用空间维度重新审视城市问题。列斐伏尔的城市空间社会学理论是目前城市空间研究的主导理论范式。列斐伏尔将城市空间过程与社会过程结合起来,启发城市研究深入城市空间变化背后的权力运行机制。大维·哈维(David Harvey)是美国马克思主义地理学家,他的《社会公正与城市》(*Social Justice and the City*,1973)、《城市经验》(*The Urban Experience*,1989)和《后现代性的条件》(*The Condition of Postmodernity*,1989)等著作论述城市不再是一个仅仅自身存在的独立调查对象,应该被看作推动和表现社会进程的重要元素。哈维对空间的关注深入对权力、阶级和斗争的关注。这些西方空间理论的先驱共同勾勒了一种以"空间"为中心的批评形态。爱德华·索亚(Edward Soja)立足于社会空间的辩证法,在《后现代地理学——重申批判社会理论中的空间》(*Postmodern Geographies: The Reassertion of Space in Critical Social Theory*,2004)强调了地理的不平衡发展导致地区经济政治文化发展的不平衡。《第三空间:去往洛杉矶和其他真实和想象地方的旅程》(*Third Space: Journeys to Los Angeles and Other Real-and-Imagined Places*，2005)分析阐释了以洛杉矶为样例的当代后大都市真实和想象的差异空间。米歇尔·德塞都(Michel de Certeau)是一位对空间理论有重要贡献的法国思想家。德塞都在《日常生活的实践》(*The Practice of Everyday Life*，2015)中提出，在日常生活和城市空间中重建实践的艺术，强调创造"诗意的栖居空间"改变人类的生存困境。美国著名的马克思主义文化理论家詹姆逊(Fredric Jameson)在其著作《晚期资本主义的文化逻辑》(*The Cultural Logic of the Late Capitalism*)将空间作为分析问题的本体，从文化的层面切入后现代社会的空间议题，围绕后现代性的空间和空间逻辑以解码为手段深入分析这种空间结构形成的现实经济和社会境遇，展现了把马克思主义的分析传统与地理学分析相结合的理论趋势，开启了用空间关系观察社会的新路径。詹姆逊提出了"超空间"这一后现代概念，并建构"认知图绘"式美学作为晚期资本主义的拯救方式。他的理论贡献构成更大范围的社会理论的空间转向的一部分。近些年来，加之结构主义和新马克思主义的影响，西方城市空间研究注重空间形成背后的社会与文化机制的阐释。

　　20世纪30年代，美国的芝加哥学派开创了城市社会学这一独特的社会学分支。罗伯特·E.帕克(Robert E. Park，1864—1944)、E. W. 伯吉斯(E. W. Burgess)被认为是芝加哥学派最卓越的导师。芝加哥学派从人类生态学角度对城市展开研究，重点探讨了城市环境中的人类行为。帕克在芝加哥社会学中论及族群融合和文化交流的可能性。伯吉斯用"入侵"的各阶段来描述城市社区变化的过程。芝加哥学派的知识立场是"城市不只是一个人造物,或者一种居住安排。与之相反,城市体现了人类真正的自然本性"。①

在城市规划学方面,埃比尼泽·霍华德(Ebenezer Howard)的《明日的田园城市》(*Garden Cities of Tomorrow*,1988)突出人口流迁的难题,探索人口流迁的道路,对城市社会问题做了深入的思考,用城乡一体的社会结构代替城乡二元对立社会结构的城市规划思路。彼得·霍尔(Peter Hall)的《明日之城》(*Cities of Tomorrow*,1988)是有关城市规划意识形态及其城市规划思路的著作。另外,美国城市规划学家刘易斯·芒福德(Lewis Mumford)的《城市发展史》(*The City in History*,1961)是一部阐释城市起源、演化和未来的经典总结。《城市文化》(*The Culture of Cities*,1938)阐明了城市规划与建设花园城市的重要性。珍·莫里斯的《城市之间》(*Among the Cities*,1985)是描写世界各处城市的文学典范。简·雅各布斯(Jane Jacobs)在《美国大城市的死与生》(*The Death and Life of Great American Cities*,1992)中抨击了传统的现代城市规划和重建改造理论的原则,他认为城市规划是一个学习、形成和不断实践的过程。约翰·伦尼·肖特(John Rennie Short)的《城市秩序:城市、文化与权力导论》(*The Urban Order: An Introduction to Cities, Culture, and Power*,2015)的基本视角和感情基调是强调

---

① 罗伯特·E.帕克、欧内斯特·W.伯吉斯:《城市——有关城市环境中人类行为研究的建议》,杭苏红译,北京:商务印书馆,2016 年。

"城市的角色及其重要性"①。美国建筑学家凯文·林奇(Kevin Lynch)的学术影响力超出了建筑学的领域,他撰写的《城市意象》(*The Image of the City*, 1960)讲述了城市的面貌以及环境意象性和城市形态。乔纳森·雷班(Jonathan Raban)的《柔性城市》(*Soft City*, 1974)阐释了在全球化背景下城市生活与生产中出现的区域化活动趋势。

　　20世纪70年代以来,城市研究转向文化研究,文化理论学者将研究的目光集中于城市的生活经验而非其结构和模式,把城市当作一个重要的能指符号。"从文化研究角度处理城市主义的许多方法,都视城市为赋权和反抗的重要地点。依据这一宽泛的学术传统进行的研究,通常会赞美城市生活的韵律、匿名性及差异。"与此同时,社会学及其已经确立的研究理路,既受到文化理论研究方法的挑战,又因此得到补充和更新。这两种不尽相同的影响衍生了一系列城市研究与分析的可以借鉴的路径。自20世纪中后期,随着以信息和知识为中心的后工业社会的来临以及城市文化研究的兴起,社会分层、权力划分、种族差异等概念成为城市生活与城市文化中的高频词。研究的关注点是城市如何导致社会和文化的不平等以及从文化研究角度处理城市主义的许多方法。费瑟斯通(Mike Featherstone, 1946—　)的《消费文化与后现代主义》(*Consumer Cultural and Postmodernism*, 1991)则把20世纪后半叶以来的城

---

① 　约翰·伦尼·肖特:《城市秩序:城市、文化与权力导论》,郑娟、梁捷译,上海:上海人民出版社,2015年。

市社会生活的特征概括为以消费为中心的后现代主义,本书告诉读者如何区分文化的价值问题向读者介绍后现代主义消费文化理论,因而成为后现代主义和文化全球化论争的著作。德波拉·史蒂文森(Deborah Stevenson)在其所著《城市与城市文化》(*Cities and Urban Cultures*)探讨了作为生活空间的城市的文化想象。菲斯克(John Fiske,1939—2021)《理解大众文化》(*Understanding Popular Culture*,1989)试图以传播学者和大众文化迷的两种身份,从英、美、澳后工业社会日常生活的方方面面解读大众文化。

　　中国发表的分析乡村与城市空间的学术论文结合文化、社会语境,探究英国性的历史变迁。最早的学术论文有郑如霖 1984 年发表的《略论英国中世纪城市的特点与作用》论及资本主义社会的发展与封建城市的建设有密切关系。庄解忧的论文《英国工业革命时期城市的发展》阐释了工业革命与英国城市的发展互为因果的关系。刘景华的《十五、十六世纪英国城市劳动者和城市资本向农村的转移》分析了十五、十六世纪城市劳动者向农村地区输出转移的现象。陆伟芳的《英国中产阶级与 19 世纪城市发展》从历史学的角度谈及英国城市。王峰苓的《十八世纪英国城市公共性研究》一文通过哈贝马斯公共领域理论探讨十八世纪英国城市公共性的问题。《英国早期城市化研究——从 18 世纪后期到 19 世纪中叶》认为研究城市化的经济发展机制是研究英国早期城市化的先决条件。李群的《近代早期英国工业城市的兴起——以西北部为中心的历史考察》论述了英国以西北部为突破口,完成了向工业社会的整体转型。江立华的《转型期英国人口迁移与城市发展研究》是对英格兰人口问题的一个侧面——人口迁移和城市发展进行的专题研究。张卫良《"迪奥斯现象":英国的城市史研究》中的迪奥斯身处战争年代,关注社会现实,治学由经济史转向城市史,注重学术基础工作和交流平台的搭建,为英国城市史的发展做出了开拓性的贡献。英国小说中的城市研究是 20 世纪英国文学研究的一个重要组成部分,因此,目前一些已出版的英国文学史专著中大都辟有专章对都市小说进行阐释和研究。在中国知网期刊数据库输入"英国小说"和"城市"两个关键词,可搜索到有关论文几十篇。学者们从历史、身份、空间批评等不同视阈对英国城市进行了多视角、多方位的阐释,不断尝试用更多的跨学科理论和研究方法来研究英国文学中城市的相关问题。

　　各种学术理论的发展开辟了一系列城市研究与分析的可堪期待的路径。前人的研究成果使本论题的研究建立在学术前沿的基础之上,经过梳理,我们发现了新的切入点和突破方向,已有成果专注于单部或几部作家作品进行专题研究,鲜少一个时间阶段做整体的研究。国内尚没有一本关于战后英国文学中的城市研究专著问世。基于这样一种学术基础,本书的主旨在于,通过将各种城市理论与更广泛的城市研究传统相参照,厘清这一系列借鉴了文化研究成果的城市理论。居于本书核心部分的基本假设是,这些看起来相互矛盾的研究方法,经由不同的组合方式,可以在观念与经验方面提供丰富的洞见,作为城市主义繁杂文化的补充。本书以专题的方法从多个方面对战后英国小说中的城市空间进行研究,即以空间理论解读战后英国小说中的城市与乡村关系;以景观理论解读战后英国小说中的伦敦与殖民城市的关联;以日常生活理论解读战后英国小说中的日常生活书写。运用爱德华·萨义德(Edward Said)的"对位法阅读"方法表明,关注文本中城市书写背后的帝国权力之间的共谋关系,凸显宗主国和边缘化的他者的不同体验,历史与当今现实的对话。从历史的角度探讨了西方城市发展的历史在文学中的镜像。从空间批评的角度出发研究文化、文学与它们所表征的城市。

随着城市化的快速蔓延,当代的日常叙事越来越贴近城市,城市研究的兴趣点趋向于城市叙事、离散漂泊和移民归属等热议的话题。在第二次世界大战后,全球化语境中,文学创作主体的空间位移不同程度地面临着身份认同的困扰,加速了来自不同地域的文化形式在城市空间的博弈与发展,凸显了城市意象对民族身份的建构作用。《战后英国小说的伦敦城市空间和民族文化身份建构》聚焦在第二次世界大战之后这一相对集中的时间段,向前回溯至殖民化渐进的历史阶段,向后延续到新千年伊始,透过英国小说驳杂的伦敦描述,将研究点集中于多样性与身份认同上,从概念的层面上去认识不同的城市群体在二战后这一历史阶段如何以不同的形式使用、感受同一城市空间,并与之产生联系。本书所要探讨的议题从第二次世界大战之后伦敦的城市复苏开始,直至城市生活和城市面貌在英国小说中再现的各个方面,进而阐释一系列城市研究的重要主题,包括城市空间、身份焦虑以及差异、不平等和反抗在城市经验与相关分析中的重要意义。本书还对城市人群、移民飞地以及城市空间分布在城市形象再塑造中的作用等进行研究。

文学中的城市研究不具备单一学科的属性。单一的理论视角的选择不能完整地回答提出的问题,必须将相关理论视角连接和整合。居于本书核心部分的基本假设是,如果把这些理论整合起来专注于一个学术主题就会更富有启发性,这些不同的理论路径在某种程度上具有一致性。本书的写作主旨在于通过融合不同研究领域视野,参照各种相关的城市理论,根据具体的研究问题择取不同的理论来探讨伦敦城市身份认知议题。本书的研究力求突破单一的社会历史批评,而对其进行文化学的拓展同时兼以建筑学和城市规划设计学的相关理论,以期达到文学审美和文化批评相结合、立足文本和关怀现实相结合、整体观照和特定视点相结合的研究效果。本书从城乡空间人口与资本的流动、城市地理与景观的重现、城市日常生活的变迁等各方面入手,研究实际的城市化与想象的城市化之间的表征关系,研究呈现于文本的"空间的城市化"与"人的城市化",以及战后英国小说文本对权力与资本在城市化过程中的共谋的复杂表现。本书认为,城市化过程中的"新旧并置"与战后英国小说中美学的兴盛、消费美学的泛滥以及其他美学形式的选择之间的关系,表现了当代作家在传统与现代、全球化与本土化的张力中的不安、犹豫、抵制以及逃避等复杂文化心态。战后英国小说的成绩与不足,也恰恰是当代作家想象城市化与城市化形塑战后英国小说之间张力的表现。尽管全书的构架设计中每一章节都自成体系,可独立进行研读,但是,不同章节中表述的课题与讨论的内容,彼此之间依然有着重要的有机联系。这种篇章建构的努力,从引言式的导论就开始了,点明了城市与城市文化研究的概念厘定与学术基础,以及不同历史阶段城市呈现方式与研究方法之间隐含的观点。这些问题将在随后的章节中加以论述。

第一章

民族身份的追寻与帝国逝去的荣光

"城市如同建筑，是一种空间的结构，只是尺度更巨大，需要用更长的时间过程去感知。"①文学世界中的城市不仅是现实城市的表现，更是一种想象的物质建构，不仅是地理意义上的空间建筑，更是文化意义上的建筑。换言之，文学中的城市空间并非纯粹的地理空间。而是一个涉及诸多因素的文化建构。小说中的城市"是一种心理状态，是各种礼俗和传统构成的整体"②，它向我们展示了比地理空间更丰富、更复杂的政治和文化表现形式以及日常生活的内涵。城市本身是一个形象意识系统，在文学中，城市不仅是一个语境，也是作者个人经历的复杂性和主题意义的表达中心。城市，作为一种叙事，甚至成为一种意识的产物，一种与物质完全分离的话语建构。

对于殖民地作家来说，去大都市旅行是一种必要的"文化朝圣"。殖民地的首都被认为是一个避难所，一个终极知识的来源。对于居住在帝国殖民地的精英们来说，去源头的旅程就像一个让作

① 凯文·林奇：《城市意象》，方益萍、何晓军译，北京：华夏出版社，2001年，第1页。
② R. E. 帕克等：《城市社会学——芝加哥学派城市研究文集》，宋俊岭等译，北京：华夏出版社，1987年，第1页。

家们汇聚在一起的仪式。回顾过去,新的殖民地作家也开辟了未来。通过建设想象中的家园,他们在书面上和政治上更接近欧洲的国际化的帝国主义大都市。然而,在20世纪中叶,欧洲城市居民却对他们社会的真实性越来越没有信心,反倒是殖民过程中引入的其他文化更具有实质性的东西。因此,殖民地作家对帝国本身所表达的关切与本土作家所产生的怀疑气氛产生了混响。于是一种表面上的联系呈现出来:一方面,现代主义的意义危机以及欧洲对"他者"文化的普遍兴趣;另一方面,殖民地民族主义的文学表达寻求进步的同时也是怀旧的。文化和审美的影响跨越了殖民大都市和边缘殖民地之间的界限。

作家对伦敦这座城市的书写,大体可以从横向和纵向两个理路归类。横向书写指向城市的开放性和流动性。伦敦的街道在作家笔下代表了回归之路,作家空间书写选取的方式大多是殖民地与宗主国场景的叠加。移居殖民地的作家在回归母国时,以一种陌生化的观点冷静地看待现实,而帝国衰败的现状往往隐藏在个人的经历背后。在作家倡导政治"去中心化"的主张同时,蕴含着建构文化主体性的愿望,即文化的"去边缘化"愿景。

纵向的历史书写以历史作为透镜。英国的城市受到的高度认可与英国的贵族精神和绅士文化有着千丝万缕的联系。尽管英国社会经历了从乡村到高度城市化的转变,但是英国人对乡村和乡村生活的态度是一以贯之的。因此,英国社会在城市工业化之前,文学的主要表现形态是乡村文学。即使这个国家完成了高度的城市化、工业化进程,之前的思想和经验仍然有影响。乡村文学与城市文学尽管是两种不同的文学模式,但是对连贯的历史保持着相通的回应方式。通过这两种方式的书写,作家给我们勾勒出一个个多元化、多样化的城市家园。战后城市的社会现实所隐含的政治生态和传统价值观的流变,反映了"英国性"建构过程中所产生的对国家认同的焦虑。

文化上游离的殖民地作家所表现的城市颓败景象既反映也参与塑造了殖民主义对主体、文化和信仰的束缚。20世纪的西方城市对于通向未来的环境与处于边缘地带的殖民地而言,代表着未来的象征,代表着开放与多元的生活样式。和外埠的帝国社会相比,伦敦的居住者更能宽容对待"他性"和殖民主义的异议。因此,身居帝国边缘地带的作家来到帝国的中心,正是在这里,他们让世人注意到了殖民政策的不公正,并理解了文化中心对待殖民地的霸权统治。远离中心的奈保尔在视觉的冲击和切身的生活经验之后,在这样的现实中发言,表达了脱离源头和现实的隔阂。这一章围绕着帝国景观和乡村景观,以伦敦现实情境和非洲殖民地的掠影互为镜像,解构英国人旧式帝国身份的形成过程,强调生活在帝国衰落和文化变迁中的主体如何重新定义他们的个人身份,寻求自我的社会归属和社会意义,以更积极的姿态重构后帝国时代下的英国身份。

第一节 殖民教育与"文化朝圣"

英属加勒比特立尼达作家 V. S. 奈保尔的社会文化背景颇为复杂,1932年他出生在小安的列斯群岛东南端的特立尼达一个印度家庭,祖父于 1880 年作为契约劳工从印度到达特立尼达,父亲是特立尼达一家报社的记者。奈保尔从小接受的是殖民地的英式教育,18 岁获奖学金赴牛津,在大学学院攻读英国文学。奈保尔喜欢把自己描绘成"世界作家",与任何一种传统都没有关系。奈保尔把特立尼达视为人生必然要跨越的始发站,他出生在这个国度,生长在这个国度,却刻意与这里保持着距离,尽量不和这里产生任何交集。他的文化兴趣在英国,奈保尔的母语就是英语,他在英国社会和社会语境中试图寻找一个可以安身立命的角落,然而在写作主题上和在政治上又保持着与特立尼达文化背景的联系。《抵达之谜》是奈保尔的代表作,于 1987 年发表后位居英国畅销书榜首,受到西方学术界的高度关注。2001 年瑞典文学院授予奈保尔诺贝尔文学奖时专门提及这部小说并给予赞誉。

《抵达之谜》讲述了一个定居英国的殖民地作家在盼望多年之后,终于来到英格兰的不平凡旅程和心路历程。小说的叙述者"我"是奈保尔式的自传人物,背景是 20 世纪 70 年代的英国维尔特郡(Wiltshire)。作品通过这个外来者的眼睛,简单地描述了一个维尔特郡的庄园,季节在年复一年地变换,庄园里的人日复一日地劳作。整部小说由"杰克的花园""旅程""常春藤""乌鸦"以及"告别式"五个部分构成,记录了英国的田园风光以及风土人情。小说没有特别的情节,却是精雕细刻。在作品中,奈保尔将一个作家的经历和感受与大英帝国以及整个欧洲文化的衰落融为一体,创造了一幅幅鲜活其外、冷漠其中的画面。以看似随意的笔触,写出了殖民统治文化逝去的景象。1954 年,奈保尔定居伦敦,作为一个具有典型殖民地写作特色的作家,他在回溯作者个人的经历的同时,穿越广阔的地域和文化空间。奈保尔在历史作品中注入的文化朝圣理念,驱使着他陷入了文化认同困境,他既不承认自己是一个后殖民地人,也不被认可是一个英国人。他被自身的身份危机所困扰。

在加勒比地区的欧洲殖民地,殖民主义在第二次世界大战后已经终结。可是,殖民主义对宗主国与殖民地的影响却远远没有终结。近年来的研究旨在重新审视殖民的历史、政治及语言等。"单单在文学研究这一领域中,就出现了重大的方式转移:有学者认为,某些西方传统价值观,通过文学形式,在殖民的历史过程中发挥作用;于是从前被认为是表现西方传统价值观的文学作品,现在就被视为殖民帮凶的罪证。"[1]"从殖民过程的最初之日起,而且包括广义的文学,它们都在支撑着对其他国度的阐释力度,这些文本使还留在本国的读者能够去想象殖民开发、西方的征服、民族的勇气、新的殖民获取等。"[2]在英国文学中,《圣经》《天路历程》以及《鲁滨孙漂流记》等这一类大家熟悉的文本一直保持着对殖民主题的观照与阐发,在殖民的历史过程中,为早期殖民者提供了对于外部世界的阐释依据,殖民文学对于域外世界的解读在各种不同的文本中不断被复制演绎,激发阅读中的殖民期待,怂恿殖民者的财富探求。

《抵达之谜》中叙述者的家乡是特立尼达。1498 年欧洲人哥伦

---

[1] 许宝强、罗永生选编:《解殖与民族主义》,北京:中央编译出版社,2004 年,第 232 页。

[2] 艾勒克·博埃默:《殖民与后殖民文学》,盛宁、韩敏中译,沈阳:辽宁教育出版社,1998 年,第 14 页。

布发现了特立尼达,殖民者踏上这片土地,在殖民过程中大肆杀戮岛上的土著人,使土著人遭到了灭绝。特立尼达随后相继沦为西班牙、法国的殖民地。1595 年,英国人占领了特立尼达。特立尼达的历史就是被征服、被殖民的历史。站在 21 世纪伊始回头看去,特立尼达的本地土著与过去的历史看成与殖民者搅拌在一起而无法分开的历史。"殖民主义"作为一种侵略政策,其复杂性远超于军事冲突、种族暴力以及民族迁徙等强力所涵盖的定义。殖民主义可以通过无数的文化形式在文化层面的展示形成帝国的霸权。英国在特立尼达殖民地的文化战略是修建学校。英式学校作为"英国式"文化的典型物质载体,使得殖民教育在其中得以推广,为殖民地培养大量忠诚于宗主国的文化精英,融入英国的文化圈同时维护殖民地的统治。

在现实世界中,当大英帝国占领殖民地进行物质攫取的同时,不忘履行它的"文明使命",传播文明的主要方式是推送他们自己的文学。殖民主义文学具有自制自足的文学本体价值,同时在殖民主义的意义上起引领作用,以想象或营构的方式参与对殖民统治的建构。文学可以被当作推行多元文化的汇合和个人表达的自由这种民主化观念来阅读。"它的异质性就象征了这样一种结合,而至少在文化的层面上,许多批评家和思想看法的立言人都是鼓励这么做的。"[1]加勒比地区和欧美国家之间的文化教育交流极为密切,去欧洲留学

---

[1] 艾勒克·博埃默:《殖民与后殖民文学》,盛宁、韩敏中译,沈阳:辽宁教育出版社,1998 年,第 271 页。

几乎成了富有家庭的殖民地学生的必由之路。奈保尔的父亲接受的是英式教育，内心认同英国的文化体系，痴迷于英国文学，常常给年少的奈保尔读一些英国文学作品的精彩片段，奈保尔在父亲的影响下熟悉了英国文学。奈保尔以优异的成绩考取西班牙港女王中学，正式接受殖民学校教授的更纯正的英国殖民教育。殖民地教育的主旨是驯化像"我"这样的本土知识分子，阻断他们与自己所在国家的传统历史、文化和宗教的传承，从而更加充分吸收西方的文化。殖民话语的输入方式主要是依托殖民体系中的各类文化组织，其中学校是文化传播最为重要的载体。

在西方殖民者拓展领地的过程中，"他们以前所未有的方式用其自身的形象统一历史，即凭借欧洲启蒙主义所建立的模式，以文化超人自居"。[1] "我"在特立尼达学校接受的是典型的英国式教育，殖民教育在殖民者海外拓殖的过程中复制霸权文化观念。学校在传授知识的同时，向受教育者灌输占统治地位的意识形态。"殖民地学校的儿童了解狄更斯，他们描写起伦敦的雾，或许会比描写本地的天气还充满自信。可与此同时，那样的雾，那位于另一个世界的英格兰，对他们来说是不真实的。"[2]奈保尔在《抵达之谜》中提到在英国的土地上见到的景物能在文学作品中找到相关的描述，让"我"有一种似曾相识的感觉。"我"这样一位来自特立尼达的年轻人，在索尔斯伯里庄园的山坡上见到的生病的小牛趴在稻草上，便

---

[1]　蹇昌槐：《西方小说与文化帝国》，武汉：武汉大学出版社，2004年，第15页。
[2]　艾勒克·博埃默：《殖民与后殖民文学》，盛宁、韩敏中译，沈阳：辽宁教育出版社，1998年，第215页。

自然想起从托马斯·格雷的《墓畔挽歌》中读到的"牛群在草原上迂回,哞声起落"①,哥德史密斯《荒村》中的"清醒的牛群在晚间呼唤着牛犊"(奈保尔 78),"我"期待着成群的牛儿的出现。后来,"我在丘陵上见到奶牛,就觉得似曾相识"(奈保尔 77)。因为他心目中出现的奶牛形象是炼乳罐头上面的那样子,"它们像是我童年记忆汇总特立尼达的炼奶商标上的牛:对我而言产生了一种极度浪漫的效果"(奈保尔 77)。眼前美丽的画面和那些诗句符合炼乳商标上牛的样子。而"我们岛上没有这样的牛群"(奈保尔 78)。许多作家为了赋予他们文化上脱节的生活以某种意义,便求助于他们所受殖民教育中关于世界的描写:"简·奥斯丁的世态喜剧,从英国历史中找来的意象,浪漫主义者都对欧洲自然风光的吟诵,以及学校读本或广告上看到的光洁如洗的蓝天、风铃草、光斑闪烁的树荫等等。"②本土人相信高等文化来自殖民宗主国,殖民教育造成殖民地人心理上的不和谐和异化,毫无芥蒂地接受语言中的殖民姿态。

　　宗主国的文学艺术直接导入特立尼达,造就了"我"的审美标准和思维方式。奈保尔大量地阅读西方文学,蓄积了深厚的文学素养。他从 19 世纪英国小说家的作品中汲取素材,作品的叙事风格与 19 世纪的现实主义文学如出一辙。

　　对于英国人来说把自己的影像投射到全世界的各个角落的努

---

① V. S. 奈保尔:《抵达之谜》,蔡安洁译,海口:南海出版公司,2016 年,第 78 页。以下以夹注形式标示引文页码。

② 艾勒克·博埃默:《殖民与后殖民文学》,盛宁、韩敏中译,沈阳:辽宁教育出版社,1998 年,第 215 页。

力在维多利亚女王统治时期(1837—1901)发挥到了极致。维多利亚时代可视为殖民时代的代表者,19世纪末,在帝国主义的鼎盛时期,英帝国主义者大都认为自己是在扮演世界的征服者和文明的使者的角色,这些充满自信的感觉投射到了文学作品的表现中。19世纪殖民主义文学的一些界定性的关怀和母题极大影响了奈保尔的文化认识。维多利亚时期的作家都在作品中反映了帝国的发展。积累在《天方夜谭》书页中的殖民文字为想象和逃遁提供了各种各样的比喻,为不断向外扩张的欧洲殖民者从不认识的混沌中辟出一方想象的空间,就写作和探访的异域故事都可以不断地回到殖民主义的阐释这个话题来说,有关帝国价值观的重要能指符号都进入了小说的文字空间。殖民地作家在一个浸润了帝国主义意识形态的社会中,在殖民主义和异域风情小说的文本参照中进行写作。由《天方夜谭》的神话性和叙述性的程式化引发的众多隐喻和明喻,充分证明了殖民文字描述的文学本质和再生本质。华兹华斯的《序曲》(1850)、托马斯·卡莱尔的《旧衣新裁》(1833)、夏洛蒂·勃朗特的《简·爱》,安东尼·特罗洛普的《世界故事大全》(1861)等多部小说都充满了《天方夜谭》的意象。"除去那奇怪的文学抱负,我的性格的确有特别单纯的一面。我对自己的出生地,新世界农业殖民地了解甚少。"(奈保尔110)

奈保尔认为,西印度群岛是一个没有文学传承的精神荒漠,而19世纪的英国作家则是在密密匝匝的文本参照传统中从事写作的。正因如此,帝国之下的文本互涉成为可能。维多利亚时期的小说带有浓郁的殖民色彩和对外扩张意识。"殖民主义的文学充满了

062　战后英国小说中的伦敦城市空间和民族文化身份建构

欧洲文化至上和帝国有理的观念。"①殖民书写想象中的伦敦形象初步奠定了当时殖民地人对帝国的认知,实现了启蒙和教育殖民地人认同帝国文化的目的,在确立殖民地知识分子与帝国的联系以及界定他们的文化取向、价值观念中发挥了重要作用,并在一定程度上刺激了殖民地知识分子向英国的迁徙。

小说中"我"深受殖民教育的熏染,观念和行为充满了浓厚的殖民文化意味。"我"的个人理想植根于大英帝国的中心,而体验生活的地方则是暂居在帝国边缘的殖民地。奈保尔在《抵达之谜》中记述了特立尼达文化资源的贫瘠,甚至没有书店。"我故乡那样的殖民地没有书店……在这个古老的殖民地广场上有商店出售教材,也许还有童书和填色书,或许也还有一两个小书架的企鹅丛书,少量书的有限几本,以及几册科林斯经典丛书(看上去像圣经)。"(奈保尔 112)他认为必须身在英国才能实现自己的作家梦,他要从世界的边缘、贫瘠落后的特立尼达起身,直接抵达帝国的中心。"去见见世面并成为作家"(奈保尔 109),这种梦想和激情驱使他尽早开启一段离开特立尼达的旅程。"很久以前的确有一场旅行——旅行催化了其他一切,间接地促进了官员传统世界的幻想。……这场旅行始于我将满十八岁之际……这场旅行把我带出特立尼达岛,经过委内瑞拉北部海岸,来到英国。"(奈保尔 98)"我"把英国视为世界的象征,"我"将从特立尼达到英国的旅程意味着从边缘到中心的旅

---

① 艾勒克·博埃默:《殖民与后殖民文学》,盛宁、韩敏中译,沈阳:辽宁教育出版社,1998 年,第 2 页。

程。"我"对英国的抵达是空间上的位移，更是一种文化层面的朝圣。宗主国实现了对受殖者的思想控制，成功地牵引了殖民地的杰出人才效忠于宗主国。

到英国读书前，奈保尔常在特立尼达黑暗的影院里提前尝试英国与英国式的生活。"因为在家时，电影院是想象中我生活得最深刻的地方。除去那奇怪的文学抱负，我的性格的确有特别单纯的一面。我对自己的出生地，新世界农业殖民地了解甚少。"（奈保尔110）从殖民地特立尼达的破旧的街巷到帝国中心牛津的现代城市，奈保尔在地理区间上靠近了帝国中心的文化。"我"认为特立尼达是人生的暂时驿站，在这里"我"过着隐退的生活。"我真实的生活，我的文学生活，在别处。"（奈保尔111）殖民教育在特立尼达造就了将殖民文化内化的"我"。"在特立尼达的孩童时期，我把书里读到的一切映射到特立尼达、特立尼达乡间和西班牙港街头。我甚至把狄更斯和伦敦融入了西班牙港的街道。"（奈保尔163）"我"在接受英国的教育和文化时，滋生着对理想的英国城市的憧憬与向往。英国宗主国文化在叙述者心目中悄然产生了不可替代的地位，叙述者不断追随英国文化。与此同时，"他有的只是对自己所处的各种族混杂的殖民地背景下的时代的种种偏见"（奈保尔105）。在《抵达之谜》中，奈保尔表达了对伦敦的热爱，"此处的美，以及我对它的钟爱，胜过其他所有地方"（奈保尔82）。当他发现身处的伦敦与他所受教育时所接受的伦敦不一致时，他设法调整自己的认识来维护意识中完美的世界，"如今在伦敦，我能够把这个完美的世界置于另一个时代，一个更早的时代。这种精神和情感上的转变过程是一样的"(奈保尔 125)。

英国殖民文化作为外来异质文化输入特立尼达，显示了强大的渗透功能和种族的优越性，而"排他性"则产生于思想意识中，成为殖民政治的非暴力霸权。"殖民主义按所谓文明的需要对他者进行的建构，是用来证明它对本地人的剥夺的合理性的。"①葛兰西认为文化霸权是通过"同意"的方式来使被统治者接受其意识形态。"同意"是"一种特殊的权力……提供又控制机会，赢得和塑造赞同，因而对统治阶级的合法性的认可显得不仅是'自发的'而且是自然的和正常的"。②"同意"更多的是一种心理状态，来自某种程度的有意识的依附于社会的认知主体。宗主国对殖民地存在着思想和意识形态上的"霸权"特质，在资本逻辑的驱使下，通过学校等文化机构从意识形态上强势传播自己的文化、历史、价值观念等，企图同化殖民地人民的思维方式和行为举止，用一种行善的外罩把殖民征服包裹起来，在殖民地人思想观念中把自己化身为文化神龛，让受殖者"有的只是对自己所处的各种族混杂的殖民地背景下的时代的种种偏见"(奈保尔 105)。"我"作为有机知识分子无形中全盘接纳了这种文化力量的影响。"由于它在智力上依赖于另外一个社会集团并服从这个集团，因而它就不能以自己的世界观为指南，而是以它从

---

① 艾勒克·博埃默:《殖民与后殖民文学》，盛宁、韩敏中译，沈阳:辽宁教育出版社，1998 年，第 59 页。

② 阿雷恩·鲍尔德温等:《文化研究导论》，陶东风等译，北京:高等教育出版社，2004 年，第 108 页。

另外那个社会集团借用过来的世界观为指南了。"①"我"甘心地匍匐在宗主国的文化神龛前历经长时间的旅途跋涉奔向宗主国。从某种程度上说,"我"的"同意"形成了与殖民者的共谋,共同完成了一种文化侵略和殖民文化霸权。②

第二节　抵达的困惑与文化身份表达

当我们谈及宗主国的殖民理论时不是以解构殖民统治为旨归的。存在于被殖民者主体身上的矛盾性是我们关注的焦点。具体而言,"对于被殖民者来说,殖民教育导致他既不黑也不白,乃是一个似是而非、精神分裂的存在"。③ 呈现在特立尼达的殖民文化统治形态改造了受殖者的思维方式,使受殖者认同宗主国的价值取向。在前殖民地,在宗主国开设的学校接受过教育的学生最终会通过殖民政府的官方资助或私人出资等不同渠道设法到西方留学或求职。这样的想象发生在"我"的身上,"我"很难抗拒殖民教育的精英主义观。"我"成功地实现了自己的理想,18 岁的"我"拿到了牛

---

① 安东尼奥·葛兰西:《狱中札记》,葆煦译,北京:人民出版社,1983 年,第 9 页。

② 奈保尔在 1990 年的一次演讲中将英国的文明等同于普世文明,他对自己的英国中心观点毫不掩饰,认为从特立尼达到英格兰的旅程意味着从边缘到中心,殖民地的应试教育是推广普世文明的一种工具,因此,有些研究者认为奈保尔是英国文化的"养子""黑面具下的白人旅行家"。

③ 翟晶:《边缘世界——霍米·巴巴后殖民理论研究》,北京:文化艺术出版社,2011 年,第 170 页。

津大学的政府奖学金,踏上了实现梦想的征途。"只希望不要失去我的奖学金,带我去英国牛津的奖学金······只是想要逃离特立尼达岛,去见见世面并成为作家。这种激情,这种渴望,融入了这次旅程。"(奈保尔 109)移民前往伦敦的交通工具大都是西方殖民国家的,因此,移民在船上首先遭遇了西方以及船所承载的殖民主义。正如查尔斯·蒂利关于身份、边界的研究所云,遭遇会使"先前两个分开或只有间接联系的网络的城市进入同一个社会空间并开始互动时,他们在联系点上共同建立了一个社会边界"①。在通往伦敦的旅途中,最能吸引移民目光的是文化差异大的欧美人。这些人的存在,成为殖民地移民自我文化的参照坐标,使得加勒比移民时时感受到另一种文化的鲜明存在。在飞往英国的旅程中,"我"的旁边是一个带着孩子的英国女人。"正如我说过的,女人是英国人。我之前从未见过和她年龄相仿的英国人——事实上只见过一个英国女人——我无法判断她的性格、智商或是受教育的情况。"(奈保尔103)西方和东方的经历确实制造了一种威压感和冲击力。这个界限轮廓突显了生活方式的迥异。这种差别主要体现在殖民地旅行者的衣着、言语、行为的外在表现形态以及旅行者对衣着和言语行为的态度和感官体验上。

　　在英国殖民语境中,"我"被英国精英文化同化,实现了"英国化"。在后殖民语境中,"我"不是以被殖民者的姿态出现,而是自诩

---

① 　查尔斯·蒂利:《身份、边界与社会联系》,谢岳译,上海:上海人民出版社,2008年,第 144 页。

为殖民者的"同事"出现在"他者"面前,殊不知自己就是"他者"中的一员。但是,旅途中发生的事情让"我"不得不面对文化身份的差异带来的尴尬。"我"手持英国人为我订购的船票开始赴英的航程时,船上服务员发现"我"不是英国白人,出于种族肤色的考虑,将"我"与同船的其他白人分离开来,单独将"我"安排在空置的上等舱房间。起初,"我"为享受到的"升舱"特权而欣喜,但是,当"我"睡到半夜时,服务员竟把一个黑人安排到"我"所在的房间,"我"才意识到自己身份地位的低下。同屋的黑人显然对这样的安排也表示愤怒,"就因为我是有色人种,你就把我和他安排在一起"(奈保尔 119)。"我"感受到外界对"我"的真实看法,"所以我是被赋予了一点少数族裔的特权。但是我不希望那个黑人或者其他人和我共处一舱。我尤其不想和这个黑人待在一起。原因和他说的一样"(奈保尔119)。叙述者渴望获得英国人的认同,从事成就他梦想的作家职业。然而,尽管"我"接受英式教育,用英国的文化习俗规约自己的行为,但"我"的肤色一再暴露我有色人种的真实身份,在外人眼里,"我"与黑人并无二致。殖民文化的教育置"我"于一种吊诡的处境中,"我"接受了英国所宣传的价值,认可了英国的文学艺术,但另一方面,从一开始踏上力图按这种要求成为一位文学大师的征程中,"我"就被尴尬地告知"我"只不过是个被殖民者。

经过几个月的长途旅行,"我"终于来到了伦敦,成功地实现了自己的理想。下船后,喧嚣的城市和行色匆匆的人群吞噬"我"的使命。"我"茫然不知所措。事实上,伦敦带给"我"的是失望,因为它与童年想象驻留在脑海中的那份完美相去甚远。"我来到伦敦,本以为对它很熟悉,却发现了一座陌生而未知的城市——房子的风格,甚至区域名都陌生;和我的寄宿处一样奇怪,这点非常出人意料。"(奈保尔 127)"我"对伦敦的了解来自文学作品中的介绍。"我了解的伦敦或是想象的伦敦来自狄更斯。狄更斯和他的插画师给了我有关这个城市的幻觉。因此不知情的我,像我即将听说(并为此惊奇)的那些俄罗斯人一样,仍然相信狄更斯的那个伦敦。"(奈保尔 127)在英国伦敦,"我"作为一个陌生人,遭遇困境,感到了紧张和无助。"那种幻想的天赋随着我一九五零年来到英国即刻失去了效力。当我被现实包围,英国文学失去了普遍性,不再是幻想的主题。"(奈保尔 163)初次来到英国,"我"对其义化身份则是这种从属又背离的两难处境。

事实上"我"期待获致的英国文化身份和"我"之前断然放弃的印度文化身份在本质上并无二致。这二者都是"我"带有极强目的性、有选择性地截取了特定文化的某一个历史时段,是"我"主动或被动移植到另一空间之后索取或抛弃的产物,然而,真实的情况是,他们的存在在同母国分离的那一刻起就被剥离了赖以生长的土壤,失去了独有的营养供给。与此同时,叙述者处于过去与现在、东方与西方、黑白之间的巨大文化张力之中,当 18 岁的"我"挣脱文化张力的碰撞磕绊登上飞机前往英国留学时,"我"所期待的是认领自己的文化身份,却开始了痛苦的自省过程。

"我"在充满失落与迷失的状态中,坚持写作。在寻找素材的过程中,一本叫作"艺术小文库"的丛书中的插画《抵达之谜》吸引了"我"。"我觉得这个标题以一种间接而诗意的方式触及我的经验。"

(奈保尔91)画面上是：一个经典的场景，中世纪的，古罗马的——或者，"我"是这么看它的。一个码头；在背景里，有几道围墙和门口以外，有一艘古代海船的桅杆的桅顶；在近处一条僻静的街道上有两个人，都裹得紧紧的，一个可能是那个抵达的人，另一个也许是这个港口的本地人。作家说，它传达了抵达的神秘。这就是它向"我"传达的信息，和传达给阿波利奈尔的一样。后来"我"就用这个画名作为自己将来要写的这部作品的书名。小说名字中的神秘（Enigma）一词所表现的不仅是新来者即作家本人的困惑，也是英国及其文化本身的神秘。

在看了这幅超现实主义绘画之后，叙述者展示了他的想象力，并向读者讲述了一个历史故事。在凝望了这幅由意大利画家乔吉奥·德·基里科（Giorgio de Chirico）的超现实主义绘画之后，叙述者展开了丰富的想象力，向读者讲述了一个历史故事：

> 我要写的故事发生在古典时期，在地中海。叙事者平铺直叙。没有试图用哪个时代的风格，或者用历史阐释他的时代。他将在那个古典的港口抵达，墙和通道仿佛是剪裁出来的。他抵达的由头我还没想出。他将路过码头边两个裹得严严实实的人。他将从静默和荒凉中走开，从空白中走向通道或门。他将走向一个拥挤的城市，被那里的生活和噪音吞没。他的使命——家族生意、调查……他会产生毫无头绪之感，丧失使命之感；他开始意识到自己迷失了。他的探索感被惊慌取代。他想逃跑，回到码头，回

到船上。但他不知道怎么回去。(奈保尔 92)

画中旅人的这一境遇与作者奈保尔的经历极其相似。他将自己看作是画中的旅人,无法依据英国传统从现代主义的角度欣赏这幅画的意义,他把画家的创作主旨理解为对暂时性、不稳定性的写照,画作的意义所指始终处在延宕的过程中,与他作为一个移民,作为一个不停歇地寻找临时性居所的人的精神状态相契合。当旅人要回归的时候,"没有桅杆,没有风帆。古船开走了"(奈保尔 93)。作家通过一种象征性的方式,将抵达与回归非此即彼的可能性排除,画中的旅人置身了一个前途未卜的陌生空间里,表现出挣扎彷徨的生存困境,演绎出漂移不定的身份归属。

奈保尔以画作的方式解释《抵达之谜》中事实与虚构的融合。奈保尔结合自己复杂的文化背景和在城市中的情感经历,塑造新的身份。他深厚的阅历和丰富的人生背景本身就构成了一部无穷无尽的小说。作为创作主体的作家与居于城市空间生存个体的人,二者能达成精神的统一吗?他说:"我看见的东西非常清晰。但是我并不知道我正看着的是什么东西。我还完全没有适应它。我还处于一种过渡状态之中。"(奈保尔 3)在殖民体系的影响中,困扰着被殖民者主体承受的是一种精神分裂。这幅画的出现,在很大程度上可以被看作是对这一精神分裂状态的应激反应,是处于不确定、无根基的处境之中投奔宗主国的前殖民地人试图寻求解决之道的尝试,但无法求得圆满的结果。

时间在流逝,昔日的英殖民帝国也在改变,而"我"用客观冷静的笔触,用讽刺的文字编排出幽默的故事。20 世纪 80 年代的奈保尔也许可以说处在思想和创作的"变法"阶段,早年的激愤、张扬、愤世嫉俗,渐渐转变为深刻、内敛、宽容,具有反思的性质。此期的作品更加成熟,不仅是他文学技巧的成熟,更是思想感情的成熟。作为一个身处"边缘",没有"中心"的人,奈保尔把笔触伸向了当代世界的核心问题:"中心在哪里?"如果说以前他一直努力想寻找一个理想的外部世界,找到一种秩序和安全感,现在则认识到真正的中心是自我的创造和发现的秩序以及安全可以在人的内心建立。他意识到自己携带的"背景书籍"和"生活世界"是可以与自己的过去、将来发生"连接"的,自我在这里被发现、被创造,这就是中心。"海外留学的经历往往使他们站在一定的距离之外反观本国的历史和现状,形成新的思想。"①

　　"我"作为一个接受殖民地宗主国文化教育和思维模式的人,努力争取在宗主国英国的价值体系和认同模式中谋取一席之地是"我"人生奋斗的终极目标。然而,另一方面,内化于心的西方价值观和知识储备让我有能力反观殖民地不平等的现实,难以褪去的"他者"身份令"我"对冷酷的现实产生怀疑,并催生了反叛和匡正的思想。"一九五零年,泛美航空飞机起飞的时刻,我看到了令人惊异的一幕:棕绿相间的田野让我的小岛展现出航拍照片的效果。如今在伦敦阅读有关这座岛的文献、发现它也有悠久历史时,我同样感

---

① 翟晶:《边缘世界——霍米·巴巴后殖民理论研究》,北京:文化艺术出版社,2011 年,第 108 页。

到惊异。就是这么简单！意识到这座岛是地球的一部分，意识到它与地球一样古老！"（奈保尔 150）无论是现实世界中的特立尼达、印度还是英国，甚至是精神世界中的自我、过去与未来，文学世界与现实世界在精神气质方面可以串联起来。我们发现早期奈保尔痛苦的破碎世界由新的发现连缀起来，作家在文学创作中更新了自我塑造。

正如小说《抵达之谜》中主人公每次经历海外漫游再次回到英国时体验到的归家喜悦一般，1950 年初，作家本人已不是当初刚踏上英国土地时的无家可归者了。"我曾经对特立尼达的一切习以为常，不管是路边的风景，还是地面上看到的农业殖民地，一切都理所应当，是大萧条的尾声恒常不变的殖民地的死寂。我写这本书时，脑海中的风景已和之前作品的感觉及风景非常不同。"（奈保尔 151）当这些少数族裔作家或"后殖民"作家获奖时，意味着他们已经得到主流媒体的认可，汇入西方文化的干流中，而作家本人也开始植根于帝国的中心地带。在《抵达之谜》中，奈保尔写道："这个人和作家是同一个人。但这是身为作家最大的发现。需要时间和大量的写作来达成两者的合二为一。"（奈保尔 104）奈保尔自认为是一个受过英国教育的作家，不是纯粹意义上的"有色人"，他拒绝承认自己是个"有色人"。奈保尔不愿意说自己是个有色人，因为他并不仅仅是一个"有色人"，他是一个受过英国教育的人，一个作家……从印度随家人移民到特立尼达，从特立尼达迁移到英国，他不断遭受由地域的迁移、环境的改变而带来的异质文化的冲击，他的身份居于某一时期和某一个地域，不曾拥有一个持续稳定的身份，在某种特定文化里,他尽力扮演特定的角色。因此,于他而言,"文化"与"身份"格外地不可靠。混合的文化融合在其身份形成过程中有重要影响,他本身也在不断调整自己,修正安放缺失的归属感。

第三节　叙述模式的突围与身份的认知

奈保尔一直受 19 世纪文学的滋养,对英国的认识首先是从文学中获得的。以 19 世纪维多利亚时期的文学话语模式为参照点的写作方式框定了奈保尔小说创作的标准。19 世纪以来,以巴尔扎克、雨果、狄更斯等人为代表的现实主义小说可视为时间形式小说。他们注重的是故事的严整统一和情节的连贯紧凑。英国 19 世纪现实主义强调作品的现实观照,作品被视为映照生活的一面活动的镜子。传统小说的线性叙事模式和叙述逻辑服务于他的精神诉求和探索,他以现实主义文学的审美态势保持与社会生活的同构。换言之,现实主义文学成为奈保尔构建美学空间和政治空间的一种重要话语实践。但奈保尔受困于这样一种悖论,他早年的殖民地生活经历与英国的本土经验相去甚远,对于奈保尔而言,成为职业作家的梦想源自他所受的殖民教育,宗主国经济的发展与增长似乎极其符合他的现实愿景。"我接受了这么多抽象的教育,因而我能这样生活,这样思考和感受。比如,我学了古典戏剧,却一点不了解孕育它的法国或者法国宫廷……这些事物不在我的经验之中,我无从把握。"(奈保尔 113)他用写作来表达自己的作家梦想,缺少英国社会风尚和历史文化的现实环境和根基,这种缺失导致写作观念和世界经验的断裂与背离。奈保尔的教育背景和生活经历中存在着传统社会和现代社会之间的裂缝。实际上,真正触碰到的伦敦让奈保尔失望至极,与自童年时代起就在脑海里勾勒出的完美城池大相径庭。作家并没有把认识到的一切铸在 19 世纪现实主义小说的形式里面,一维、线性的叙事模式显得过于简单,处于精神困境的奈保尔迫切需要寻找一种新叙事秩序,把故事从自然时序解脱出来。奈保尔选择居住在威尔郡峡谷的一处庄园里,峡谷宁静的自然景观让他对帝国经过失望的情绪得到了缓解,他居住的庄园面积庞大,但是整个庄园由于几经易主,已经呈现出衰败凋零的景象,新的主人无力修缮,但是从庄园的整体格调和装饰,依稀辨认出帝国曾经的荣光。实际上,奈保尔所面对的客观世界,是既无秩序又无始终的一片混沌,传统现实主义创作方法不足以展现当前的社会情形,他唯有吸纳其他创作方法的优长,丰富认知范式,才能赋予这片混沌的世界以适合的表现形式。

西方艺术表现在其不同的历史阶段有着不同的主题和特点,呈现出不间断的演进轨迹。这一过程中,作家运用不同的技巧与写作策略来完成对世界的观照、对人性的思考。20 世纪的前几十年对于欧洲文坛的艺术发展之路绝非风平浪静。1914 年 8 月直至 1918 年 11 月的第一次世界大战致使死伤无数。与军事斗争导致的灾难相比,艺术发展的文化震荡也让人惊叹不已。表现主义诗歌、抽象派绘画、没有情节的小说等对人们的鉴赏力造成了极大的冲击。从 20 世纪早期开始,现代主义在文学批评中作为一个重要的术语被确立起来。有关这一主题的研究提供了有用的评述。创作主体看待其自身及其推理程序之合法性的方式已发生重大变化。他们将关注的焦点从内容的变化转向了形式的探索，将写作对象从客观外在世界转向了复杂多变的内心探索和意识活动，将文学语言从直白、清晰转向了晦涩深奥。现代主义在第二次世界大战之后进入了评论家称之为"后现代主义"的新时期。现代主义文学热衷于用曲折的方式来反映现实生活，摒弃现实主义的传统，从题材表现、结构技巧直到语言形式都进行了激进的实验和改革。

　　而现实主义由于本来就不是一成不变的文学艺术原则，所以先天地具有随社会历史变化和认知范式的改变不断调整适应、充实发展的能力。20世纪中期的现实主义的素材攫取被民族主义、身份、移民、异质文化等其他的力量所决定。在创作实践上，奈保尔将写实、考察和虚构结合在一起，一直不停地探索着小说的形式。当然，这种写作方式的出现是作家面对写作困境时努力寻求突围的一种方式，它与后殖民美学思想的影响密切相关，与作家亲身经历的后殖民批评话语和后殖民语境变迁后的心理体验相关联。作家从政治学的角度对自己的流亡生活进行观察。线性叙事的现实主义小说已经不足以记录被殖民统治搅乱的生活世界。他所讲述的故事情节跳跃，在历史的时间线轴中穿梭跳跃，有时能跨越几个世纪，时而回溯到殖民战争时代，时而转至后殖民时代民族主义对第三世界国家的影响，时而定格在殖民统治时期的日常生活中。与此同时，他创造的人物都有复杂的生活背景，穿行于不同的生活空间，游走于不同的国度，本身就是一段时间的历史缩影。如此的写作范式就是将历史的相对性与非线性的叙事铺陈有机结合。

奈保尔是一个文学旅行家,他的文学旨归刻录在他变幻不定的行踪中,他要抵达的家园建构在他那无法复制的身份话语中。作家本人跳出 19 世纪现实主义文学的窠臼,游走于各种文学流派和思潮之间,他因叙事和身份求索的需要把多种文学形式汇入自己的写作风格之中。小说与非小说传统的文体界限在他的作品中已经被跨越。当处于边缘地带的奈保尔凭借自己特立独行的写作方式跻身伟大文学的行列时,他颠覆了通常的叙事视角,改变了读者的阅读期待。他后来的一系列作品虽然有较强的纪实性,但书中的人物并未失去艺术的色彩。因为在作品的叙述汇总中,往来的家书、作家本人的经历和故事情节的运行交织在一起,很难厘清哪一个是最为主要的因素。

就艺术手法来看,《抵达之谜》独树一帜、风格鲜明;它没有真正的故事情节,但结构的安排颇具匠心,故事之间的衔接充满了神秘性的色彩,细节的刻画悠然从容。初读这部奇特的作品时,读者被迫多次中止,可能是因为奈保尔过于伟大过于深刻,读者一时不知他究竟在说什么以及他为什么写这本书。经过反复咀嚼,终于发现了走向作品深处的一条通道:文中多次提及的一幅画《抵达之谜》正是结构全文的主轴。沿着这条主轴,我们可能通向奈保尔的心灵。作者在小说中交代了书名的由来,他得益于作家对一本题为"抵达之谜"的小册子书名的关注,"它强烈地激起了作者的情感,他觉得这个题目'以一种间接而诗意的方式触及我的经验'"(奈保尔 91)。这是一幅奇特的绘画,画面上是一幅独特的场景:时间可能是中世纪,在设施简陋的码头岸边,在几段残存的城墙外,远处海面上停靠着一艘带有桅杆的海船。在陆上一条静谧的街道上,一个旅人包裹严实,他或许是刚刚抵达的陌生人,或许是码头的当地人。作家说,"它传达了抵达的神秘"(奈保尔 92)。后来作者就用这个画名作为自己作品的书名。小说题目中的抵达之"谜"不仅传递了作者本人对身份归属的困惑不解,也揭示了整个英国及其文化的神秘莫测。

仔细解读作品的中心意象"抵达之谜",可以发现它具有两种内涵:其一,作品主人公为了一些不确定的原因找寻着自己的目的地,茫然之中来到了港口,这种行为寓意着一种盲目的进取;其二,主人公再次返回到码头重新开始他的旅程并最终到达自己的目的地,这实际上象征着真正的奋斗和成功必须是一种自觉的行为。显然,作者在这里使用了象征主义的手法,用"同一个地方"象征人对错误的知悟,用"寻找过程"象征一种进取奋斗,用"抵达目的地"象征成功。令人赞叹的是,奈保尔向人们指出:在某种意义上,第一次抵达是错误的,因为它是一次没有被察觉到的到达,而第二次则可被称为"真正"的抵达,这是经过了大量的自我认知而获得的结果,正是这些认识把这次抵达从终点转变成了一次开始。这个环程旅行是由"两次开始"构建而成的:一次是乘船之旅的起始点,它被暗示为迷失的,是在遗忘中被遮掩的;而后一次是作者认识的开始,船已经驶离,他的生活已经"衰竭",他所期待的就是死亡。

把这个抽象意象运用到小说《抵达之谜》所描述的生活中并不困难,这种奇特性突出地表现在作品的结构层次上。作品共有五个章节,其中三章讲述了叙述者在威尔特郡的庄园小屋的寄居生活。这段生活是主人公"新生"的过程,跨越了他生命中的十个年头。另外一章"旅程"记录了主人公到目前为止的写作经历,其中包括了一段新生的经历。最后一章记录了他妹妹的亡故,她死于特立尼达,正值作者离开小屋之际。介绍关于威尔特郡的那三章并不是按照单一的历时顺序展开的,而是按照空间的关系叙述的,包含了很多的循环反复,这里有自然界的衰落与产生,事物的变迁,历史的轮回,生与死,爱与恨,分与合,这一切都是立体化、共时性地交织进行的。"旅程"一章则与此相反,尽管它是一个首尾连贯的大循环,实际上则是记述了主人公在威尔特郡之前的一系列与写作经历有关的真实事件。

将"旅程"这一章插入一系列有关威尔特郡的"循环"结构中,从结构安排上来说就是把威尔特郡以前的经历合并到威尔特郡的"新生"生活中,这既是作者生活的高潮,也是叙事节奏的顶峰。在此,作品极力突出了生活内在的相反张力。从审美情趣上看,将直线型的连续不断的人生经历插入一系列与物理时间无关联的描述中,这就赋予了威尔特郡生活一种原始的永恒感,使得它成为一段游离于时间之外的经历。基于这一点,作者的寓意在于揭示生活正趋于回归,即他"第二次生命"的孕育;为了获得生命本质的再生,作者的直线型生活状态就必须被击碎。

在"旅程"一章中有很多这样的叙述,正如文中所述的,它是以一场由神经衰弱、疲劳、失望引起的病为开端的,这是作者作为作家的结果。"从事这份职业要承受特殊的痛苦……我终于衰弱了。我的精神破碎了。"(奈保尔 95)精神的病痛在作品中是以一种特殊的传达符号"噩梦"予以象征的,作者每一次醒来都是头脑的爆炸,这是由作者对自己作为作家的那种虚假的身份的认知进而引起的。一本由出版商委托写的书，使主人公离开了居住了18年的英国重返他的出生地，只是为了去写一本关于它的历史的书。但是，他失败了，他被迫回到了被他认为是没有生气的英国，"回英国的旅程和十九年前的那次旅行何其相似，那时一个几乎还是孩子的年轻人要去英国，去那个'作家'这一称谓有意义的国度成为一名作家。我不禁意识到这残酷的讽刺"（奈保尔96）。

作品中，主人公对身份的错误认识开始于他初到英国时认识的一个名叫安吉拉的女人。安吉拉是一个像他一样的移民，她不想费力记住他的印度名字，她只想极其简单地把他叫作"维克多"（应该指出的是，"V"是奈保尔名字的第一个字母）。"这对我起了效用：通过穿插其间的情欲，我被调动的全身，安吉拉的名字让我想起初到伦敦的迷惑和暧昧。"（奈保尔168）在"旅程"一章的结尾部分"在这里，在庄园小屋和第二次生命的最后一段时间里"（奈保尔167—168），收到一封来自她的来信，这进一步表明这种行为的讽刺意味已被认知。

人的精神世界既是浩瀚的海洋也是干涸的河床，于是，痛苦与喜悦交替而生，希望与幻灭相伴而来。作品中，为了充分展现主人公的精神痛苦，作者最终抛弃了叙述者的作家身份。这种叙述身份互相矛盾和交替变化的困惑，正是后现代主义小说的重要特征。于是，奈保尔后来打破了作家身份的桎梏，充分描写了生活在小屋中的经历。

这个描述开始于作者离开特立尼达，他意识到写作的事业必须要吸收殖民地的英语语言与文化才能发展起来。这种虚幻的作家生活就建立在写作中的"我"这个基础上,因为人生是丰富多彩的,于是这个"我"最终是注定要分裂的,于是导致了作者再生的经历过程。尤其令人关注的是,出现在"杰克的花园"里的童年生活片段更加加重了作者在威尔特郡的再生经历。在那里,在令人敬畏的、原始的英国风光中不时插入了特立尼达的回忆。这一章不仅仅是一个史前经历的描述,它还强调了后殖民自我的本质,是现实与虚幻的混合体。

"我见过奶牛在山坡上映衬着蓝天,低头吃草,或者怯生生地好奇地看着路人。它们像是我童年记忆中特立尼达的炼奶商标上的牛:对我而言产生了一种极度浪漫的效果,那是孩子对美好事物以及他方的幻想,后来我在丘陵上见到奶牛,就觉得似曾相识。"(奈保尔 77)《抵达之谜》中的象征因素无处不在:"旅程"象征着以前的经历,它可在其他的原始的生活模式中分裂和再生。它在向相反的方向拉伸。然而作家的生活开始就是一个错误并且以疾病和躯体的崩溃为终结。"这个人和作家是同一个人。但是这是身为作家最大的发现。需要时间和大量的写作来达成两者的合而为一。"(奈保尔104),这个是对他过去希望成为一个"英国"作家的否定而得出的结论。"我给自己一个过去,以及一种过去的浪漫。我脑海中未了结的部分消失了,小裂口填平了。"(奈保尔 157)因为有了种种磨难,才有了最终的"涅槃",于是主人公最后认识到"内部的分裂"是不可避免的,过去以及后殖民者的身份都真正地消失了:"我在 1950 年离开小岛——意味着无家可归、漂泊和憧憬——就是结局。"(奈保尔160)有了这些感悟他便在维尔特郡生活了相当一段时间,实现了他后来所说的再生。换句话说,这是作家在回顾中将这一过程升华为揭示自我"抵达之谜"的谜底的历程。他不仅仅是"旅程"这一章插入到了维尔特郡的经历中,在维尔特郡的时间中也把"旅程"作为一个阶段包括进去。通过写作,作家的认知和自我发现导致了他因"悲哀"而崩溃和他在维尔特郡的"再生"(奈保尔111)。

　　《抵达之谜》的重要表现技巧特征是打破物理时空,揉碎情感链条,从而使故事情节时断时连,使叙述话语唠唠叨叨。作品中,作者通过对时间的操控,语言的使用着重地描述了维尔特郡的经历,将它与过去和未来的经历联系起来。叙述者离开了庄园的房子,定居在山谷中由两间旧屋子修缮的房间里。"修缮房屋"在这里有丰富而深刻的含义,作者通过对能够体现自己意志的房子的再次设计,把过去的建筑转变为自己的建筑,其象征意义就是"再生"。这样,生活就变成了一种艺术,变成了一种象征,作者把两个历史片段连接起来,重新改造它来满足自己的需要。尽管在山谷中的一个循环结束了,但另一种新的生活又开始了,于是,主人公完全获得了新生。

　　时间不仅是作者展现情绪和表达意念的载体,而且也是结构作品的元素。作品中,时间的操控还用于章节间的衔接。除了作者对庄园里的寄居生活的描述,其他三章关于维尔特郡的叙述都是在同一时间跨度内连接起来的。所有的事件不是按时间顺序描述的,但他们确实被精确地排列着,主观时间完全打破了客观事件的程序,从而强化了作品的情感意蕴。同时,作品中还充满了种种意象作为象征:"杰克的花园"包括了叙述者在小屋中度过的全部时光,因此可以被称作为一个完整的循环;而"常春藤"和"乌鸦"在时间的操控过程中包括了很多的循环:英国历史的循环,特立尼达历史的循环,还有那些住在庄园及其周围的人的历史片段的循环。在这些循环中述及的人或物发生在不同的历史阶段。因此时间就变成相对的了。这样,时间不仅仅失去了它的重要性和绝对性,还失去了描述"我"的存在的支点,因为它破坏了时间的绝对性,以看似矛盾的叙述消除了一个个的障碍,创造了一种在意识之前的一种永久的、原始的变化。这种无序的变化强化了英国风景的原始特征,象征着新生与腐朽的历史过程。为了打破在结构上的均衡性,《抵达之谜》的多个循环都强调了首与尾的不可分割性,人物和事件都是由抵达和分离构建起来的一张网络——抵达就是结束,结束就是开始,反之亦然——无论是暂时的还是永恒的。维尔特郡庄园的园丁匹顿,布雷的女人,布伦达和她的电视修理工,菲利普夫妇,他们都是离开又到达,结婚或离婚,活着或死了,与此同时庄园自身的衰败也折射出英帝国衰危的历史进程。

伟大艺术家的不凡之处就在于通过表面的自然随意甚至矛盾展现复杂的人生态势、揭示生活的内在本质,奈保尔作为一代文学大师在此方面尤为显著。作品中,小说情节确实是在发展着,但是运用奇特的方式取得这种效果的:通过重复和类比、扩大和收缩,在各自的循环中几乎是不易察觉的,在叙述者的循环中,从他自身的困惑到不可避免的结果——自我认知,接着是他性和空乏感,以至到最后对死亡的认知与接受。对奈保尔而言,为了找寻自己,就只能插入死亡的循环中。

《抵达之谜》的章节排布充满了张力、断裂和不确定性。也许我们对于《抵达之谜》其中的情感意蕴和艺术素质永远不能真正破译，但我们更应看到作家基于个体独异的生命体验和心理机制对西方现代主义文学理解的差异性和不同的选择面向，更应该关切精神变迁之于文学变迁的关联过程中作家个体精神现象的复杂性。奈保尔创作所包含的敏锐的身份认知与对自我与他者、西方和非西方世界关系的普世性品质，是在大英帝国式微的情形下，身处其中的生命个体对于文化碰撞与冲击所导致的身份认同危机的美学阐释策略与叙事形式的突围。

第四节　乡村庄园的没落与英国性的消解

从 16 世纪至 20 世纪初，英国通过殖民扩张侵略，建立了一个强大的帝国。但是，发生在 20 世纪的两次世界大战使英国政治、经济以及军事力量严重削弱。这一曾经在人类历史上盛极一时的大英帝国在二战后迅速走向衰落，1956 年的苏伊士运河危机更是让英国的国际威望丧失殆尽。如果说英国海外殖民地纷纷独立，描绘了帝国霸权旁落的一种远景，那么，英国本土的经济凋敝与随之而来的社会矛盾则是帝国瓦解后的一种近景。帝国本土强大的意象既包括以伦敦为中心代表现代主义和商业文化的城市，又包含乡村英格兰。后帝国时代呈现的不仅是城市文明出现的一派荒原景象，更有蕴含着具有绅士气质和帝国尊严的乡村秩序的逝去。这一节在战后英国小说的文学地图上,在背对城市,心向乡村的审美间距中,汲取小说文本中乡村宅邸这个始基性文化符号,界定出庄园的文学意象特征与文化符号结构功能,探究乡村庄园在英国性的构建中的表征作用。

在英国的历史进程中,乡村与城市对国家的发展都十分重要。"'乡村'和'城市'之间的对立只是表面现象,城镇既是乡村的映像,又是乡村的代理者,它们之间不是对立的关系。"[①]在人类漫长的生活史中,居住形式丰富,乡村最为本质的用途是人类的栖息地。这也解释了英文单词"country"的语义收纳了人类社会的经验,侧重地理概念时,既可以指国家整个地区,又有"乡村"的意思,也有"国家""土地"的表述。然而英国早在 18 世纪 60 年代就进行了工业革命,工业革命加快了城市化进程和农业的边缘化,城市化进程导致了城市边缘不断扩大,无论是成熟的市区还是演进中的城郊都带动了社会生活方式的巨大变化。20 世纪初期,整个英国社会完成绝对城市化,以经济发展、物质丰裕为表征的城市生活形成了不列颠独特的日常经验。但是存在一个明显的悖论,"在英国人脑子里,英国的灵魂在乡村"。[②] 浸润在英国人心灵深处的乡村情结由来已久,大抵源自 19 世纪英帝国进行海外拓殖的时代,殖民远征的英国人怀揣在异国他乡发财致富的梦想,应对茫茫的荒地和与当地人自

---

① 雷蒙·威廉斯:《乡村与城市》,韩子满等译,北京:商务印书馆,2013 年,第 3 页。

② 尔东:《乡村,西方贵族的生活场》,载《安家》2018 年第 3 期,第 20—21 页,第 20 页。

觉隔离的孤寂生活,思念故乡时聊以慰藉的精神解脱是浮现在脑海中的充满浪漫色彩的乡村美景。

　　"'一战'时,战场上士兵们收到印有教堂、田野和花园,尤其是村庄的明信片,所受到的鼓舞远大于无数次的挥动国旗。"[①]在英国的历史文化中,乡村对于英国人来说具有独特的牵引力,英国总是和贵族联系在一起,乡村是英国风格的展现,古朴秀丽的村庄与自然景观浑然一体的英式花园成为英国最为重要的文物文化遗产。"相较于之前经济繁荣时所造就的工业资本,在乡村环境中的优美景致和古式建筑所代表的是另一种令人心旷神怡的文化资本。这样的文化资本让英国可以缅怀历史,并得以凭吊古老的自我形象。"[②]人们对乡村生活的居住形式倾注了强烈的情感,认为那是一种宁静、纯洁的自然生活方式,乡村图景宛如一个涂了油彩的梦幻世界,浓郁独特的英格兰风情、淳朴的田园景色以及千年人文气息让身处其中的人体验的是人与自然的和谐共处。英国乡村所蕴含的静谧安详与自然景观完美融合,是逃避城市喧嚣的隐退之地。这种稳固而独特的版本幻化为一种神话般的阐释,它发挥着记忆的功能,借以寄托国家民族的身份追求。工业文明之后,庄园并没有随着维多利亚时代贵族的没落而式微。事实上,庄园虽然不再是乡村

---

① 　尔东:《乡村,西方贵族的生活场》,载《安家》2018 年第 3 期,第 20—21 页,第 20 页。

② 　转引自王烨:《"后帝国"时代英国乡村神话的祛魅——石黑一雄小说〈长日留痕〉的空间权力分析》,载《当代外国文学》2018 年第 3 期,第 137—143 页,第 137 页。

的基本经济单位,但是具有贵族血统的家庭崇尚自然的品位,仍然热衷于修缮和翻盖自己的庄园。在英国现代社会中,建造在山间的旧庄园、旧城堡依然挺立,与新修建的庄园交相辉映。法国贵族崇尚沙龙文化,城市中豪华的住宅是他们开展沙龙讨论的场所,更是他们炫耀的资本。但是,英国贵族对乡间聚会情有独钟,奢华的乡村宅邸独受青睐。英国资产阶级的新贵们虽然发迹于城市的工业利润,但受贵族传统的影响也选址风景优美的乡间来建造休闲度假的庄园。长期以来,在英国的现实文化中,拥有完美的乡村居所是对古老帝国文化和个人身份认同不可或缺的重要因素。

"英国的乡村宅邸(country house)一直以来象征着英国民族认同中最本质的部分。"①在英国漫长的历史,在两次世界大战之间的20 世纪二三十年代,"乡村庄园"不仅作为一种人类栖居的场所,更是作为一种权力与身份的象征,极大地保持了民族归属与国民认同的稳定性。源于英国社会形态与绅士文化传统的规约,小说之庄园叙事一直是 19 世纪文学创作的主流。"庄园"在帝国时代出现于以旧贵族、乡绅的家族或者家庭生活为对象的叙事文本里。英国乡村文学,在英国社会和文学中占据重要的地位,在展现乡村淳朴美好的意象时发挥了重大的作用,同时也揭示了在工业和城市发展的影响下被遮蔽的乡村真实图景。英国文学中乡村文学是文学发展的传统,乡村意象对英国人的民族身份归属意义深远,因此,乡村文学

---

① 迈克·克朗:《文化地理学》,杨淑华、宋慧敏译,南京:南京大学出版社,2005年,第46页。

是解读英国性的重要读本。查尔斯·狄更斯在长篇巨著《荒凉山庄》(*Bleak House*，1952)中围绕"荒凉山庄"叙述了案件的侦破工作，借此全景式记录了英国维多利亚时期的社会生活。艾米莉·勃朗特(Emily Jane Brontë，1818—1848)在《呼啸山庄》(*Wuthering Heights*，1847)通过"画眉田庄"和"呼啸山庄"的空间建构，描画了男女主人公之间的婚恋情感和复仇行动，解读了维多利亚时期人性、宗教的特点。威尔基·柯林斯(Wilkie Collins，1824—1889)的《白衣女人》(*The Woman in White*，1860)中故事的发生地在"黑水宅"和"利默岭庄园"，刻画了劳娜对爱情生活的向往和女性为争取自由选择的抗争。乔治·艾略特在《米德尔马契》(*Middlemarch*，1871)中讲述了发生在"罗威克庄园"的故事，刻画了多位女性不幸的婚姻生活。托马斯·哈代(Thomas Hardy，1840—1928)《德伯家的苔丝》(*Tess of D'Urbervilles*，1891)记录了在"杜伯维尔庄园"女主人公苔丝无法抵抗的悲剧命运。E. M.福斯特的《霍华德庄园》(*Howards End*，1910)故事情节在古朴典雅的"霍华德庄园"和工业化的城市之间切换，表达了作者对渐行渐远的乡村生活的反思。伊夫琳·沃(Evelyn Waugh，1903—1966)在《一抹尘土》(*A Handful of Dust*，1934)中将"赫顿庄园"、伦敦寓所和亚马逊丛林三地并置，折射出时代变迁，社会衰微的走势。

　　这些林林总总的乡村庄园成为英国文学史上非常典型的地理景观和建筑意象，乡村庄园为乡村文学的文本叙事服务，通过其本身所蕴含的文化象征助推乡村英国理想化生活的想象。展现出一种旧式的生活方式被新兴工业体系发展的喧嚣所遮蔽的坚毅与隐

忍。庄园小说在民族文化认同感层面促进了"英国性"情结和帝国
传统的建立。

"空间都是客观化的,或者更确切地说,是社会空间的客观化,
最终,也是精神空间的客观化。"①英国的乡村空间处于资本主义社
会的生产方式之下,"二战"后帝国的衰败景象必然会渗透进描写庄
园的文学作品中。英国乡村意象被幻化为美化社会的图景,隐含了
人们对现实的不满,被寄予了精神寄托。将乡村理想化与马克思主
义文化批评家雷蒙・威廉斯(Raymond Williams,1921—1988)的
发现如出一辙。威廉斯在《乡村与城市》一书中辟专章《被遮蔽的乡
村》论述道,17、18 世纪的乡村文学常常将乡村处理成充满人道精
神、万物皆安于自己位置的和谐文明社会,而将乡村封建秩序中庄
园中低薪繁重的劳作隐去不表,这既是当时资本主义农业秩序开创
时代意识形态功能的需要,也是艺术再现时的刻意美化与神化。

一、不固定的英国性与身份弥散

石黑一雄是著名的日裔英籍小说家,1954 年 11 月出生于日本
长崎,1960 年随家人移民至英国。年轻的石黑一雄在东安格利亚
大学继续深造时就在文坛声名鹊起,与奈保尔和拉什迪并称为"英
国文坛移民三雄"。石黑一雄虽背负英国和日本双重文化遗产,游
走于两种不同文化之间,并非像其他后殖民地作家那样强调他乡异

---

① 亨利・列斐伏尔:《空间与政治》,李春译,上海:上海人民出版社,2015 年,第
23 页。

域的生存困境,也并未刻意追寻族裔认同,他关注在帝国本土经历的文化疏离和隔阂,探讨第二次世界大战等历史事件对个人与民族身份的深刻影响。作家的族裔身份允许他以陌生化的视角进入英国文化传统内部,既不受既定事物的感觉与知觉的惯性所束缚,进行细致勘察和切身感受,又能够让他抽身其外,摆脱身份的历史延续性和连续性,在面对文化冲突时更加理性平和,冷静客观地思考英国的民族身份建构问题。石黑一雄获 2017 年诺贝尔文学奖,代表作《长日留痕》(*The Remains of the Day*,1989)获 1989 年英国布克奖。《长日留痕》是一本"比英国更英国"[①](Vorda,*Face to Face* 14)的小说。

《长日留痕》讲述了管家史蒂文斯在乡间庄园达林顿府的工作经历和短暂的外出旅行见闻。小说的背景完全在英国本土,小说的主人公史蒂文斯是英国人。作家着重刻画了史蒂文斯在"二战"结束后的无奈心态与沉湎过往时的逃避情绪。石黑一雄在《长日留痕》里所意欲唤醒的是代表着英帝国昔日民族精神和文化尊严的古老神话。小说的背景是"二战"后的 1956 年,苏伊士运河事件之后,当时的英国已经失去了世界的霸主地位,综合实力落后于美国是不可否认的事实。

《长日留痕》不仅勾勒了古老殖民统治文化的遗落,也透露出欧洲正在改朝换代与文化变迁时代的到来。达林顿府的存在意义深

---

① 　Allan Vorda. *Face to Face: Interviews with Contemporary Novelists*, Houston: Rice University Press,1993,p.14.

远,既见证了帝国盛世时期静谧浪漫的乡村生活中达官显贵觥筹交错欢乐奢华的生活,又记载了帝国式微贵族没落时社会生活中所弥漫的破灭与凄凉的气氛。小说最终的情感结构并不仅仅是建立在快乐往昔的概念之上的,它还基于另一个相关概念,即英国性。"贵族庄园和田园风情被视为某种真正英格兰性或者英国性的动态比喻。"①距离简·奥斯丁、亨利·詹姆斯和 E. M. 福斯特等作家有关英国乡村庄园的作品问世半个世纪之后,作家有意识地引导读者前往"达林顿府",对消逝的乡村秩序展开唯美追忆,但不同时段的小说所构建出的英国性发生了极大的变化,体现出英国性在历史语境中的变迁。实际上,第二次世界大战之后,英国国内的问题变得非常复杂,传统的阶级形态和价值观念受到了挑战,迫使居于这个文明之内的人们在历史的沿革中不断回溯,在保留其根基性的同时不断修整调试英国性的内涵。石黑一雄在文本中紧紧扣住"英国性"这一充分展示英国品格的理念,赋予它一个民族安身立命之本的巨大功能,同时展示了英国性在民族身份认同中所具有的能量和拓展空间。

由于英国城市主义和工业主义以及新的社会流动性带来的变化,社会结构急剧调整,国民分化重组、再构造,文化参照频繁,"英国性"作为文化研究的特定议题被置于一系列紧迫的理论争鸣和身份政治问题的核心位置。"英国性"原指具有盎格鲁-撒克逊血统的

---

① Wai-chew Sim. *Globalization and Dislocation in the Novels of Kazuo Ishiguro*, New York: The Edwin Mellen Press, 2006, p.19.

人的品质、特性和精神以及盎格鲁-撒克逊民族,即英国民族的自豪感。盎格鲁-撒克逊人的民族意识即种族优越感自觉形成在历史的进程中不断加强。19世纪,社会达尔文主义将人种学和社会学注入盎格鲁-撒克逊学说的神话。对于盎格-鲁撒克逊人来说,盎格鲁-撒克逊人是世界上最好的种族。达尔文主义认为由盎格-鲁撒克逊人所缔造的社会是世界上最文明的社会,"因为他们是适者,地球上的其他族群都是应当被淘汰和消灭的不适者,而他们的海外扩张和侵略正是顺应人类社会发展适者生存的自然法则,将世界上最卓越的文明推向各个角落,完成淘汰和消灭那些低劣的芸芸众生的'天定之命'(the Manifest Destiny)"。[1]

英国性的概念根植于19世纪帝国主义意识,帝国在一个共同的国家身份的生活形式中努力定义他的精神,这个依靠"身份和目的的统一性"[2]。为了唤起民族归属感,像"英格兰"或者"英国性"这样的术语有意在文化和文学领域中起作用,共同陶铸国家民族的具体精神。长期以来,英国文化强调"英国性"的纯洁特征。因为"在西方的民族身份中,民族被视为文化共同体,其成员即便不具备同一性,也是被共同的历史记忆、神话、象征和传统维系在一起

---

[1] 蔡永良、祝秋利、颜丽娟:《英吉利文明》,上海:上海三联书店,2014年,第27页。

[2] Peter Brooker and Peter Widdowson. *A Practical Reader in Contemporary Literary Theory*, London: Prentice Hall, 1996, p.141.

的"。① 在民族与归属话语中,对"英国性"一直都无法提供一个明确的定义。尽管学界对"英国性"的来源与定义尚未达成共识,但总体来看是围绕着"'英格兰特性',即英格兰人作为一个民族在各个领域中区别于其他民族的特点"②来讨论的。

"英国性"作为一种埋藏于人们意识深处的文化沉积,制约着英国国民的身份认同。对于不固定的英国性的考察可以移用为《长日留痕》主人公身份危机的参照。《长日留痕》在以庄园为背景的铺陈中充满身份挣扎坚守的主题。在探索身份认同问题的过程中,美国心理学家埃里克·埃里克森(Erik Erikson)创立了同一性危机概念来阐释人在发展过程中自我与其社会环境的相互作用。"心理社会力量有赖于调节个人生命周期的总过程……同时有赖于社会结构。"③管家身份问题的提出与一种高度依赖于稳定的帝国时代中产阶级文化背景的同一性形成密切相关。当帝国已不复存在时,建构中的身份不断与社会环境中曾预料到的经验相遇,便开始了身份弥散,国民身份就不得不重新思考。如此,国民身份与帝国身份已经非常密切地裹挟在一起。在身份建构的过程中"决定人类行为的不是个体的行动和决策,而是各种隐而不见的机制,可以把它们称

---

① Anthony D. Smith. *National Identity*,Reno,Las Vegas and London:University of Nevada Press,1991,p.11.

② 肖云华:《菲利普·拉金:英国性转向与个人焦虑》,载《世界文学评论》2008 年第 2 期,第 63—66 页,第 63 页。

③ 埃里克·H.埃里克森:《同一性:青少年与危机》,孙名之译,北京:中央编译出版社,2015 年,第 100 页。

为'市场中的看不见的手'或援引生物工程学的'非个人竞争'"。①
"英国性"作为一种隐而不见的机制用来考察和研究管家在二战后
英国社会明显的经济文化裂缝中所必然面临的生活重建经验和身
份危机。将达林顿府的兴衰变化和"身份"联系起来可以对于作家
所塑造的管家形象特性的认知方式和变化着的环境建立有效联系，
"英国性"概念尤其便于用来考察和研究在明显不同的文化历史语
境的裂缝之间漂移运动的带有英国特色的管家群体，以期管窥二战
后英帝国本土人在面对多元文化交融碰撞时的身份应急反应。

二、英国性的坚守与退让

小说《长日留痕》浓墨重彩地描绘了充分体现"英国性"的"英国
元素"。作家主要从男管家、府邸、风土人情这三大方面来传达旧时
"英国性"的含义。小说以一位英格兰男管家史蒂文斯的视角来进
行叙述，不仅为读者详尽地展示了旅途中的英国风土人情，而且透
过史蒂文斯对往昔的回忆令人感受到浓浓的"英国性"。

"英国性"在政治上意味着精英政治，即决策权掌握在少数贵族
手中。《长日留痕》中事件的主要发生地在达林顿府。"英国的庄园
被看作是英国文明核心的组成部分"，是"表达英国传统和民族身份
的媒介"。② 达林顿府是一座典型的英式府邸，大而豪华，最多曾雇

---

① 艾伦·哈丁、泰尔加·布劳克兰德：《城市理论——对 21 世纪权力、城市和城
　市主义的批判性介绍》，王岩译，北京：社会科学文献出版社，2016 年，第 30 页。
② 梅丽：《从〈长日留痕〉看英国"二战"后的文化困境》，载《解放军外国语学院学
　报》2018 年第 1 期，第 15—21 页，第 16 页。

佣过 28 位员工,是象征和传达"英国性"的一个媒介。正如史蒂文斯经常承认的那样:"英格兰名流显贵常常聚集。"①与此且"历史将会在这府邸里被创造出来"(石黑一雄 74),书中不乏对达林顿勋爵邀请名流开会议政的场景的描述,而这些在府邸隐秘召开的会议的确影响了英国的政治走向。在回忆中,史蒂文斯不止一次地指出,"世界上的许多重大决策事实上不是简单地在公众场合里制定出来的……更多情况下,发生争论,以及得出重要的决定是在这个国家的豪宅内那隐秘而又静谧的氛围中运作的"(石黑一雄 111)。也就是说,在当时的背景下,政治权利是由英国贵族、绅士、精英们牢牢把控的,而绝大多数的普通民众"应全力以赴地为那些伟大的绅士提供尽可能好的服务,因为在他们(贵族)的手中真正掌握着文明的命运"(石黑一雄 190)。除了贵族阶级能够左右政治立场外,其余人能做的唯有对其全心全意地服务,无法真正地享有民权,自由意志的土壤仍然贫瘠。由此可见,"英国性"在政治上代表着精英政治和森严的等级秩序,并且这深深根植在大英帝国国民头脑中。

　　"英国性"可从其国民性格中得以体现,即内敛含蓄、严谨得体。《长日留痕》里的英国人,不论是诸如达林顿勋爵之类的贵族阶级,还是像史蒂文斯等的普通民众,他们身上都拥有的性格特质是情感内敛、注重言行举止。史蒂文斯曾大为感叹英格兰风景的"静穆的美丽""严谨的感觉"和"无须招摇"(石黑一雄 26),也大加赞扬"达

---

① 石黑一雄:《长日留痕》,冒国安译,南京:译林出版社,2014 年,第 4 页。以下以夹注形式标示引文页码。

林顿勋爵本质上所具有的矜持和谦逊的天性"（石黑一雄 58），同时特别提到"节制感情恰好是英国人的独到之处"（石黑一雄 39）。上述一切意味着英国人提倡严谨、矜持和内敛的"英国性"，并且他们也是这样要求自己的。在谈及需要减轻老史蒂文斯的工作任务时，达林顿勋爵常装作全神贯注看书的模样来同史蒂文斯谈话，以委婉的话语来避免双方陷入尴尬的境地。老史蒂文斯在病逝前，看着手背慢腾腾地说"但愿我对你曾经是位好父亲"（石黑一雄 93），除此之外并无任何话语能透露出强烈的情感。这一切都是因为英国人特有的情感内敛和表达含蓄的特性，使得他们不同于其他国家的人民，显得尤其克制庄重。此外，英国人非常讲究言行举止的得体性。比如，史蒂文斯在旅行的准备阶段就不停考虑穿什么衣服好，并且认为应当"务必解决好旅行中的穿戴问题"（石黑一雄 18）。旅行途中，为了不毁坏旅行服装，史蒂文斯遏制住去池塘探险的念头；而当他不得不穿过泥泞小路和篱笆时，史蒂文斯多次提到自己因"擦破了衣服的肩部和裤腿的卷边"（石黑一雄 155）而产生的沮丧感。除了注重自己外，他还不由地关注他人的衣着，曾用"只穿衬衫未扎领带"（石黑一雄 114）、"身上还系着围裙"（石黑一雄 100）、"黑色的晚礼服"（石黑一雄 103）、"沾满污泥的高筒靴"（石黑一雄 173）等来形容自己看见的男男女女。由此可知，得体性在英国人心中占据很大的位置，除了"装束打扮必须与其地位相称"（石黑一雄 10）外，言行也得与身份相称。史蒂文斯曾感叹"我们这一代人花费了多少时间和精力去训练纯正的语音和精通语言"（石黑一雄 32），此外，他特别关注雇员"走路和干活的姿态"（石黑一雄 148）。石黑一雄通过史蒂文斯的视角,向世人传达了鲜明的"英国性",即言行举止的得体性。

"英国性"还意味着对国家和种族的优越与自豪感。英国曾号称"日不落帝国",在二战前曾是世界第一强国,拥有无数的殖民地,经济繁荣、科技先进、文明进步。正如史蒂文斯所认为的"英格兰的风景在全世界都是最让人满意的,而且这种特征只有用'伟大绝伦'一词才可能概括"(石黑一雄 26),他还说道:"把我们的国土称之为'大'不列颠,也许有些人会认为这有点儿不太谦虚,但是我敢冒昧地说,单是我们国家的风景就足以证实,如此高尚的形容词用在这里是当之无愧的。"(石黑一雄 26)在史蒂文斯看来,只有英国的风景最好,唯有英国最为伟大而高尚。不仅如此,他认为"在英格兰才有真正的男管家"(石黑一雄 39),而"欧洲大陆人是不可能成为男管家的,理由是,他们属于那类无法节制感情的种族"(石黑一雄 39)。这种对国家和民族强烈的自豪感和优越感也是"英国性"的一个方面。英国人看不上欧洲人或美国人,觉得他们不得体。达林顿勋爵解雇了犹太员工的事件也影射了英国当局的种族政策。作为殖民强国的英国,在政治、经济、科技、文化等各方面都遥遥领先,英国人自然会觉得无上的光荣,优越感与自豪感油然而生,强化了传统"英国性"的根基。

第二次世界大战后,政治格局大洗牌。大英帝国逐渐走向没落,而美国正开始崛起。在多元文化的碰撞下,传统的"英国性"不免遭遇严峻挑战。《长日留痕》中,史蒂文斯在旅行中不断回顾过去,也不停地与所遇到的陌生人产生或多或少的交集。石黑一雄用两条交错的时空线，详细描摹着逐渐消融的"英国性"。

　　英国的精英政治和等级制度遭受质疑与挑战，民众的权力和自由意识逐渐苏醒。《长日留痕》的现实背景是"二战"后的英国（1956年7月），叙事背景是两次世界大战之间的英国。"二战"后，不少英属殖民地取得了属地自由权，苏伊士运河独立事件和越南战争的爆发也加剧了英国的衰落进程。小说中，象征着英国与英国贵族阶级的达林顿府也难逃没落的命运，被转手卖给了美国人法拉戴先生。如今的达林顿府，除了"一楼所有的主要房间及几间豪华的客房"（石黑一雄 7）外，其余均停止使用，现任雇员从 28 人锐减为 4 人。与此同时，弱势群体开始挑战话语霸权，部分贵族阶级也意识到了精英政治的弊端。乡绅哈里·史密斯先生在同史蒂文斯聊到何谓"尊严"时，特别强调："尊严并不仅仅是绅士们所具有的。尊严是这个国家每一位男女都可以为之奋斗而获得的"（石黑一雄 176），并认为人人生而自由平等、言论自由，"而且可以投票选举你所倾向的下院议员，或是投票让其下台"（石黑一雄 177）。史蒂文斯遇到的乡民们也常聚在一起讨论政治，发表意见。此外，贵族卡迪纳尔先生看透了精英政治的本质，认为贵族们"太洋洋得意了"（石黑一雄 104）。美国人刘易斯先生也试图点醒英国贵族，说道"当今的国际事务已不再适用于绅士型的业余爱好者……你们能以你们那崇高的本事行事的时代现在已经结束了"（石黑一雄 98）。上述这些来自不同阶级的人们，已经开始质疑和挑战原有的精英政治和等级制度，来自外部文化的民主、平等与自由正不断地影响着"英国性"。

　　其次，内敛含蓄、严谨得体的国民特质也遭受着文化冲击。史蒂文斯的情感克制内敛、做事严谨得体,是具有典型英国特质的男管家。可是,在面对新雇主法拉戴先生时,如此独具"英国性"的史蒂文斯却无所适从,常出差错,频频引发双方尴尬。史蒂文斯非常了解"法拉戴先生所欣赏的是那种轻松愉快、诙谐幽默的谈话"(石黑一雄 12),然而内在固有的"英国性"使得他在面对新雇主的调侃时"毫无把握"且"目瞪口呆"(石黑一雄 13)。在法拉戴先生以"逗乐的语气"(石黑一雄 12)说话时,不知所措的史蒂文斯只能"尽量挤出不失体面的笑容"(石黑一雄 13)。某天,他终于鼓足勇气,绞尽脑汁地构想了自以为机智的回答,却使双方陷入一种互不理解的尴尬境地。此外,由于英美两国不同的文化差异,史蒂文斯没有办法尽快适应新雇主的步调,工作上频出差错。上述一切均印证了在多元文化的冲击下的传统的"英国性"所面临着的严峻挑战。

第三,"英国性"中无与伦比的优越感和自豪感正在萎缩。"日不落帝国"正经历着剧变,国家和人民都陷入对异质文化的焦虑中。在多塞特郡,史蒂文斯遇到的一位退伍老勤务兵说其照看的一处府邸已被上校卖掉,因为"现在这么大的房子对他(上校)没多大用处了"(石黑一雄 114)。同达林顿府一样,许多英式府邸连连易主到他国人手中,象征着英国的权力逐渐被他国瓦解瓜分。此外,易主后的达林顿府招致不少他国人踏足,被人品头论足,被检验府内一切物品是否为赝品。就连史蒂文斯也变成"包裹里的一部分"(石黑一雄 232),任由他人检验是否是"一件真品"(石黑一雄 119)。该种被动地位恰好说明了"英国性"的无奈与焦灼,其原有的优越和自豪感正被外来的文化所侵蚀殆尽。陷入他者化的英国,遭遇文化的冲击与质疑。"英国性"早已无法维持原状，正慢慢被动摇和消解，正如《长日留痕》中面临窘境的英国贵族、府邸和男管家等，传统"英国性"的弊端逐渐暴露出来。

面对上述剧变与挑战，传统的"英国性"显然无法维稳，如何重新建构则成为一项亟待解决的问题。石黑一雄借助史蒂文斯的视角来叙述一位男管家的故事，以此表明对"英国性"及英国未来的态度和建议。《长日留痕》中，史蒂文斯"热衷于沉湎于回忆往事"（石黑一雄 156），这种怀旧实际代表着他对往昔大英帝国的荣耀及传统"英国性"的留恋与哀悼。除了回顾过去，史蒂文斯在旅行中也不断地与他人对话，继而内省，逐渐顿悟。史蒂文斯曾表明："我自然不会心甘情愿地对传统的方式做太多的变更。但是，要像某些人仅仅为了传统而固守传统的话，也就丝毫没有益处了。"（石黑一雄 7）由此可见，他对现实有着较为清醒的认识，深知改变是不可避免的。为此，他接受了新雇主法拉戴先生的建议，平生第一次离开达林顿府去旅行。第一天旅途上，他的那种"既忧虑又兴奋的复杂感受"（石黑一雄 22）暗示其对自己未来的不安与期待，这也影射了大多数英国民众的心态。在六日旅途中，史蒂文斯欣赏到富有生机活力的乡村风景，遇见许多陌生人并同他们交谈。这一切都同在达林顿府的生活和氛围迥异。以旅行为契机，史蒂文斯试着去表达自己的真实想法，学会如何同人沟通相处。同时，他借助回忆往昔和同他人对话的方式，进行自我审视，意识到并承认了达林顿勋爵被纳粹分子利用的事实，同时也明白了自己曾间接成为一个"帮凶"。在旅行即将结束时，史蒂文斯终于敢于正视自己一生，顿悟了原来他一直引以为傲的旧有"英国性"才是导致其亲情、爱情、事业毁灭的根源。

在旅行的最后一天，史蒂文斯明白自己应该接受现实、积极地享受人生。肯顿小姐对他说："现在完全不可能让时钟倒转了。你不能永远总是对过去也许会发生的事情耿耿于怀。"（石黑一雄229）史蒂文斯至此了解了肯顿小姐曾爱过他的心意，也明白了覆水难收。在同肯顿小姐分开后，怀着复杂心情的史蒂文斯于日暮时分来到了韦茅斯的码头。一个陌生人同他坐在一起交谈，不断向他强调说"你必须持续朝前看""你必须自我解脱"（石黑一雄233），因为"夜晚是一天中最美好的部分"（石黑一雄233）。石黑一雄借助这些人来试图为处于迷惘中的史蒂文斯指引方向。庆幸的是，史蒂文斯最终意识到自己"应该停止过多地回顾过去，应该采取更为积极的态度，而且应尽力充分利用我生命的日暮时分"（石黑一雄234）。之前他不屑于美国人的享乐和逗趣，但是现在史蒂文斯懂得"纵情享乐"不愚蠢，"打趣逗乐正成为人间温情存在之关键"（石黑一雄235）。这一想法的改变充分证明了史蒂文斯接受现实、主动改变、拥抱多元文化的积极态度。史蒂文斯从遵循传统的"英国性"到自我反思再到和解的这一动态过程，也是英国和"英国性"本身在面对剧变时的调试过程。石黑一雄借助《长日留痕》来表明自己对于"英国性"的理解和态度，以史蒂文斯的人生改变喻指大英帝国及其"英国性"的动态变化，并为其未来走向提供了一个方向。

小说结尾，史蒂文斯在韦茅斯的码头体会到了美好的日暮时光。石黑一雄曾如此形容道，达林顿府的走廊毫无生机，阴暗得宛若隧道；史蒂文斯的房间位于一个配膳间，昏暗冰冷、潮湿得像个牢房；老史蒂文斯的房间位于侧楼顶层的一个阁楼，简陋、狭小得像个牢房。对比之下，府邸外边的乡村风景是鸟语花香、宽阔异常且富有生机与人情味的。尤其在韦茅斯的码头，史蒂文斯切实地体味到了人心的温度，日暮的光也开始消融其内心的坚冰。石黑一雄通过地理景观和空间的一系列的改变，来暗指史蒂文斯心境的变化，也喻指"英国性"的改变。这些都是作家意欲传达给世人的态度，那就是保守主义、故步自封终将被自由与多元文化所代替。纵使往昔荣耀不再，人也应当向前看，积极地拥抱现有的一切，乐观地生活。

　　第二次世界大战对英国的社会形态与文化形态造成了极大的差异，促成了城市与乡村社会之间复杂的映照关系，带来了城市文学与乡村文学两大诗学空间的文化结构张力。英国乡村所特有的空间形式、田园风光、生产组织和象征系统转化成一种持久的英国传统文学经验。乡村文化穿行于时空的隧道，凝结着英国的绅士传统与现代时尚。19世纪乡村文学中文化观所蕴含的是帝国权力追寻的话语体系，而战后英国小说乡村庄园视域中英国性成为重要的支撑性话语结构。小说《长日留痕》中隐含的政治生态和传统价值观深刻解析了"二战"后帝国主义与"英国性"之间此消彼长的关系以及"英国性"重构过程中呈现出的民族身份焦虑。小说中以史蒂文斯为代表的帝国遗民在日暮途穷之时企图以乡村庄园这一古老的建筑形式作为防御性屏障，抵制帝国子民身份的丧失，守护身份归属，希望借助田园怀旧重构记忆和想象，从而巩固英国性以弥合认同危机。他们身体力行维多利亚传统，不仅排斥了留有殖民地他者痕迹的帝国历史，而且也把英国文化内部日益活跃的深层的不同文化之间的异质性力量排除在外。小说中庄园的新主人提议史蒂文斯的英伦之旅助其顿悟到企图保持原样不变是不合时宜的。小说借此迫使我们反思在以都市生活为代表的多元文化正迅速取代单一文化的英国日常生活中，民族主义文化传统与全球化包容性的关系以及由此产生的新的身份归属形式和英国性重构问题。

第二章

孤独的城市表达与永远的异乡人

第二次世界大战后英国进入了有史以来人口迁移的高潮,殖民地的人口纷纷迁徙流动,更多地涌向宗主国的城市。检验殖民地居民迁徙至城市的历史,结果发现移民由各色人等组成,其迁移的经验和社会背景形形色色,共同的特点是他们是一群孤独前行为自己打开一条血路的人群。移民面临着在异地他乡的生活考验,最终回不去故乡,也离不开城市,只能选择在城市待下去,在坚韧与忍耐中承受许多的变化。移民促使城市人口密度增长,并且加速了城市的社会变革,导致社会经济和权力关系在文化上的重构中充满复杂性和不确定性。移民时代的伦敦同样面临何去何从的选择,究竟是否会成为战后经济的新兴生长点?抑或是反过来成为新的动荡之源?这一章将以加勒比移民的实际迁徙经历作为切入点,分析 20 世纪50、60 年代加勒比移民是为何以及如何进入英国的,参与甚至一定程度上改变伦敦的文化建构;为什么是在伦敦,加勒比移民不得已在"我者"和"他者"的身份坐标间游移转换。考察这些问题,是为了进一步深入了解城市在建构日常生活的感受和社会文化问题的表现以及在空间内部权力机制的运作等方面都发挥的重要作用,随之而来的是关于从西印度群岛迁往英国的移民是否与伦敦当地文化建构产生密切关系的疑问也将迎刃而解。

第一节　加勒比移民进入伦敦①

塞缪尔·塞尔文是特立尼达的黑人英语作家,西印度文学的先锋。20 世纪 50 年代,塞尔文从他的出生地特立尼达搬到了英国伦敦,后来又移民去了加拿大。他独特的生活阅历给他的文学创作提供了生动鲜活的素材。

在《孤独的伦敦人》中,塞尔文聚焦移民生活,创作了很多描写 20 世纪 50 年代伦敦生活的作品,体现了卡利普索那(The Calypso)语言的叙事风格。他在创作的最初十年中并没有得到很高的关注度,20 世纪下半叶以来,由于来自加勒比海地区的作家在文坛上取得了瞩目成绩,很多西方学者开始大力关注塞尔文的作品,研究者们开始用当代批评话语来评论解析他的作品。有评论者从后殖民的角度评述作品中的身份认同,塞尔文的创作在写作技巧和表述策略上被很多学者褒扬,文学评论家们从叙事理论方面来解读他的创作技巧。尼克·宾利(Nick Bentley)认为"要想读懂塞尔文的小说,就要充分了解后殖民写作和所处时代英语写作"②;也有评论者从

---

① 本节的部分内容以《论〈孤独的伦敦人〉的城市表达与文化形态》为题发表在《当代外国文学》(2017 年第 4 期)。

② Nick Bentley. "Form and Language in Sam Selvon's *The Lonely Londoners*," *Ariel: A Review of International English Literature* 36(3 - 4),2005,pp.67 - 84, p. 67.

男性气质的角度来解析这部小说,麦克劳德(Lewis MacLeod)指出
"男性气质在小说中有着很重要的体现"①。戴尔(Rebecca Dyer)
从德赛尔托的日常生活中洞察出了伦敦移民的主要情况。② 国内
有研究者从文化归属、中心和边缘关系等方面来分析这部小说。国
内外对这部小说的研究已经取得了丰硕的成果,但是很少有学者从
当代空间理论视阈下对塞尔文小说中描写的伦敦进行专门的研究。
《孤独的伦敦人》是一部运用伦敦都市风貌来刻画西印度群岛移民
生活的小说。本节主要以小说中的"伦敦城市空间"为切入点,对城
市空间的文化表征和文学呈现给予特别的关注,将城市作为一种空
间性的存在加以研究。

　　当代空间理论的概念是文学城市空间主体性研究的重要理论
旨趣。"城市空间作为一种隐喻,已经渗透到了文化研究的话语之
中。"③"城市代表着更宽泛的观念,成为更广阔的社会辩论的载体,
成为承载意义的容器。"④在空间转向的学术思潮下,文学创作中的

---

① Lewis MacLeod. "'You Have to Start Thinking All Over Again': Masculini-
　　ties, Narratology and New Approaches to Sam Selvon," *Ariel: A Review of
　　International English Literature* 36(1-2), 2005, pp.157-181, p.158.

② Rebecca Dyer. "Immigration, Postwar London, and the Politics of Everyday
　　Life in Sam Selvon's Fiction," *Cultural Critique* (52), 2002, pp.108-144,
　　p.110.

③ Sharon Zukin. "Doing Postmodernism: A Forum," *Theory and Society*
　　21(4), 1992, pp.463-465.

④ 约翰·伦尼·肖特:《城市秩序:城市、文化与权力导论》,郑娟、梁捷译,上海:
　　上海人民出版社,2015年,第469—470页。

城市空间研究凸显城市空间本体地位,关注的焦点不再是城市本身的描述,而在于探求文学的城市空间背后的社会文化肌理以及空间本身对社会与文化的生产。学术界越来越重视对"城市"的关注,将焦点集中于文化表达与社会建构上,使得人们得以从概念的层面上认识到:"不同的群体通常可以在同一时间以不同的形式来使用、感受同一城市空间,并与之产生联系"①。

一、不复存在的城市镜像

《孤独的伦敦人》是以第二次世界大战后的伦敦为背景,小说聚焦于 20 世纪 50 年代、60 年代从西印度群岛迁往英国的移民在伦敦的生活。故事的开始,塞尔文向读者介绍了一个无明显特征的公共空间——滑铁卢车站,这个空间是加勒比海人的汇集地。西印度群岛移民从大洋彼岸乘船来到英国,滑铁卢车站对于移民来说象征着"到达",它是移民到达城市的一个大门,也是移民进入伦敦的必然通道。

西印度移民在谈及伦敦空间的先验历史印象时,都将西印度群岛当作英帝国体系中的附庸,这种观点是移民在出发之前的先验历史印象。特立尼达和多巴哥位于西印度群岛的东南端,面积 5128 平方公里,"特立尼达的最初居民来自南美洲的阿拉瓦克和加勒比

---

① 德波拉·史蒂文森:《城市与城市文化》,李东航译,北京:北京大学出版社,2015 年,第 52 页。

族印第安人。"①1498 年哥伦布发现了特立尼达和多巴哥两岛,此后特立尼达被纳入西班牙的统治之中。西班牙政府从非洲贩运黑人充当奴隶开发特立尼达岛。"1797 年英军占领该岛,1802 年阿敏斯条约正式规定特立尼达为英国的殖民地,多巴哥原是个荒岛,1632 年荷兰开始向岛上移民,之后相继为荷兰、英国和法国所统治。1814 年沦为英国的殖民地,1888 年确定其行政管理权附属于特立尼达。"②特立尼达和多巴哥接近赤道,经济主要来源是农业,由于是热带海洋性气候,主要种植物为甘蔗、咖啡、可可、柑橘、椰子和水稻等。20 世纪 70 年代在特立尼达和多巴哥发现了石油,所以它们成为加勒比地区重要的石油输出国。殖民地农业经济的依附性阻碍了当地的经济发展,当地人普遍经济拮据。20 世纪中期以后加勒比地区人烟稠密,粮食不敷食用,当地人在本地谋生已不足以养家糊口,于是,跨越大西洋,离开农村到达彼岸的城市,是获取生存之道的手段。

　　一方面加勒比人迫切离开自己的家乡谋取生路,另一方面大洋彼岸英国的移民政策对加勒比人有很大的吸引力。究其最重要和最根本的原因,英帝国的"推力"起到了关键作用。第二次世界大战中英国遭受重创,战后初期殖民地和英联邦给英国经济的复苏给予了大力的支持。"到 1950 年,殖民地和英联邦国家市场上一半以上

---

① 赫军:《特立尼达和多巴哥》,载《拉丁美洲丛刊》1980 年第 2 期,第 78—80 页,第 78 页。

② 梅心:《特立尼达和多巴哥》,载《世界知识》1966 年第 2 期,第 30—31 页,第 31 页。

的商品是英国货"①，殖民地的消费有力地支持了英国经济的发展。战后英国重建导致了大幅的工业化与经济增长，传统的爱尔兰及欧洲籍劳工已无力支撑起庞大的建设工作，所以英国亟须殖民地来提供大量的劳动力。1945 年工党在大选中战胜保守党上台执政，组成以艾德礼（Clement Richard Attlee，1883—1967）为首相的工党政府。殖民地战后民族独立意识高涨，与英国有传统联系的殖民地在独立过程中政局动荡，英国政府难以维持庞大的帝国主义殖民体系，工党政府在殖民地问题的处理上，迫于民族主义运动和战后严重的经济困难，从现实主义出发，对于英属殖民地采取了顺应非殖民化潮流的态度和举措。1945 年—1951 年英国工党在对外交往方面推行非殖民化政策，此时工党声明的非殖民政策是："所有帝国和联邦成员都是英王臣民。"②《1948 年英国国籍法案》规定："无论英国及其殖民地公民还是独立后的英联邦国家公民，都能以英国国民的身份自由移民进入英国。"③法案的颁布为殖民地移民进入英国提供了法律依据。第二次世界大战后，英国社会经历了一场从殖民地涌向宗主国的逆向人口迁徙潮，在 20 世纪 50 年代和 60 年代，大量来自爱尔兰、西印度群岛和南亚的移民涌入英国。

　　《孤独的伦敦人》中前往伦敦的加勒比地区的人口大多依循家

---

① P. J. 马歇尔主编：《剑桥插图大英帝国史》，樊新志译，北京：世界知识出版社，2004 年，第 83 页。
② 王涌：《战后英国移民政策透视》，载《世界历史》2002 年第 3 期，第 48 页。
③ 周小粒：《试析〈1948 年英国国籍法〉》，《世界历史》2012 年第 3 期，第 41—52 页转 158—159 页，第 41 页。

人和朋友所踏出的路径。托洛瑞在伦敦生活了一段时间,本打算接母亲来到伦敦,不料在滑铁卢车站接站时,一家大大小小连同保姆六七口人都来到了伦敦。20世纪五六十年代来到伦敦的数十万人口,和先前40年间来到这里的移民,有着非常不同的经历。他们同样来自农业生产已不再需要劳动力的乡村,也同样是到城里寻求比较好的工作机会。不过,抵达的方式却不一样。《1948年法案》让殖民地人以合法身份来到英国。同时,他们抵达的却也是一个完全不同的世界。"一战"前英国经济发展,是日不落帝国。"二战"后,英国急需劳动力。在20世纪早期,由英国向殖民地的转移在世界范围内司空见惯,这是一种由国家直接主导、政策鼓励的人口迁移。为了推动殖民地经济和技术发展,大量的英国人从本土由国家组织迁往殖民地,这其中包括有一技之长的城市工人和专业技术人员。第二次世界大战后,情况发生了戏剧性的变化,英国需要大量的廉价劳动力。现在的这群人口主要是在乡村贫困的逼迫下而不得已远离家园。"我到这里的时候,只有很少的西印度人在伦敦,情况过去是很好的。现在,到处是黑人,每一船都拉着新来的黑人。"①尽管他们被许诺为英国的公民,并与英国人享受相同的公民权利,但真正的待遇远不及欧洲的白人移民,白人移民拒绝为有色人种提供服务。摩西告诫加拉哈德要正视自己的身份,不要自恃是拥有英国国籍的臣民:"拥有那家餐厅的波兰人,他在这个国家没有比我们更

---

① Sam Selvon. *The Lonely Londoners*, Toronto: Penguin Group, 2006, p.20.以下以夹注形式标示引文页码。

好的权利。事实上,我们是英国人,他只是个外国人,我们比大陆上任何一个该死的民族更有权利在这个国家生活和工作,享受这个国家的一切,因为我们是为使这个国家繁荣昌盛而流血的人。"(塞尔文 21)现实中,"白色"的波兰人拒绝为他们提供用餐服务,他们发现自己在白人国家里其实就是外国人。

二、帝国中心伦敦的殖民文化和现实中的符号能指

如果说第二次世界大战的英国移民政策为贫穷的西印度人迁徙到城市提供了一个合适的机会,能让他们追求更好的生活,那么这样的机会首选帝国的中心——伦敦。当《回音》(Echo)的记者问及托洛瑞家的保姆唐蒂:"你们为什么离开自己的国家来到英格兰,这里很冷,只有白人生活在这里?"她回答道:"在英格兰有更多的工作,而且报酬更多。跟你说句实话,当我听到托洛瑞每周可以拿到5 英镑的时候,我必须同意来到这里。"(Selvon 10‐11)

在移民的想象中,伦敦太强大,这个"巨大的罗曼史"(Selvon 71)让人无法拒绝。伦敦,作为帝国的中心,是他们所敬仰的,他们无法抗拒一股神秘的暗流。博埃默指出"帝国是要通过军事冲突、通过空前的民族迁徙和对财富的探求等强力而得以形成的……也是通过无以数计的文化形式,通过文化象征层面上的炫耀和展示,才得以肯定、认可和合法化的"。[1]

---

[1] 艾勒克・博埃默:《殖民与后殖民文学》,盛宁、韩敏中译,沈阳:辽宁教育出版社,1998 年,第 61 页。

　　欧洲人阐释域外世界的内在逻辑是通过建立在统治权力之上的文化霸权而得以形成的。对原住民族群施行全方位的精神殖民，对当地文化的贬低直接体现为国民文化自信的缺失、民族传统文化的停滞不前。帝国统治者们用尽办法对原住民们实行思想文化控制，他们让殖民地人对伦敦充满神圣的幻想，把在伦敦的生活描绘成自由高贵的生活，从而达到政治控制的目的。"关于殖民活动的文字有其特别的重要性，它揭示了那个世界体系如何把其他民族的沦落视为当然，视为该民族与生俱来的堕落而野蛮的状态的一部分。"①殖民主义者们为了维持殖民统治，从而对殖民地进行思想控制："伦敦是世界上最伟大的中心城市。"(Selvon 134)"有一段时间，报纸上经常报道说西印度人认为伦敦遍地都是黄金，一个牙买加人到所得税办公室去办事情，办事员回答他的第一句话是'你们这些人认为伦敦的街道铺满了金子吗？'"(Selvon 2)移民将伦敦想象成"新的黄金国"，那是因为殖民话语对宗主国的描述方式，宗主国被描述成文明的顶峰，殖民地的"本地人"必须努力去宗主国获得所缺失的文明，去掉所谓的假定的野蛮行为。就是这个"文明"与现代的复合，使伦敦被设置成一个殖民者想象的目标。

　　小说中加拉哈德初到英国时的行为着装是帝国文化和价值观念植入到被殖民者想象中占精神支配关系的典型例证。当摩西第一次遇见加拉哈德的时候，他非常吃惊：摩西住在伦敦很长时间了，

---

① 艾勒克·博埃默：《殖民与后殖民文学》，盛宁、韩敏中译，沈阳：辽宁教育出版社，1998年，第22页。

他遇到了各种人做了各种事情,但是没有想到有一天一个从热带地区来的人在寒冷的冬天登陆时只穿了一件在热带地区穿的破旧的灰色上衣和一条大短裤,随身没有携带任何行李。

> "你的行李在哪里?
>
> 什么行李?我没有。我想让自己带着这些东西没有任何意义。我开始工作的时候,我再新买一些。"
>
> "你不觉得冷吗,伙计?"
>
> "不,"加拉哈德说,看起来十分诧异,"冬天的天气就是这样吗?"
>
> "天气并不是多么冷,伙计。实际上,我还感觉有点热呢。"
>
> "天呐,"摩西说,"你是怎么了,有病了吗,还是?"
>
> "谁,我吗?"有病了?哈哈,你在开玩笑吗?(Selvon 13)

在加拉哈德的理解中,如果城市是丰富的物质财富的源泉,为什么要从帝国的边缘将原来破烂的衣服带到大都市里。很显然,他是一个想要重新开始的人,对这个城市带有预设性的观点。他非常快乐地放弃传统,将城市看作自由之地而不是负担,将自己安插在城市的主观框架中,加拉哈德对城市美好虚空的感觉甚至延伸到了对严寒天气的无视。

"空间实践可创造大量的叙事地图(narrative map),尽管叙事地图具有神秘主义色彩,想象的成分居多,而且也不全面,但它的确是把空间转变成具有意义与记忆的场所这一过程的关键。"①城市空间的描述帮助帝国维持了一个殖民想象,帝国对建筑的要素进行种族、性别和阶级方面的编码,然后通过媒体释放出来,使一个封闭的殖民世界得到强化。"城市神话和意识形态以特定的方式被表达出来,它们并不能自由变幻,而需表达在具体的文本当中。"②小说中的城市被表达在大众传媒之一的电影中。电影是英国社会在海外宣传的主要媒介,也是殖民地人了解遥远英国最直接的窗口。加拉哈德为了追求自己的梦想,看了很多有关大都市的电影。电影中所遭遇到的城市景观引导移民在真实的空间中不遗余力地搜寻可感知的建筑物标记,非常有意味的是加拉哈德到达伦敦的第一件事就是参观电影里看到的场所。他向朋友吹嘘道:"你还记得那个滑铁卢桥的画面吗?就是有罗伯特·泰勒的那个,我前天晚上去了,站在那里,看着桥下的河水。"(Selvon 73)无独有偶,摩西给家人的信件中提及最多的是可以共同谈起的伦敦标志性景观:"'昨天晚上,在特拉法加广场','我在查令十字街约会'……"(Selvon 133)滑铁卢桥、特拉法加广场成为关于伦敦的风景明信片和电影定场镜头的经典画面。地名将空间转变成了地点,积聚起文化的力量。小说通过描述实际的伦敦地点,并将移民人物置于其中,展示了来自英属殖民地移民对空间地点的认同。伦敦空间场景的描写反映着权

---

① 德波拉·史蒂文森:《城市与城市文化》,李东航译,北京:北京大学出版社,2015年,第68页。

② 约翰·伦尼·肖特:《城市秩序:城市、文化与权力导论》,郑娟、梁捷译,上海:上海人民出版社,2015年,第470页。

力的运转,是最具象征意义的英帝国主义和文化的能指符号。帝国主义对殖民地的控制通过一系列政治、文化和教育体制得到保证和强化,缔造了一个真实与想象混杂的理想城市镜像。

城市景观和建筑名称成为城市空间被表达的方式和组织形式,充满社会政治含义、意识形态和殖民关系。使用符号学方法分析解码文学文本中对物质空间进行的描绘,可以辨识建筑环境的社会意义以及建筑布局在维护权利关系和社会控制中起到的共谋作用。移民对伦敦这座城市的不切实际的想象是与空间的设计相关联的,而这种理想空间也已不再是一个纯粹地理规划的存在。

第二节　异托邦的边缘与阈限

小说中,当移民真正进入伦敦场域时,他们的观点因为空间的转换和对伦敦真实触摸的经验发生了变化。移民的先验印象一路受到追问和反思,随着他们在伦敦空间足迹的延伸,对伦敦社会的观察视角以及身份归属发生了变化。故事的主人公摩西是首批到达伦敦的移民:"我[摩西]是到英国的第一批加勒比人,那个时候,没有太多的地方可以去,所以大家迟早都会相遇的。很长时间,古老的派拉蒙在托特纳姆法院路,我们再也没有像那样的日子了。"(Selvon 113)"我到这里已经有一些时间了,那个时候只有很少的西印度人在伦敦。"(Selvon 20)十年来摩西一直处于边缘弱者地位,似乎停留在原点没有前进。在一个阴郁的冬天傍晚,"摩西・埃洛塔跳上了在切普斯托街和维思特博格罗夫街交界处的 46 路公交车,到滑铁卢站去接一个从特立尼达来的人"。(Selvon 1)他对伦敦的感受是这样的:"当时的伦敦有一种不真实的感觉,一层雾笼罩着整个城市,灯光昏暗,仿佛不是伦敦,而是在另一个星球上。"(Selvon 1)初到伦敦的加拉哈德这样描述伦敦:"太阳光闪耀,但是从来没有看到现在太阳的样子。没有光热,它就是挂在空中的一个催熟的橘子。"(Selvon 23)这样的城市描写颠覆了 20 世纪初期作家对伦敦繁华景象的刻画,让人想起了 T. S. 艾略特对不真实城市"荒原"的描述。自《荒原》这首长诗诞生以来,它的影响引起了内心深处关注现实社会的作家们的思想共识和文本互文。20 世纪 40 年代的伦敦社会秩序受到战争的冲击,呈现的是满目疮痍的破败景象,摩西亲历了伦敦种族隔离下的生存境况,不可能在实际生活中享受到现代文明的果实,直接体验了生活的荒凉,在精神上情不自禁地踏进了现代文化的"荒原"。伦敦景象的隐喻或象征正是作者有感于在加勒比移民的日常生活中的现实情形所做的由此及彼的联想。

福柯指出:"我们似乎熟悉的日常空间是可以做间隔划分的,就是说,存在着不同的'异域',一个又一个别的场合。存在某种冲突的空间,在我们看见它们的场所或空间中,它同时具有神话和真实双重属性。"①塞尔文笔下的伦敦是由很多分离的"世界"构成的,这些分离的世界是"真实"的世界。伦敦的富人享受着工业现代化带

---

① 尚杰:《空间的哲学:福柯的"异托邦"概念》,《同济大学学报》(社会科学版)2005 年第 3 期,第 18—24 页,第 22 页。

来的物质愉悦,皮卡迪利广场"任何时间都是吉尼斯时间,肉汁,焰火,很多闪烁的灯光,欢乐的笑声,剧院宽敞的门,巨幅海报,一直伫立在那里的炮台,富人进入高高的宾馆,人们进入剧院……所有这些,都在这个大城市,在伦敦"(Selvon 79)。小说在行走轨迹片段的截取和空间的变更中,展示出一个既无作者也无旁观者的真实空间画面。"这些行动与空间变换相互交织的书写构成了一个体系……在与各种关系的再现方面,连接着日常生活实践以及明确的他者性。"①战后移民的生活提供了另一个视角,在繁华进步的城市景象背后,看到的是一个完全不同的真实空间。这个"真实的世界"是"男人们知道什么是拼命挣上一英镑,在周五米临的时候付上房租"。(Selvon 59)一个尼日利亚来的黑人小伙子凯普看到他未来的工作场地时,发现只有贫穷的工人才能看得到城市的另一面:"住在伦敦的这些人并不知道铁路背后是如此的荒废,如此的令人沮丧,这是另一个世界。凯普所看到的院子里一切是铁路线以及巨大的铁轨的交界处,一些粗的,重的电缆线躺在地上……这个地方看起来就像是地狱。"(Selvon 35)有特权的伦敦人对未经装点过的城市空间是感到陌生的,不同的世界展示着城市的表象和生存的真相。

　　城市的外观从表面上看是一个客观存在的实体,更是一个有界定的空间系列。从城市的内部肌理而言,"空间是任何公共生活形

---

① Michel de Certeau. *The Practice of Everyday Life*, Berkeley：University of California Press，1988，p.33.

式的基础,空间是任何权力运作的基础"。① 权力操控城市空间的组织方式,而空间的组织结构也表达着权力秩序的分布和存在。福柯说"有些'异托邦'场所表面上看是开放的,人人都可以进去,人们相信自己进去了,在空间上的事实也的确进去了,但这只是一个幻象,因为实际上这些场所是排斥外来者的"。② 塞尔文将小说中的人物安置在一个有着隐性区划的异托邦中。加拉哈德挽着迷人的白人姑娘,漫步走过奢华的公共空间。宏大的公共空间场景描述后立即被切换到狭小的私人空间,加拉哈德说服与他约会的白人姑娘乘坐公共汽车回家,当他打开房门,房内的状况令他感到羞耻,"一股难闻的不新鲜的食物和破旧的衣服以及湿气和灰尘"(Selvon 76)。加拉哈德寒酸的房间与华丽的公共空间形成鲜明的对比。"社会经济地位的差异在空间上得以彰显,富人居住在有很高社会声望的住宅区里,而穷人住在不受欢迎的地方,城市最大限度地反映了社会分层,或者说社会空间内接于实体空间。"③可以说,加拉哈德所承受的这种社会隔离不是自发的,是受制于阶级、性别、性、种族和族群方面的差异而产生的。这些不同的位置相互交叉造成的结果使他远不及自由住房市场上的平等竞争者,更无从谈及选择住所的机会。

---

① 米歇尔·福柯:《空间、知识、权力——福柯访谈录》,载包亚明主编《后现代性与地理学的政治》,上海:上海教育出版社,2001 年,第 1—17 页,第 13—14 页。
② 尚杰:《空间的哲学:福柯的"异托邦"概念》,《同济大学学报》(社会科学版),2005 年第 3 期,第 18—24 页,第 23 页。
③ 艾伦·哈丁、泰尔佳·布劳克兰德:《城市理论——对 21 世纪权力、城市和城市主义的批判性介绍》,王岩译,北京:社会科学文献出版社,2016 年,第 125 页。

　　边界的划分凸显了生活方式上的差异,移民时时感受到另一种文化的鲜明存在。为了消除空间划分造成的压迫感和冲击感,来自加勒比地区的移民努力地迎合当地主流文化,他们的衣着、谈吐、行为方式以当地英国人为模仿的对象。当加勒比移民进入宗主国的大都市伦敦场域时,面临全新环境的挑战,为了生存,他们必须改变在原籍国形成的具有丰富文化内涵的衣着、饮食和住房习惯;他们必须向当地人学习,形成新的日常习惯,这些习惯通常表现为在重要场合已经存在的地方文化习俗。这说明了加勒比人在追求英国本土化过程中所进行的文化重组,因时因地添加当地的文化元素,暂时隐藏原来的文化符号。新的文化元素在日常生活的实践中不断得到体现和巩固,并随着这些新的文化元素的书写、传播和形成社会共识而逐渐得到象征。现有的文化符号和习俗往往以纪念品或祭品的形式保存下来,在节日或重要的仪式上进行呈现。这种灵活性隐藏和表现出表达文化特征的文化符号,正是加勒比移徙者追求文化身份时的策略之举。

　　小说中加拉哈德带着赞赏的目光观察当地人的衣食住行,努力营构自己的身份,他用上夜班做苦力挣来的血汗钱为自己添置了新衣。他的扮相里有意突出了“怀表,礼帽和雨伞”(Selvon 137),“泰晤士报插在上衣口袋里为了能把报头露出来”(Selvon 137)。黑人移民认为“黑人民族性的唯一方式是彬彬有礼”[1],加勒比地区移民

---

[1]　Belinda Edmondson. *Making Men: Gender, Literary Authority, and Women's Writing in Caribbean Narrative*, Durham: Duke University Press, 1999, p.30.

言语表达中努力操着"古英国口音"(Selvon 76)。但是这些努力模仿的外在气质遮掩不了"那个黑人"的"他者"性。

　　讲英语的加勒比群岛国家从政治上或者文化上被看作联合王国的国家,移民自以为是英帝国的臣民,但是他们混合的身份在母国很快就被弄清楚了。当加拉哈德穿着新衣服走在这个城市,想着在皮卡迪利地铁站大钟下面与一位年轻的姑娘有个约会,他意识到伦敦令人兴奋和高兴的一面,加拉哈德主动向一个等着过马路的孩子打招呼,"好漂亮的孩子"(Selvon 76),操着古英语的腔调,"你叫什么名字?"(Selvon 76)小孩抓着妈妈的手,抬头看着加拉哈德。"妈妈,看看那个黑人!""亲爱的,你不能那么说。"(Selvon 76)妈妈斥责孩子,她拉着孩子,看着加拉哈德,回敬了一个病态的微笑,孩子的直视提醒他是有色人种。街道景象表现出作者关于移民在现代都市中的位置的思考。同样,当加拉哈德领着新结交的白人姑娘到了他的住所,姑娘在深入到这个有色人种的腹地后,被眼前的寒酸家居所触动,尽管她与加拉哈德进行的是赚取金钱为目的的性交易,她还是却步了,当她声称与他交流有困难时,加拉哈德迷惑不解地回答道:"我们不是讲的英语吗?"(Selvon 82)然而,这个凝视和交谈的麻烦对他的影响不仅是言语交流的困难,更多的是面对边缘文化与中心文化的差异时所处的窘境。

　　在伦敦居住的加勒比移民经历了空间的变迁,先前在地理位置上相隔万里的成员进入同一个社会空间,当加勒比地区文化与英国传统文化相遇时,时空背景导致的文化差异势必会带来文化碰撞,而西方文化的内在质素存在着天然的排异反应。黑人移民承受着严重的文化认同危机,对英帝国产生了不同于历史和想象的新发现,不得已在"我者"和"他者"的身份坐标间游移转换。对于加拉哈德一个理性的、自制的移民,他有两个不可调和的身份,矛盾的不可调和性超出了他心理承受底线。一个是可以融入普通英国人中的"我"和经过努力怎么也不能融入普通英国人当中的黑色的"我",两个"我"开始了一种精神分裂的对话。加拉哈德从毯子里伸出双手,想起了白天在洗手间受到两个白人的不公正待遇,自问:"为什么你不能是蓝色的,红色的或者绿色的呢,你不能是白色的吗? 你知道就是你导致了这个世界无尽的苦难。'"(Selvon 77)加拉哈德作为伦敦城市中的他者,在努力迎合强势文化的同时承受了巨大的精神磨难,在现实中,伦敦留给移民的是"困惑、无助"(Selvon 139)。

第三节　缺失的移民共同体

20 世纪 50 年代移民潮的涌入影响了英国社会既有的社会发展模式和族群的分布,移民的进入对于既有人口通常是一大震惊,在补给短缺的劳动力的同时,也激怒了既有的白人居民。首批到达伦敦的移民摩西说道:"那个时候只有很少的西印度人在伦敦,过去的情况不错。现在,到处是黑人,每一船都拉着新来的黑人,英国人不喜欢这些人来英格兰工作和生活。"(Selvon 20)移民潮引发了英国和加勒比地区文化不同因子间的冲突,这项冲击一开始看起来不起眼,只是成群的男子站在街头,只要有工作不管薪酬多少都去做。后来,导致伦敦的外来移民越来越孤立,种族之间的隔离现象也愈来愈严重。

　　大量涌入的外来移民翻转了精英阶层长久以来的具有英国贵族式根基的空间审美划分。尽管统治者对城市生活有理想化的宣传,理想化的社群也不承认存在着社会差异,但是现实的城市正在划分成一个个比以往界线更加分明的同质化分离区。小说的叙述者很清楚地认识到伦敦恰似一个"堡垒城市",富人和穷人的"世界"是彼此分离的,城市里的居民更多的是避免与不同群体的来往,而不是在他们的城市生活中主动收纳异质的文化元素。"在伦敦没有人真正地接纳你。他们容忍你,但是你不能到他们的家里吃饭,或者坐下来聊天。"(Selvon 126)移民并不会指望城市里遇到的那些人会"像"自己一样组成某种同质化的社群。但是,作家同时也指出,移民自己处在彼此陌生的危险中。在伦敦居住的移民越来越没有意识到:"隔壁的房间发生了什么,还远不如比街上发生的事情知道得多,你待在属于你的世界里,别人的世界发生了什么你永远不知道,除非你通过看报纸上的报道来了解。"(Selvon 60)隔离似的生活切断了社区的血缘和友谊的网络以及移民的政治有效性。

　　人口数量、文化权重以及政治权力占主导地位的伦敦精英阶层从来没有偏离过他们贵族式的目标,他们志在建立一种精英式的特权空间。结果是,属于中产阶级和上流社会的城市居民越来越会采取精心策划的策略,以便控制他们所处环境的排他性。伦敦城市空间中繁荣富足的区域与贫穷衰败的区域毗邻而居,不同区域的差异可通过泾渭分明的住宅区清晰地分辨出来。"那些富人住在伦敦的上流住宅区贝尔格拉维亚和骑士山,汉普斯特德的北方,以及其他繁华的地方,他们不会相信像哈罗街以及诺丁山这样阴暗的地方到底是什么样子。"(Selvon 60)在城市空间的话语体系中,实际的界线阻隔的存在和地理上的隔绝同样十分明显。标界界定了一个人占据城市空间的身份。"通过对边界之外的他者进行负面、反向的定位,人们得以定义自己的身份归属。"①

与私人空间相对的公共空间并不完全是陌生人相遇的地点,它是被"政治权力"限制的社会空间,"是反对资本的集体消费空间"。② 伴随着文化转向,城市学者把公共空间理解为象征性的、想象性的。城市空间观念受行为准则和符号的控制。"(它们)通过明确警告或模糊的威慑阻止我们进入一些空间。"③小说中,城市空间的描写体现了不同层次的人在空间行动轨迹上的分界,上流社会的人经常出入的餐馆、宾馆和会所等标志性的场所成了高层次人的身份归属,形成了人们对这个阶级的主流印象。"在美国,会有一个告示提醒你离开,但是在这里,没有人会提醒你,但是当你进入这种高级宾馆、餐厅或者会所的时候,有人会很礼貌地让你离开——或者你会遭受冷漠的对待。"(Selvon 21)这种地方本应该是不同社会阶

①　Massey Doreen. *Spatial Division of Labour: Social Structures and the Geography of Production*, London：Macmillan, 1984, p.13.

②　Sophie Watson. "The Public City," in John Eade and Christopher Mele (Eds.), *Understanding the City: Contemporary an Future Perspectives*, Oxford：Blackwell, 2002, p. 49 - 65, p.49.

③　Ali Madanipour. "Social Exclusion and Space," in Richard T. LeGates and Frederic Stout (Eds.), *The City Reader*, London：Routledge. 2011, pp.186 - 194, p.191.

层与种族背景的人们平等自由交往的公共空间,但是这种空间身份归属的分化直接或间接地把移民和有色人种排斥在外。基于此,这种排异性巩固了"城市的主人"位置,公共空间的终结是:"已经变成了一个重要的战场,这个战场关乎无家可归者和穷人,关乎开发者、法人团体和那些希望将城市变为旅游景点的人,中间和上层阶级以及郊区居民的权利。"①

　　城市由不同的地区组成,每个地区都有其文化特征。城市里充斥着异质性、匿名性,城市生活与乡村生活截然不同,"因为城市不像乡村和小镇那样可以为共同体提供一套规范和谋生基础。"②尽管社会学家对共同体所下的定义各不相同,共同体的外延可以不断泛化,但是本质上讲共同体都是利益共同体,"总体来说是指有组织地生活在一起的群体,他们通常生活在一个具体的空间区域内,拥有相同的文化背景,并且深刻意识到自己群体身份的特殊性。"③那么,在伦敦,加勒比黑人自己的共同体在哪里呢? 论及如此的话题,必须深入思考共同体和社区的关联,社区是城市有机体中最基本的内容,拥有一定数量的人口、占据一定范围的地域、具备趋同的意识

---

①　Don Mitchell and L. A. Staeheli. "Clean and Safe? Property Redevelopment, Public Space, and Homelessness in Downtown San Diego," in Setha M. Low and Neil Smith (Eds.), *The Politics of Public Space*, London: Routledge, 2006, pp.143-176, p.144.

②　艾伦·哈丁、泰尔佳·布劳克兰德:《城市理论——对 21 世纪权力、城市和城市主义的批判性介绍》,王岩译,北京:社会科学文献出版社,2016 年,第 170 页。

③　王卉:《〈孤独的伦敦人〉中的身份迷失》,载《外语研究》2016 年第 4 期,第 104—109 页,第 106 页。

和利益的居民聚集群体就构成了社区。"不论人们对自己和他人的认同和分类如何,不论地点和住处的作用如何,社区对人们的共同体意识的作用,总是不言自明的。人们是可以利用其地方身份,使其社会地位得到强化,赋予并凸显其具有的象征意义。"①

城市不同地域的划分显示了移民的社会地位。在伦敦,通常来自同一地区的外来人口为了维持身份特征并寻求相互慰藉会聚合在一起逐渐形成聚居地,他们在此区域通过排挤异族的到来,垄断一个非正规的经济领域。根据小说中二战后的伦敦的社会情形,加勒比移民不具备建立自己的社区的条件。加勒比移民散布在一座座孤立的住宅区里,加之通信技术和设备不发达,他们必然无法建立起紧密的关系。迁移到伦敦的这群人口主要是在乡村贫困的逼迫下而不得已远离家园,在大城市主要从事低端的、危险的苦活累活。严格的城市规划和种族意识使得来自加勒比地区的黑人无法获得永久的住处,他们经常通过其他变通方式来满足居住需求。"实际上,他们拼命地工作谋生,住在拥挤的房间里,在这个房间里你做所有的事情——睡觉、吃饭、穿衣、洗衣服、做饭、生活。"(Selvon 134)他们没有购置房产的可能性,没有独自创业的资本,没有连接大都会的社交圈,这种不确定以及缺乏安全的状态令他们无法形成人口的一致性或是文化团结性的有机社群。

与这个论题相关,在住房研究中一个非常重要的问题是加勒比

---

① 艾伦·哈丁、泰尔佳·布劳克兰德:《城市理论——对 21 世纪权力、城市和城市主义的批判性介绍》,王岩译,北京:社会科学文献出版社,2016 年,第 171 页。

移民在做出住房选择时有多少自由和面对多少约束。从事繁重体力劳动的加勒比黑人是伦敦经济和社会地位最低的一个阶层。这些移民经历了一个无产阶级化过程,在与生产资料相分离之后,他们仅剩下劳动力可以出卖。他们在城市中偏僻的鲜为人知的角落里充当廉价劳动力的经历可以得以概括为社会空间的萎缩和社会孤立的增强。很多原因造成了这些移民社会空间的萎缩。移民几乎无力控制自己的时间和空间。"加拉哈德受困在狭小的房间里,与伦敦和外界的生活隔绝。"(Selvon 136)绰号为"上尉"(captain)的黑人在职业介绍所谋得了一份所谓仓库保管员的工作,实际上他所从事的却是白人无人问津的搬运铁块的繁重体力劳动,"上尉看到了许多铁轨和铁块以及散落在院子各处的电缆线……这里看上去就跟地狱一样恐怖"(Selvon 35)。"玛起早贪黑在里昂角大厦工作……她的工作地点在后厨房。"(Selvon 68)如此的工作是不会获得任何社会交往的机会的。摩西10年来在工厂上夜班包装金属清洁球,"大城市,加拉哈德,丹尼尔,巴特,他们所有人下了夜班,来此聚会"(Selvon 107)。他们的日常行动通常发生在黑夜,微薄的工资使移民的居住地点局限于分散在各处的房子所附带的地下室或阁楼中。在数百万的英国白人中间,移民临时租住点的空间距离通常都比较大,他们在日常生活中主要是和居住在他们周围的邻居们交往,除此之外也会组织聚会来交流感情,他们日常活动的空间和当地人的逐渐一致,在空间上当地人把移民"独户"包围了起来,要想摆脱当地人,从而形成独立的、联系紧密的加勒比移民社区是不现实的。

想要在与当地人互动的过程中形成密切关系,对于即使是有足够的经济条件的加勒比黑人移民来说,对居住地点也非自由选择。住宅区具有身份和社会地位等象征符号意义,同时显现出明显的排外特征。黑人移民在伦敦的聚居地是有限的,布里克斯顿(Brixton)、新十字(New Cross)、刘易舍姆(Lewisham)、沃特(Water)、诺丁山(Notting Hill)等地是黑人的聚集区域,这些区域白人很少涉足。正如杜波瓦(Du Bois)所指出:

> 冒险离开族群和熟悉生活环境的黑人逐渐发现自己是孤独的,经常被人回避、嘲笑和凝视,而这令他很不舒服;他几乎交不到新朋友,因为无论他的邻居多么友好,也不会把黑人加入其熟悉的圈子中。因此他……感到非常痛苦,因为他就像一个被社会抛弃了的人。①

同样作为黑人移民哈里斯(Harris)并没有屈从于现状,他刻意按照英国绅士的做派规范自己的行为举止,一直想跻身白人群体之中,哈里斯在圣潘克拉斯大厅举行舞会,担心黑人伙伴法福(Five)破坏舞会的氛围,不希望黑人来参加。他对摩西说道:"我真为你们这群不要脸的家伙而感到羞愧。"(Selvon 111)然而,哈里斯是个黑人这一事实是没办法改变的,借此,塞尔文表达了他对当代加勒比黑人

---

① W. E. B. Du Bois. "The Environment of the Negro," in J. Lin and C. Mele (Eds.), *The Urban Sociology Reader*, New York: Routledge, 2013, pp.174－181, p.176.

社区产生凝聚力缺失这一现象的反思,他从黑人族群内部主体建构的自相排斥指出,加勒比黑人对自己的处境负有一定责任。盲目模仿白人,从心理上同自己种族的人划清界限,并没能使哈里斯成功融入白人社区生活中。

加勒比移民社区能建立与政府对待移民的政策更迭有关,这也解释了为何小说中所描写的加勒比移民被排斥的氛围在摩西到达伦敦 10 年后会如此浓重。本土种族主义是英国民族文化中受帝国主义影响最消极最持久的内容,它已深深地扎根在了英国的民族文化之中。它会在特定的外界刺激之下从人们的灵魂深处浮现到社会表层,20 世纪 50 年代的一个严冬,加拉哈德受到种族敌对的影响从而失去了工作,作为一个黑人移民,他很难找到工作,于是他只能偷偷捕食公园里的鸽子来充饥。此举动被一个当地白人妇女发现,遭到了她愤怒呵斥:"你这个残忍的,残忍的畜生……你是残忍的怪兽,你是杀人犯!"(Selvon 119)这个事件成为种族情绪爆发的燃点。盖普(Cap)饥饿难耐,在租住的阁楼上利用面包屑诱捕海鸥,作为主食充饥。战后英国的移民政策在种种矛盾和限制之下艰难前进,一部分人认同种族优越论,另一部分的人宣扬种族平等,这两种观点存在着不可调和的矛盾。政府不允许建立一个社区或聚居区的一个原因是与政治权力有关。在官方管理之中,移民社区代表着一种新的空间化的权力。移民中的这种权力凝结在逐步形成的社区族群之中,他们通过利用传统社会网络、个人财富来强化自身力量进而牵引更多的同乡移民涌入。因此,对政府而言这个社区的出现已超过其控制范围并构成威胁。一个社区只要有自己的地盘就有潜力成为一个单独的权力体系。正是因为加勒比移民的实质是一种人口和人种上的异端力量,所以它难以得到容忍。尽管城市本土居民和政府得益于甚至依赖于加勒比移民所提供的低级体力劳动和社会服务,但身处城市的加勒比人工资低廉,工作条件恶劣,竞争有限的城市资源会使他们感到惶恐与不安。因此,他们有意将城市人口拥挤、环境糟糕、犯罪率上升等新出现的城市问题都归咎于移民的大量涌入。再者,伦敦是帝国政治权力的象征中心,也是长久以来英国本土居民群体身份的归属地。他们担心已经形成的黑人聚居区内部拥挤混乱的居住条件和令人堪忧的卫生状况会破坏人们对于伦敦理想城市的现代想象。

英国向欧洲的回归以及 1958 年国内种族冲突的爆发,加快了英国政府从容忍英联邦移民向限制或阻止英联邦移民的转变。①1962 年英国政府应对英联邦移民问题的首部限制性法令《1962 年英联邦移民法》(The 1962 Commonwealth Immigrants Act)出台,

---

① 早在 20 世纪 60 年代,英国就放弃了美国社会推行的"熔炉说",不再致力于同化移民。从那时开始,伦敦就一直骚乱不断。1958 年 8 月在伦敦发生了西印度群岛移民和当地白人暴力冲突的事件:当时,一对黑人夫妇在电影院遭白人围攻殴打而受重伤,在黑人社区引起了极大愤慨。8 月 23 日晚,黑人与白人在市中心的圣安威尔区,发生了大规模的械斗事件。8 月 30 日晚,几千名白人走上街头,高喊着"黑人滚出去"的口号,到移民聚居区寻找袭击目标,许多黑人房屋受到破坏。两地骚乱持续数日,成为英国国内大规模种族冲突的起点。暴力冲突的加剧促成了极右组织的粉墨登场。1966 年,两个极右组织合并,组成了"国民阵线"。该组织主张"把有色人种全部遣送出英国","把英国还给英国人",经常举行种族主义示威游行。

其目的是控制外来移民的流入,限制英国亚裔和黑人移民群体增长的基础。塞尔文创作《孤独的伦敦人》的时间是 1956 年前,他敏锐地察觉到了英国政府对待黑人移民的敌对气氛。"英国人不喜欢这些黑人来英格兰工作和生活。"(Selvon 20)摩西作为一个资历深厚的移民,他敏锐地发现了英国内部因为种族偏见而产生的一系列社会问题,尤其是移民们的住房问题令许多移民感到恐慌。因此他机智地在伦敦寻找能接纳黑人的角落并把移民们分散地迁移过去,避免一个加勒比移民聚居点因为不断扩大的规模而触动政府的神经,摩西将这些新来的人指派到不同的地方,"现在沃特的黑人太集中,你试一试克拉珀姆……你们三个去英王十字车站"(Selvon 3)。摩西没有创建加勒比地区流散者的社区,更无从将社区作为抵抗法律规范进行自保的平台,而是将伦敦变成加勒比黑人移民分散和隔离的场所,这是在敌对的生存环境中求生的权宜之计。加勒比移民在生存环境中以分散的生命个体彼此分离,缺乏与周围的自然环境和同质人群建立联系,难以获取生存所需的物质和精神资源,难以言说又无法挣脱的是无尽的孤独与无助。在这种大多数加勒比移民缺乏体面工作和社会地位上升通道的社会体系里,加勒比人族群文化不可能在日常生活中获得巩固发展,因此,当英国政府用强硬的行政和法律手段将有色人种从英国化的过程中拉出时,加勒比移民几乎不可能依托社区这个平台,与英国政府一边对抗,一边对话。

第四节　创造归属感的替代模式

　　散居在各处的加勒比移民承受着一定程度的隔离状态,所居住的周围环境中缺乏人口的一致性和文化的团结性,无法形成一个具有主体特征的加勒比移民种族或其他任何形态的社群。迁徙到异国他乡的人群的经历通常被想象成为两种可能的方式。一种是循环型的:人们保持对自己祖籍国的认同,铭记自己的家乡,获得了知识或财富后最终返回移出国;另一种是断裂型的:移民们到了异国定居后受到异国文化的熏陶,从而被异国文化所同化,对自己母族文化逐渐陌生。伦敦白人居民大多都有对认同方式和归属感的两种假设以及对日益增多的加勒比移民社会轨迹的判断。当加勒比移民出现在城市当中时,白人居民普遍将其视为带有强烈异质性的过客,这些来自同一国度的异乡移民,尽管迁徙的时间先后不一,但实际上是一个拥有相似文化背景的整体人群。外来移民在社会结构构成和文化整合上都不会被政府视为一个具有话语权的独特群体,更无须谈及被放置在官方管理的系统之下。但是,不争的事实是,移民的批量涌入使城市资源变得越发紧张,基础设施承受巨大的压力。虽然他们从事低端的体力劳动,为经济的发展做出了巨大的贡献却开始被当作一种社会问题。

　　为了生存,一旦有机会跻身英国白人社会体系中,他们也会积极地迎合。他们必须修正自己在原籍国形成的富有深厚文化意蕴的衣食住的习惯,他们向英国白人学习,形成新的日常生活习惯,这种习惯在隐匿了祖籍国痕迹后以本土化的形式出现。小说中的模仿欲望是数次被言说的话题，哈里斯极力迎合英国人的风俗习惯，"他在公共汽车和地铁上给妇女让座……他的着装就像英国人去城里工作时的装扮，圆顶礼帽，一把雨伞，腋下夹着公文包，他把《泰晤士报》折叠放在口袋里，为的是露出报头"（Selvon 133）。哈里斯积极地寻求政府的认同，然而有一件事他改变不了，"脸是黑色的"（Selvon 133）。以模拟的方式企图重构身份的愿景是难以实现的，英国政府对加勒比移民的态度采取文化忽略的政策，使得加勒比移民无法通过正常的途径学习英国文化，毋庸说将母国文化与另一种文化进行整合。

在 20 世纪中期的伦敦城市空间中，加勒比移民被困在一个艰难的社会环境中，在既有社会结构中没有一个清晰的位置，既不属于祖籍国也不属于移居的城市，进入了持久的，充满异质、矛盾、混杂的阈限状态中。"这个城市到底有什么？世界上的其他城市有什么？你如此喜欢这个地方而不愿离开去其他地方？总的来说对人们会保持什么？"（Selvon 34）摩西漫无目的，同时又似乎是无声无息的，在 20 世纪的伦敦这个正在形成的现代城市的空间中行走，以此来消磨时间。"摩西站在泰晤士河的河岸上，季节的变化，冰冷刺骨的风，落叶，在草坪上升起的太阳，在土地上的白雪，尤其是伦敦。"（Selvon 134）现实中关于多重认同的意义的论辩在社会学家的理论争鸣中从未间断，但并没有为处在身份困境中的人们清楚指向究竟在何处可以找到那些认同。"寻找认同与故乡是'人类的境况'本然的一部分。"①基于人类的本能,移民们"四处寻找一个不需要花很多钱就可以得到充足的食物并且有老乡可以交流打发时间的地方"(Selvon 29)。这些因为疏离和差异而成为"他者"的英联邦成员国来者靠着内在的可供连接的文化气脉"聚集在一起然后谈论回家的事情"(Selvon 135),以相互倾诉的方式缓和他们的痛苦。

"如果我们不在这个令人感到孤独困苦的城市中相聚谈论回家的事情,我就会觉得自己仿佛身处在地狱中煎熬。"(Selvon 126)移民为了不让家里人担心而寄回了隐瞒着自己思乡心切和颠沛流离之苦的"欢乐"家书。对城市居住者来说,"通过实践'创造'某一场所,同样涉及记忆与这一场所相关的故事。反过来,这些故事有助于人们建立与场所的种种联系"。② 巴什拉(Gaston Bachelard)描述的"创造"的场所就是为建构与场所相关联而尽情想象的"诗意空间"(poetic spaces)。所谓那些认同的诗意空间,只有在我们能够将那内在空间理解为一个幻想的场域,而它可以为其他的心理功能服务的时候才能彰显它的意义。"家宅"从"灵魂的状态"来说,在内心空间中隐喻象征着庇护所。小说中加勒比移民的"家宅"至多是他人篱下的一个寄居点而已,即使外表被改造,实质上却是远离社会中心的异托邦,这个空间隐喻反映了有色移民在传统的社会文化中被边缘排挤。

<hr>

① 班纳迪克·安德森:《想象的共同体——民族主义的起源与散布》,吴叡人译,台北:时报文化出版企业有限公司,1999 年,第 xix 页。
② 德波拉·史蒂文森:《城市与城市文化》,李东航译,北京:北京大学出版社,2015 年,第 86 页。

摩西是用自己的住处给大家提供聚会场所的救世主。对于加勒比族裔散居者而言,摩西的临时居住点既是他的住所又是他召集同乡的场所,又是他在现实生活中仅存的"乌托邦"。只有在聚会上他们才能成为"中心",社会体制把加勒比移民排除在"中心"之外,他只是为了外部世界才这样把自己组合成一个中心。每个周日,租住在各处的移民都会不期然地聚集到摩西的公寓里,摩西的公寓变成了一个小社会,在这个空间里移民"从中找到自己真正的人性的含义。或非常难得地,他想属于自己的种族"。① 颠沛流离的移民为了逃避主流社会的价值体系和满足自己的需求,从外面巨大的城市空间里退居到摩西的狭小的寓所里,通过这个空间来缓冲强势文化带来的冲撞,找到一个适合加勒比移民地位民族身份的平衡点,在追思彼此相系的民族文化之根的过程中,获得新的精神归宿。从文学的角度来说,摩西租住的公寓是小说情节要素的建构空间,它也是一个象征着丰富历史与文化的符码,是加勒比移民在英国寻求心理安慰和逃避现实的场域,也是黑人移民建构种族属性的精神坐标和族群想象策略。

　　移民虽然居住在英国伦敦,远离母族的加勒比文化,但仍然不能在现实生活中彻底抹除掉故乡的传统文化。伦敦之于加勒比移民而言是背井离乡之后流浪的暂居点,所以他们产生了回归源头、回到母国怀抱,回到本初的无尽欲望。当移民聚集在一起的时候,他们将目光投向自己的祖国特立尼达,他们经常回忆在加勒比的生

---

① 弗朗兹·法农:《黑皮肤,白面具》,万冰译,南京:译林出版社,2005 年,第 7 页。

活,分享对故乡人物、环境的记忆。正如摩西对加拉哈德吐露的那样:"你知道我最想干什么吗?我想回到特立尼达,躺在太阳底下抠脚指头,想喝鱼汤,去马拉卡斯湾和渔民们聊天。"(Selvon 125)摩西凭借美好的记忆缓解当前的孤独,他回忆着家乡的风景和懒散的生活,他"不想要芭蕾、歌剧和交响乐"(Selvon 125)。作家通过激活个人记忆和微观叙事对特立尼达社会进行建构,表达在异国求生存的移民们努力与自己的祖国建立情感归属提升民族认同感。"家乡是个体共鸣的触发地,是一个充满共同话题的地方,过往的记忆保留着个体文化自我的本质,并不是异己的,同胞间以谈论家乡熟识的人、熟悉的风物拉近彼此的距离,编织相互联系的精神纽带。"①在这一主体言说的过程中,个体记忆上升到集体记忆。法国社会学家莫里斯·哈布瓦赫(Maurice Halbwachs)提出了"集体记忆"(collective memory)这一概念,他认为"进行记忆的是个体,而不是群体或机构,但是,这些植根在特定群体情境中的个体,也是利用这个情境去记忆或再现过去的"。② 加勒比移民在以本民族记忆为内在机制的"价值认同"中寻得归属感并完成对身份重构的需求。小说的结尾,摩西在丹尼尔的启示下,思忖着将自己和同胞的经历写成一本书,每个人都竞相购买的书。这是他摆脱贫穷一夜致富的憧憬,也是孤独心声的表露。

---

① 莫里斯·哈布瓦赫:《论集体记忆》,毕然、郭金华译,上海:上海人民出版社,2002年,第40页。

② 莫里斯·哈布瓦赫:《论集体记忆》,毕然、郭金华译,上海:上海人民出版社,2002年,第40页。

　　《孤独的伦敦人》在描写伦敦空间的时候,不仅体现了城市的结构层面,还有更深的体验层面的指向。城市空间的概念内涵超越于地理界线的架构,城市在建构日常生活的方式和文化体验以及在空间内部权力机制的运作等方面都发挥了关键的作用。20世纪50年代,大英帝国正在大力扩张,西印度群岛移民对伦敦空间产生了理想城市的幻象,建构起来的话语体系中包含着历史的经验、主体意识和帝国空间的想象。城市更是一种通过实践而形成的空间概念。英国将强势文化和权力建构在组织空间的方式中,城市空间到处充满着种族和民族的矛盾。权力约束和限制了城市的空间布局和外观设计。伦敦城市空间中有彼此相互对立的"我者"与"他者"、移民与当地人的权力制约机制。生活在伦敦的移民们与外界格格不入,他们想开辟新的生活,却处处受到排挤,缺乏足够的话语权,难以突破种族界限。城市空间可能会有社会问题和被排斥的消极空间,城市的混居模式可以有效缓解城市空间的种族歧视。在这个过程中,城市和郊区空间与不同的民族和社会群体建立了联系。在城市空间中,绝对隔离只是一种理想的隔离形式。伦敦郊区的中产阶层适应混合居住社区的方式,在公共设施使用中存在的社会隔离空间遭到排斥,避免了选择性公共服务所造成的社会隔离。事实上,邻里社会活动和服务获得以及文化参与和各种形式的汇合行动可能弥合来自种族化空间中形成的身份差异。移民潮的增长影响着伦敦文化不同因子的交融和冲突,移民在对抗和回应强势文化的束缚过程中,发展出一种新的聚居空间,借此倾诉对伦敦城市的情感表达。作家自己身处文化交融深处,用冷峻而深刻的笔触聚敛西印度群岛移民对于现代城市生活有着难以言喻的孤苦，描述了移民在多元共生的城市空间中的生存状况和发展机遇，思索着民族的孤独症结和文化出路，表达了作家的社会责任与价值关怀。

第三章

多元混杂的伦敦城市空间与杂交身份的产生

在 20 世纪末西方社会思想、文化"空间转向"的背景下,学者们开始重新审视人文生活中的"空间性",把以前给予时间和历史的关注纷纷转移到空间上来。米歇尔·福柯和亨利·列斐伏尔等理论先驱共同勾勒了一种以"空间"为中心的批评话语,形成了空间批评的理论基础。"空间批评"强调空间的本体性和异质性,致力于空间背后历史、文化、身份、意识和权力等多元逻辑关系的研究。学者们重新审视人类社会中的"空间性",以空间并置为致思理路,突破以往对时间和历史过分关注的思维束缚。

　　当今世界全球化进程加快发展,连接不同地域的关系网络所形成的空间并置的世界经验远远多于由时间发展演绎而来的历时性世界经验。在早期的城市研究中,学者们在描述城市社会背景的基础上,一般将空间阐释为社会事件发生和运行的场所。在 20 世纪末西方"空间转向"的学术背景下,对"空间"的研究在城市研究中展开。列斐伏尔的城市空间社会学理论是城市空间研究的主导理论范式。近年来,随着结构主义和新马克思主义的影响,西方城市空间研究侧重于阐释空间形成背后的社会文化机制。本章试图以空间为切入点来研究扎迪·史密斯的小说《白牙》。《白牙》的当代性产生于英国本土文化与孟加拉外来文化不断博弈、交融的背景下。作家在文本中呈现出不同国度的城市空间体验和英国伦敦日益突出的多元文化同化与冲突问题。本章关注的重点是小说中空间形态的转换，借此揭示城市空间背后的权力与意识观念的流变。列斐伏尔与福柯的空间权力论有助于通过空间揭示出作品背后的权力话语，以城市空间作为切入点，将城市书写与身份认同关联在一起，探究21世纪丰富驳杂的伦敦城市空间描述背后英国孟加拉裔移民个人主体与群体主体的文化样态和主体意识的起伏变迁，具体分析当代英国社会新的杂交身份的产生，以及移民文化身份认同转变的历程。

第一节　伦敦的城市空间①

英国女作家扎迪·史密斯的长篇处女作《白牙》被誉为"新千年的第一次出版轰动"②。在英国，史密斯因这部小说的出版获得2001年最具权威性的惠特布雷德图书奖（Whitbread Award）；在美国，《白牙》获全国图书评论界奖（National Book Critics Circle Award）提名。《白牙》自出版以来就占据着国内外评论界的重要位

---

① 本节的部分内容以《论〈白牙〉的伦敦城市空间》为题发表在《湖南科技大学学报》（2016年第1期），并获得连云港市第十四届哲学社会科学优秀成果奖二等奖。

② *She's Young，Black，British—And the First Publishing Sensation of the New Millennium*，January 16，2000，http://www.theguardian.com/books/2000/jan/16/fiction.zadiesmith.

置,十几年来的研究成果涵盖了杂糅模仿、种族问题、身份认同、多元文化等主题。有评论者关注作家写作行为中的空间意识。艾琳·普莱兹-费尔南德兹(Irene Pérez-Fernández)指出:《白牙》提出了关于英国身份问题的同质性观点,小说表现的主题崇尚"第三空间",为当代英国社会提供了一种动态表现。① 詹·洛威(Jan Lowe)比较了查理·狄更斯、简·奥斯丁与史密斯对伦敦描写的不同,强调史密斯的伦敦空间中不同种族间多种文化的混杂关系。② 但是,现有成果将城市书写与身份认同研究关联在一起的论题鲜见系统论述和专题研究。

一、殖民地城市空间殖民话语的生成

《白牙》的时间设定在20世纪最后的25年中,确切地讲从1975年1月1日清晨新年伊始到1999年12月31日晚上。故事围绕着生活在伦敦的琼斯、伊克巴尔、夏尔芬三家人相互缠绕的关系展开。史密斯在《白牙》中讲述的是一个关于移民者的城市,这个城市不能回避它的殖民过去。伦敦既是一个活动场所的物质存在,又是一个抽象的存在。在殖民者的记忆中,它是一套意义与符号的系统再现。殖民者对权力空间的操控与意识形态传输,大英帝国臣民对城市空间象征意义的接受与实践,这一切构成了殖民地时期关于伦敦

① Irene Pérez-Fernández. "Representing Third Spaces, Fluid Identities and Contested Spaces in Contemporary British Literature," *Atlantis-Journal of the Spanish Association of Anglo-American Studies*, 2009, pp. 143 – 160.

② Jan Lowe. "No More Lonely Londoners," *Small Axe* 5(1), 2001, pp. 160 – 180.

的记忆。

随着殖民地城市历史的研究范式的初步形成,城市研究对象的范围也投射到了市民生活和城市空间等方面。以往研究将焦点聚焦于殖民政府的合法性论证,以及聚焦于统治阶层为了获取这种合法性所采取的政策上。而研究的另一个重点则将视角迁移到对于精英阶层人士的研究上。所谓精英阶层,他们在殖民政府中往往是殖民统治的代理人,有着极高的社会话语权,此外他们不论是生活方式还是思维方式都在引领着一个城市的发展,带动城市从传统走向现代。关于城市建筑的研究阈限已经跳脱出传统的研究范围,并将范围扩大到建筑所体现的社会价值上,而非单一地锁定在一种或几种建筑样式或居住形式本身的研究上。城市建筑往往体现了西方近代化和西方化在诸如牙买加等殖民城市中的发展、行进过程,也极其审慎地反映出近代化和西方化问题所引致的本土化间矛盾的激烈碰撞。又由于该研究是英国在全球推行殖民主义的必要手段之一,且用于研究的城市建筑要素在英法的殖民地牙买加完好地保留下来,因此,突破城市建筑研究的疆界更能作为切入点去探索牙买加殖民地建筑在近代世界的全球化意义,也便于从更宏阔的视野去考察殖民地建筑纵深的文化意义以及这些文化意义在全球范围内的传播地域,加深对英国殖民主义体系发展的理解。殖民地城市不仅仅是抽象概念的集合,也不局限于被定义为某些政策、现象以及观念的综合体。因此要拓展新思维,充分考虑城市因素中城市建设和城市景观的作用,拒绝对于殖民主义的研究的片面性。

殖民主义的一个显著特征是全球关联性。殖民主义的目的是去维系殖民宗主国与广大殖民地之间重要的一种关联机制的有序运行,其中殖民宗主国是这一重要机制的中心,而广大殖民地则构成了外围的世界体系。该机制的运行状况刻录了殖民主义的兴衰过程,可以管窥世界体系从无到有的过程。"一战"后的英国本土社会处于迅速的上升期,资本主义蒸蒸日上,日积月累的财富积累使得英国本土居民的精神境界和消费模式都发生了剧变,人们开始刻意去追求娱乐以消磨时间并且极度渴望新鲜事物。正是在这样的契机下,英国在各国殖民时期所遗留的建筑风格样式又被传回了英国。

殖民主义的垦拓与发展需要一个全新的思路,在这个全新思路的引领下需要全方位地探究城市对于殖民主义发展的影响,如研究城市的建设、城市的景观、市民的风貌等。殖民地建筑博览会是展现殖民秩序的表现形式,宣传了英国的殖民政策和具体实践。英国小说家多丽丝·莱辛拥有丰富的人生经历和不同国度的空间存在感受,在自传体小说《在我的皮肤下》详细回忆了童年时期父母毅然从英国本土举家迁往非洲南罗德西亚的原因:"我父亲参观了 1924 年的大英帝国展览会,我在自传、小说创作和回忆录中多次提及这个重要的事件。这次帝国建筑展览对我父亲诱惑很大,它最终牵引父亲带着我们全家来到了非洲。如同战争、饥荒与地震等灾难,展览会对我们的生活产生了很深的影响。非洲之行改变了我父母的生活,也改变了我和我弟弟的生活轨迹。"①那么 1924 年帝国的展

---

① Doris Lessing. *Under My Skin: Volume One of My Autobiography to 1949*, New York: Harper Collins, 1994.

览会到底植入什么样的质素能引起如此大的诱惑呢？"展览会占地
220 英亩,耗资 2.2 亿英镑,是帝国展览史上规模最大、耗资最多的。
展览会设有邮局,还有由吉卜林命名的街道,展品琳琅满目。参观
者可以直观地获得英帝国版图内各殖民地地理和生活条件的资
讯。"[1]展览会上南罗得西亚的展台上吸引人驻足围观的是成堆的
玉米棒子和玉米穗,横幅上赫然写着"五年内你定能致富"的宣传。
此外,不断推送的海报和宣传册一再声称,一个拥有少量资本的帝
国公民,就能在帝国殖民地的农场上赚到大钱。[2]　第一次世界大战
后,包括大量的英国本土人在内的数千万欧洲移民离开家园,迁徙
到充满机会和危机四伏的新世界,实现发财致富的梦想。在宗主国
拓殖人员的迁徙过程中,殖民者在遥远和陌生的地方重建家乡的房
屋、村庄乃至城市,母国的城市风格和气质底蕴在有意和无意之中
被移植到新大陆,欧式建筑成为殖民地的标志性景观,不仅是现代
物质生活的需要,也是背井离乡的殖民远征者的精神世界的寄托。

　　1932 年,英国在《1919 年住宅、城镇规划诸法》的基础上修订了
内容更加广泛的《城乡规划法》(*Town and Country Planning Act*),
法案是英国城市规划的主导法案,法案规定英国政府对城市和乡村
的发展做出规划,对城市区域规划和建筑物的最低标准做了理论和
政策上的阐释和规定,法令"允许地方政府指定具有特殊建筑和历

---

① 　Victoria Rosner. "Home Fires: Doris Lessing, Colonial Architecture, and the
　　Reproduction of Mothering," *Women's Literature* 18(1), 1999, p.61.

② 　参见《〈巴黎评论〉莱辛访谈录》,邓中良、华菁译,〈http://ewen.cc/qikan/bk-
　　view.asp? bkid=150275&cid=461781〉(2008 - 11 - 23)。

史意义的建筑物,经中央政府同意后,下达保护命令的规定"①。
1932 年法案对英国本土城市的规划建设有着深远的影响,随即波
及世界各个殖民地角落,在殖民地城市的规划中留下了深刻的印
记。"英国政府向殖民地派遣了约 50 名城市规划专家的建筑师,并
由海外发展部提供资助,制定了内容广泛的金斯敦(牙买加)等城市
的改造方案。"②殖民地的规划官员在母邦城市规划经验的指引下,
以西方城市模式和理念为蓝本,在母国的技术支持和资金资助下,
不惜侵犯和剥夺当地土著人的利益,进而建立、规划和发展殖民地
城市。

　　殖民地城市是欧洲推行殖民主义和实施殖民政策的产物。殖
民地的城市建设始终处在宗主国与殖民地的联动效应之下,殖民城
市的演变过程与殖民化时期的经济、社会文化及政治都有联系。殖
民城市是殖民者的栖居地,体现了城市创建者来自母国的价值观。
客观上讲,欧洲宗主国在其海外属地建立的这类城市与欧洲城市的
中心与边缘的联动中凸显现代城市的属性,在社会形态上同步进入
工业化的阶段,但殖民地城市的目的不是要成为工业中心,而是要
抢占当地商品,并以此为基础构建殖民政治和行政体系。

　　英国外交大臣库尔森勋爵说,"伟大的帝国就像丁尼生的'艺术
宫殿',是一个巨大的结构,它的基础是英国这个国家,由英国人奠

---

① 潘兴明:《英国殖民城市探析》,载《世界历史》2006 年第 5 期,第 26—35 页,第
　31 页。

② 潘兴明:《英国殖民城市探析》,载《世界历史》2006 年第 5 期,第 26—35 页,第
　31 页。

基和维修,殖民地是它的支柱",①建筑形态与选材风格是参照英国的标准,在殖民地间漫游,殖民者在千差万别的地域中复制殖民文化象征的模板,结果是帝国的建筑空间呈现出惊人的相似,英帝国由此被描述为一个内在相互联系的建筑群,彼此关联,相互呼应,形成一个巨大的关系网络。散落在各地的殖民者可以在这个网上以标志性的建筑景观进行身份认同,建筑成为一种介质,使帝国在想象中连成一片。

这种殖民主义并不是单纯意义上对被殖民地人民的财产进行掠夺和对人身自由的剥夺,而是强迫整个殖民地认同殖民帝国的行政制度、卫生状况、城市基础设施以及社会制度和准则,殖民者采用摧毁殖民地原始传统文化的方式来征服殖民地人民的思想,并以灌输宗主国文化的方式来完成思想上的同化,这种使命也称"文明使命",这种称呼标榜了殖民扩张的合法性,既是殖民政策的重要组成部分,也是协调和推进殖民统治的有效实施。对该使命的一种理解即是将从属于欧洲殖民国家的"先进"的科技和文化以及社会道德准则传播到欧洲以外的更大的范围中去,并在殖民地建立另一个有着与西方文明高度重合的"西方社会"。所以,这种文化属性是与生俱来的,并且深深植根于殖民主义和西方霸权之中。

英国是一个迁徙的民族。英帝国时期大量的英国居民离开不列颠群岛,向海外殖民地拓殖。宗主国英国为了对牙买加首都金斯

---

① 爱德华·W. 赛义德:《赛义德自选集》,谢少波等译,北京:中国社会科学出版社,1999 年,第 43 页。

顿实行政治、经济和军事掌控,派遣了一部分英国的精英阶层,诸如政府高层、经济管理人员、专门技术人员、军人和警察等白人来管制殖民地。"1906 年 5 月,查理·德拉姆上尉新派驻牙买加。德拉姆好像是到金斯顿一家印刷厂控制局面去了……接着,他打算再离开三个月,去训练陛下的特立尼达士兵。"①大量英国人在参加海外拓殖过程中对帝国和联邦有着切身体验,种族优越感令其得到某种特别的满足和陶醉。"格莱纳爵士同德拉姆一样,认为需要给原住民提供教育、灌输基督信仰,给予道德指引。"(史密斯 265)殖民者需要一种具有社会化和政治化效用的表达模式传达殖民主体的意图。在牙买加首都金斯顿,尽管宗主国对殖民地有着严格的掌控,但仍然难以彻底改变当地根深蒂固的传统文化,这主要是由于宗主国的移民数量有限,在殖民地人口中所占的比例非常小,对当地居民的影响力多为白人对当地人的直接文化教育。在殖民者与当地居民混居的金斯顿,土著居民不可避免地会与统治民族进行紧密而频繁的接触和交往活动。安布罗西娅·鲍登在自家的阁楼上接受了租客查理·德拉姆的文化辅导,"每个星期上三次课:字母、数字、《圣经》、英国历史、三角"(史密斯 264)。由于当地土著居民受教育的程度普遍偏低,最大程度上保留了代代传承的社会结构、文化传统。

　　"空间在其本身也许是原始赐予的,但空间的组织和意义是社

---

① 　查蒂·史密斯:《白牙》,周丹译,海口:南海出版社,2008 年,第 265 页。以下以夹注形式标示引文页码。

会变化、社会转型和社会经验的产物。"①英帝国透过空间、宗教、教育等多个维度，将伦敦符号向殖民地传输，渗入当地的日常生活中。在殖民地城市景观中，欧洲中心主义和达尔文主义的典型表现样态是以西方建筑为主干，其他非西方建筑为旁支。通常，"他者"形象是有关殖民地研究的突破口，以这一切入点展开的具体研究既可以满足人们对于殖民主义的好奇心，又可以显著地突出西方建筑群在殖民地所处的核心地位和其所具有的历史文化价值。史密斯在小说中将伦敦城内的标志性建筑的文学表征置于历史的观照之中。"对城市中物质形态的研究，可以方便地归纳为五种元素——道路、边界、区域、节点和标志物。"②白金汉宫是伦敦威斯敏斯特城内典型的标志物，白金汉宫雄伟的建筑形态在帝国时期对人们的日常生活产生过较大影响，是英帝国透过空间渗透对殖民地进行控制影响的重要权力场域。《白牙》中，在英帝国的殖民地牙买加可以找到白金汉宫建筑形态的摹本。1906 年的金斯顿大地震中，德拉姆为了在地震中给她的黑人女仆安布罗希娅在离开牙买加的英国船上争得一席之地与他一起逃生，情急之下"朝牙买加总督詹姆士·思韦特纳姆爵士的住处国王大宅走去"（史密斯 268）。西方列强在进行殖民扩张的过程中普遍存在着相似性。大体上，西方的殖民主义政策都建立在等级制度森严的规定下，这些规定严格地对不同种族进

---

① 爱德华·W. 苏贾：《后现代地理学——重申批判社会理论中的空间》，王文斌译，北京：商务印书馆，2004 年，第 121 页。

② 凯文·林奇：《城市意象》，方益萍、何晓军译，北京：华夏出版社，2001 年，第 35 页。

行区分并将不同种族的人进行隔离；在文化政策和城市建设上则经历了从文化分裂到文化融合的过程，即"同化政策"向"协作政策"的转变；在城市空间中城市则被按照不同种族所处的不同区域而进行划分、隔离。

金斯顿与伦敦尽管地域遥远，国王大宅的建筑风格却与白金汉宫大致相同。"安布罗希娅挺着大肚子冲在国王大街上，祈祷着基督归来或者查理·德拉姆归来。"（史密斯 266）英国式的国王大宅和以国王命名的当地街道与当地的建筑重叠在牙买加首都金斯顿的城市空间中。在伦敦白金汉宫的广场中央耸立着维多利亚女王镀金雕像纪念碑，高高的塔式建筑充分展现了英帝国的威严，在殖民地眼中女王雕像就是殖民势力的象征。小说中，德拉姆在金斯顿的阅兵场上，在众多的出逃人群中寻找安布罗希娅，"周围是一千张陌生黑人的面孔；唯一的白人形象是维多利亚塑像"（史密斯 267）。对于殖民者而言，女王塑像的造型语言能直观地表达象征意义并传输帝国的精神力量。维多利亚塑像强化了帝国宣传女王符号的功能，殖民地臣民正是通过瞻仰塑像而对女王产生最感性的认识。伦敦的标志性建筑被植入殖民地的城市空间中，街道、女王雕像、国王大宅等能够代表城市特征的地标性建筑逐步演变沉淀为一种城市意象，改变了金斯顿原有的形象与特质。结果是殖民地的建筑空间与伦敦呈现出惊人的相似，建筑形态成为一种介质，使帝国在想象中连成一片。由此，我们会发现"城市的设计实际上暗含着一种巧妙的统治目标，人们对此却浑然不觉。存在着一种城市的空间政治"[1]。

---

[1]　米歇尔·福柯：《不正常的人》，钱翰译，上海：上海人民出版社，2003 年，第 46 页。

透过城市空间变化的研究,可以洞察国家政治权力与社会空间之间的演变历程,空间排布与空间结构在国家政治话语影响下显现的不同文化形态。殖民地的建筑包含着政治的暗示或者确实发挥着某些政治功用。空间因素的加入创造出一种承认殖民主体的倾向。正是以这些建筑作为见证,城市空间本身获得了一种"言说"自己的意义。也正是在这一背景下,建筑空间具有的巨大文化力量和强制性得以体现。殖民地劳工占据了城市的很大一部分,如此大的存在比例造成诸多问题,如匮乏的基础设施、稠密的人口以及恶劣的环境和在恶劣环境下滋生的公众卫生问题。殖民化时代的城市有着多样的功能划分,既是商贸重镇承担着政治文化中心和处理军务的作用,又设置有议会中心、立法中心、军队营房、监狱、办公楼等;同时,也是居住区,还设有医院、休闲场所等等;还承担着金融中心的职责,设有银行、保险公司、金融大厦等建筑。这些功能为栖居在城市中的移民劳工提供了更多居住的可能性。

在研究殖民城市的过程中,除了选取某些常规且容易被大众学者接受的方案,如研究宫殿、官邸等,还格外关注社会空间的划分问题。不同阶层、种族的人群被划分在各个空间区域内,为了探索这些空间的运作方式对于殖民城市发展的影响,还须深刻研究城市空间背后的权力运行机制。显然,殖民城市的研究关注的是社会变迁因素的研究,而社会变迁必然伴随着不同类型的社会群体的介入,并可以通过这些社会群体洞悉殖民主义入侵所带来的思想、技术、资产等方面的变化,给殖民地研究带来新的启发。殖民城市的建筑大多都是模仿宗主国来建造的,整个城市弥漫着浪漫的欧洲风情。

但是会根据当地的自然地理环境做出相应的调整。殖民城市根据城市土地功能常划分为军事区、平民区和土著区。英国殖民地掀起对伦敦的崇尚,伦敦成为殖民者推行帝国崇拜空间化的主要表现形式之一。与此同时,第二次世界大战成为前殖民地民众移民英国的重要催化剂。一方面,战争增进了他们对母国的了解,移居英国成为他们实现幸福生活愿望的手段;另一方面,战争造成的劳动力短缺又为移民提供了巨大的就业机遇。《1948 年国籍法》(*1948 Nationality Act*)在一定程度上鼓励移民进入英国。"在 20 世纪 50 年代和 60 年代,大批的移民从爱尔兰、西印度群岛以及南亚涌向大不列颠。"① 《白牙》中克拉拉的父亲达克斯·鲍登心怀幸福的憧憬,于 1958 年来到了英国伦敦,"他来英国为了赚够钱,好接克拉拉和霍滕丝过来团聚"(史密斯 22)。此后"澳大利亚人莫名其妙地离开自己波光粼粼的海滩和翡翠般碧绿的大海,来到伦敦西北"(史密斯 356)。"一九七三年春天,已人到中年的萨马德,却带着小巧玲珑、面如满月、年仅二十岁的新娘,到英国来寻找新生活。"(史密斯 45)就这样,不同国度、不同民族的人怀着对伦敦的想象与向往,在同一个时代,从世界不同的角落汇聚到了伦敦。

二、伦敦城市空间的社会分异

伦敦的城市形态在不断发展,其经济、文化、政治的历史也在不

---

① 王涌:《战后英国移民政策透视》,载《世界历史》2002 年第 3 期,第 47—55 页,第 261 页。

断地交错变化,但是,它仍然是一个结构十分清晰的城市。小说中,
"瑞安开着轻骑带她穿过整个伦敦,来到国会山的最高点哈普特斯
希斯。在那里,他站在山峰上俯视着城市病态的橙黄色霓虹……"
(史密斯30)。巍然耸立的主教堂穹顶国会山成为整个城市明确的
标志物和交通中心,在城中的任何地方都可以用它来定位,在城外
很远处都能看得见它。"城市作为一种人类聚集形式的社会存在,
系统庞杂,人们去理解它时很大程度上是通过对空间的感知而完成
的。"[1]然而,小说对伦敦城市外表的客观描写其实并不多见,因为
作家真正想要描绘的不是人们身处其中的城市本身,而是她眼中所
见、心中所感的城市。正如克朗所言,"城市不是人脑中有边有连接
点的两维地图……它是一个包含生活、爱和历史的复杂的立体'地
图'"。[2] 史密斯在小说中对个人与伦敦的关系进行了书写,这种描
写最为集中和深刻。史密斯笔下的伦敦城市空间不是单纯的故事
背景和发生地,在这个空间容器中,承载着复杂的文化与社会关系。
空间布局影响着居住于其间的生存个体对社会的空间感知。城市
空间因其不同的居住者而被划分成不同的区域,形成不同的环境氛
围,每一个区域都带有鲜明的个性特征,居住空间的形式和地理位
置显示出一定的文化隐喻功能。在伦敦,少数族裔移民通常栖居于

---

① Barry Cunliffe. *The Penguin Illustrated History of Britain and Ireland:
From Eearliest Times to the Present Day*, London: Penguin Books, 2004,
p.145.

② 陈蕴茜:《空间维度下的中国城市史研究》,载《学术月刊》2009 年第 10 期,第
142—145 页,第 47—48 页。

城市边缘的暂住地,而权力层和中产阶级则居住于繁华富裕的地区,不同区间的排布形成了与所处社会阶层和社会结构的地位相对应的关系。萨马德来到英国,他找到阿吉,搬到伦敦。起初,他们一家住在怀特查普尔,这里"满地都是床垫和无家可归的人"(史密斯45)。萨马德有一个基本的信念,他要改善生活质量。"他与妻子阿萨娜用一年时间拼死拼活地干,终于从白教堂路落后那一边搬到威利斯登大街落后那一边。"(史密斯39)他们的家坐落在一处公园的附近,但是"按照自由党的传统,这所公园没有篱笆,不像富丽的女王公园(维多利亚公园)那样周围都是尖尖的金属栏杆"(史密斯45)。但对于阿萨娜来说,"这是一个好地方,毕竟附近有绿地,对孩子的成长有好处"(史密斯45)。居住区位、居住条件和居住特征的改变,没有真正改变他们的社会地位,在现实生活中阿萨德感觉到只是被容忍,"待在一个永远不欢迎你,只会折磨你的地方"(史密斯300)。艾丽的外祖母霍滕丝1972年从牙买加来到英国,20多年来一直住在伦敦的朗伯斯一处低于地面的一块"狭长的空间(7英尺×30英尺)"(史密斯284)。"她的房子依旧阴暗,依旧潮湿,依旧在地下,依旧装饰着数百个世俗小雕像。"(史密斯281)只有在冬日的清晨,这间地下室才可以待人。"地下室"作为一种隐喻,是霍滕丝无法真正融入英国社会的一种屏障。面对纷杂的世界,霍滕丝只能离群索居,年届八旬,始终处于伦敦城市的边缘,承受着孤寂与悲凉。

城市布局、建筑景观、居住者的生活方式等方面共同构成了城市居住空间的形态,不同文化背景的人群聚合在一起形成不同的聚居地。社会分层是城市社会空间显著的特点,对于居住者而言,家宅概念已经从传统的居住空间抽绎为具有一定隐喻功能的社会空间,它代表了一种观念和文化。夏尔芬家代表一个典型的英国家庭,他们家"拥有一间浴室,一间花房和种种生活享受:陈干酪、好酒、去佛罗伦萨过冬"(史密斯231)。"英格兰因她的园林而闻名,而且大部分人喜欢园林。"①因循英格兰的传统,夏尔芬拥有一个美丽的,打理得体的花园。乔伊丝是一个园艺种植专家。她对自己的花园精心呵护,她"含泪检查'嘉德骑士'飞燕草,看上面有没有蓟马"(史密斯233),她雇人打理她的花园,煞费脑筋去除园中的蓟马。有了称心的居住环境和良好的社会地位,乔伊丝认为"再也没有比他们更幸福、更有夏尔芬色彩的家庭了"(史密斯232)。

"城市如同建筑,是一种空间的结构,只是尺度更巨大,需要用更长的时间过程去感知。"②生活在同一座城市的人,因为居住空间分区和空间形式的不同,对城市的感知各不相同。外来者满怀梦想来到伦敦,有机会触摸到真实的伦敦城市空间。起初,他们对城市空间的认识源自媒体介质的宣传,然而,在日常生活的纹理中,美好的想象被这个巨大的城市击碎、分解和磨平。对于从孟加拉来的萨马德而言,伦敦只是赚钱、打拼和让孩子受教育之地,并非心灵上的归宿。虽然他对现状不满,但为了生活,也为了让后代有区别于

① 夏建中:《新城市社会学的主要理论》,载《社会学研究》1998年第4期,第47—53页,第106页。

② 凯文·林奇:《城市意象》,方益萍、何晓军译,北京:华夏出版社,2001年,第1页。

他们的生活,更多地选择了逆来顺受,没有身份,将各种不满压抑在心底,过着分裂的生活,并将全部希望寄托在下一辈身上。对于英国本土出生的阿吉的感受则不同,他虽然平庸,但终究能找到自己的归属感,"这是他的国家,他尽管渺小、冷血、普通,可他终究是这国家的中坚分子之一,但他丝毫没有萨马德那样的感受"(史密斯 68)。

三、伦敦城市空间的文化生产

早在 20 世纪 60 年代,法国哲学家米歇尔·福柯就曾指出,"我们所居住的空间,把我们从自身中抽出,我们生命、时代与历史的溶蚀均在其中发生,这个紧抓着我们的空间,本身也是异质的"。① 伦敦城市空间无疑是现代空间的典型,它由杂多的异质空间并置而成。"现代大都市是一个体验现代性的变动方式和多元性的关键场所。"②拉什迪在 1988 年出版的《撒旦诗篇》中指出了伦敦的"多元混杂的本质"③。在 20 世纪几次移民浪潮的冲击之后,各种肤色的族群并置在当代伦敦社会的发展中表现得尤为突出。史密斯对今天多元并置的伦敦是这样描述的:

---

① Peter Bromhead. *Life in Modern Britain*,Harlow:Longman Group Ltd.,1991,p.21.

② 米歇尔·福柯:《不同空间的正文与上下文》,包亚明主编《后现代性与地理学的政治》,上海:上海教育出版社,2001 年,第 18—28 页,第 145 页。

③ 刘白、蔡熙:《论本雅明的城市空间批评》,载《当代外国文学》2015 年第 2 期,第 140—146 页,第 270 页。

> 从万花筒般的威利斯登上车，往南走，像孩子们那样，
> 经过肯瑟尔·赖斯，到波特贝娄，再到骑士桥，一路可以看
> 到各种有色人种融入雪白的城市；也可以如萨马德那
> 样……观看白人渐渐淹没在黄皮肤、褐皮肤的人群中，然
> 后哈里斯登钟映入眼帘，它宛如矗立在牙买加金斯顿的维
> 多利亚女王塑像——（被）包围在黑人中的白色巨石头。
> （史密斯 120）

史密斯对于后殖民时代伦敦的描述缺乏诗学而更多的是现实
主义，她通过一个无所不知的叙述者让我们看到了静谧的伦敦中不
能再被忽视的异质。

> 孩子们认识了这座城市。他们还认识到，这座城市滋
> 生疯子。他们认识白脸先生，那是一位印度人，他把脸涂
> 成白色，嘴唇涂成蓝色，穿着紧身裤，套着登山靴……他们
> 认识报纸先生……他们认识疯玛丽……他们认识假发先
> 生……他们招摇地展示自己错乱的精神状态，而不是半疯
> 狂半正常地歪着头靠在门框上。他们是莎士比亚意义上
> 的彻底疯狂，会在你意想不到时说出理智的话来。（史密
> 斯 128）

史密斯以城市"疯人"的视角隐喻移民在现代伦敦下的重负，以及在
日常生活中城市外来移民的精神悬浮状态。史密斯用城市漫游者

的异质性质疑一个想象中的浪漫伦敦。

　　城市空间异质性因素产生的动因固然很多且不一而足，但其中重要的原因当属种族划分对城市空间的侵占和控制。空间是社会的产物，"它真正是一种充斥着各种意识形态的产物"①。不同的种族以生理特征为分界线，保持在自己的封闭空间中。二元对立的定式在一定程度上加强了英国人的种族意识。"欧洲人的性格特征正是在同一个对立面、同世界的'其余部分'、同'他者'的关系中得到肯定的。"②随着英国移民浪潮的到来，这一对立面的形式变成了移民。尽管种族主义的论调在第二次世界大战后一直遭受批判，并被证明是狭隘的，但在大不列颠民族文化心理中仍有着深远的影响，本土国民潜意识里保留着高于其他民族的优越感。在《白牙》中作者向读者展示了古怪的夏尔芬一家。夏尔芬夫妇生活在他们自己的世界里，代表着最纯粹的种族主义。夏尔芬夫妇感觉到英国人是一流的，他们天生不能容忍异族。"夏尔芬不需要别人。他们把自己的姓氏当名词、动词使用，偶尔也当形容词——这是夏尔芬式的做法。"（史密斯 231）在乔伊丝·夏尔芬眼里，迈勒特高个子、褐皮肤之美与"经常卖给她牛奶和面包的人……"（史密斯 234）毫无二致。"马库斯·夏尔芬用外国腔调念着迈勒特的名字。"（史密斯 234）在这个对比关系中，偏见是明显的：金色头发的孩子对褐色皮肤的英国人，西方对着东方，英国对着非英国。它们共同地体现了

---

①　包亚明主编：《现代性与空间的生产》，上海：上海教育出版社，2003 年，第 62 页。

②　刘白、蔡熙：《论本雅明的城市空间批评》，载《当代外国文学》2015 年第 2 期，第 140—146 页，第 92 页。

本土与外来、西方与东方的二元对立图示所具有的罅隙。

虚构的小说世界里有着史密斯真实生活的印记。《白牙》中的人物艾丽、马吉德和米兰特都有扎迪·史密斯成长经历的影子。1975年10月,扎迪出生于伦敦西北布兰特区的一个工薪阶层聚居区,母亲是一位于1969年移民到英国的牙买加人,而父亲哈维·史密斯则是地道的英国人。几乎每一篇有关史密斯《白牙》的文章、访谈或者评论都敏锐地指出她是混血儿,家住在名声不好且混杂的北伦敦郊区威利斯登格林(Willesden Green)。在长期的生活中,这种混血儿身份所导致的精神上的创伤无时无刻不萦绕在她的心头,于是批判了少数英国人的排外情绪。小说通过受东方主义影响的自由党人乔伊丝·夏尔芬和第二代孟加拉裔英国人迈勒特·伊克巴尔以及牙买加英国人黑白混血儿艾丽·琼斯的一组对话,表明了作家要介入殖民话语之中的先锋立场。

> "你们看上去很有异国情调。如果不介意我问的话,你们从哪里来的?"
>
> "威利斯登。"艾丽和迈勒特同时回答。
>
> "是的,是的,当然,但是原先从哪里来的?"
>
> "噢,"迈勒特装出一种他称之为"吧塔吧塔叮叮"的口音,"你是说我原先来自哪里?"
>
> 乔伊丝显得有点困惑:"是的,原先。"
>
> "怀特查普尔,"迈勒特说着,掏出一支烟,"通过伦敦皇家医院和二〇七路公共汽车。"(史密斯235)

在这段对话中,乔伊丝在极具英国性的自家花园里安排会见了两个有着不同肤色的青年,艾丽和迈勒特用诙谐的回答积极地抵御这种依据生理特征的差异来进行种族分类,通过居住于伦敦空间地点的变换强调存在于彼此之间的相同性和英国性,用同处伦敦城市空间这一作答作为同化、吸纳的标志。事实上,小说中的人物大多处在种族文化混杂的空间,正如尼克尔斯(Nichols)所言,"史密斯笔下的人物正在应对跨文化的身份认同"[①]。

史密斯坦承多元种族的交流与融合有一定的扩展空间。《白牙》中琼斯和伊克巴尔是"二战"时的战友并结下了终生的友谊,对于不同肤色的人来说,"这完全是英国人度假时结成的那种友谊,而且只能是度假时才能结成的那种友谊,一种横跨阶级和肤色的友谊,一种以物理上的近距离为基础并且持续下去的友谊,因为英国人认为,物理上的近距离不可能持续"(史密斯70)。至少在这样的情形下,我们看到史密斯突破了缠绕在种族之间的歧视与对立的主题,将种族之间的分野消解为包容与接受,在创作中向我们展示了在白人主流文化的社会里不同族裔之间融合的场景。

讨论到小说的种族间的关系,史密斯强调了代际之间的差异:"我认为书中的联系有时候是被期待的,但是我认为他们现在是存在的,在将来肯定也是存在的,带着这种混杂进行着。我这一代,我

---

① 艾勒克·博埃默:《殖民与后殖民文学》,盛宁、韩敏中译,沈阳:辽宁教育出版社,1998年,第63页。

弟弟这一代会更加明显。"①史密斯希望人们不仅仅是安定下来,不仅可以被接受,还可以在和谐的生活中彼此理解。"空间是一个关系的体系,社会空间可以比拟为区域在其中分划的地理空间,但空间的建构则由位居此空间的行为者、群体或制度所决定。"②在后殖民时期,人们想成为自己的生活、自己的命运和他们家庭的导演。这是一种愿望,是一种人权,但是我们对现实可能有不同看法。当代英国小说家关注想象性空间的建构,"他们试图透过表面物质世界来揭示隐秘的内在心理世界,生成了一种复杂的心理地缘版图"。史密斯对这种期许不时地表露在字里行间中。或许在看似错综复杂的描写之下,伦敦意象与当时的伦敦实际状况已经有一些脱节,甚至在逐渐幻化为史密斯脑海中所想象的伦敦。史密斯对城市空间的透视是与她笔下的主人公艾丽并行的,通过艾丽来记录城市生活,小说所要表达的母题通过艾丽道出:

> 草木茂盛,流水潺潺之岛。这里,万物从土壤里喷薄
> 而出,根本无须照管;年轻的白人上尉可以轻易邂逅年轻
> 的黑人姑娘,他们俩生气勃勃、纯洁无瑕,没有过去,未来

---

① Stephanie Merritt. *She's Young*, *Black*, *British—And the First Publishing Sensation of the New Millennium*, January 16, 2000, 〈http://books.guardian.co.uk/departments/generalfiction/story/0,122817,00.html〉.

② Sara Nichols. "Review: Biting off More than You Can Chew: Review of Zadie Smith's 'White Teeth'," *New Labor Forum* 9(62 − 66), 2001, pp.62 − 66, p.367.

也不受别人支配——这里一切都属于过去。没有虚构、没
有讹传、没有谎言、没有乱成一团的网——这就是艾丽想
象中的家乡。(史密斯 296)

史密斯带着自己对美好城市的憧憬与居住于其间的生活感受来表
现城市,将她所生活的伦敦构建为小说中的理想城市空间,这座理
想之城隐含着作者的思想建构,承载了特定时代的话语形态特征与
社会文化张力,充满了少数族裔对自我身份与生存空间的美好愿
望,作家借此希望从所处的城市空间和所营造的城市想象中找寻到
合适的家园归属。

第二节　英国的在场:身体表征与身份感的不协调

把握当代英语世界的文化研究中的身份理论对于我们深入理
解与反思伦敦多元文化中的身份建构问题是一个极好的切入点,杂
交性概念通常被用来指西方社会在吸纳了大量的第三世界移民后,
文化的单一形态被打破,形成了一种混杂、复合的模式。巴巴的杂
交性理论从根本上说是一种关于身份的理论,杂交性(hybridity)概
念的提出最早可以溯源到霍米·巴巴(Homi Bhabha)的论文《作为
奇迹的符号:1817 年 5 月德里郊外一棵树下发生的矛盾情感和权
威问题》(1984)。巴巴在德里达、拉康与福柯等人的理论基础上进
一步阐释了殖民主义权威话语中夹杂的杂交性以及由此带来的遭
遇抵抗的潜在威胁。巴巴认为"身份是被创造的、表征的,而不是固

定不变的,回归初始只能是一种神话。真正存在的不是固定的身份
而是自我的'定位'。身份就像符号的所指一样一直在延宕,在滑
动。"①混杂的文化身份概念显示出任何文化都有被其他文化填充
和更新的空间,这一概念的提出与本质主义的身份概念形成对抗。
混杂身份的理念和思维方式挑战了传统对西方殖民主义文化的认
定方式。西方的殖民文化并不一定是强势文化对弱势文化单向的
吞噬。反之,从改写的角度而言,弱势文化有可能吸取强势文化的
优势来填补文化的差异,使得文化身份在混杂、商议的过程中循序
渐进地完成。霍尔用德里达的延宕理论作为支撑来阐释身份的形
成过程,"强调了身份是建构的产物,其内涵需要人们对它进行表
征,他将当代社会对于身份的定位看作一种能指滑动过程中暂时的
中断而生成的策略性的主观行为"。② 身份建构的过程中总是对其
他的文化差异开放自身,并刻印其他文化的踪迹。

从霍米·巴巴狭义的"杂交性"概念出发,对于英国文化身份认
同的杂交性研究,将史密斯的小说《白牙》作为研究对象非常合适,
学界已经有了不少关于小说身份建构这方面的研究。这一节用巴
巴的理论以一种反本质的立场分析《白牙》的女主人公艾丽的身份
建构过程。从"延异"的概念出发,进一步分析艾丽身份中存在的英
国的在场和牙买加的在场,用这两种在场来论证艾丽身份中的各种

---

① 贺玉高:《霍米·巴巴的杂交性身份理论研究》,北京:中国社会科学出版社,
2012 年,第 183 页。
② 贺玉高:《霍米·巴巴的杂交性身份理论研究》,北京:中国社会科学出版社,
2012 年,第 186 页。

"踪迹"。

一、头发与体型的差异

加勒比地区的在场与英国的在场在各个方面形成鲜明的对比。第一种在场或"踪迹"是英国的在场。如果说英国人是无休止地被言说的对象,那么非洲裔的加勒比人则是沉默不语、未被提及的目标。不管是在历史上,还是在当代世界,在场或者"踪迹"都是统治性的力量。如果牙买加是加勒比黑人认同的身份本质,那么英国则是身份认知干扰的虚假表象;如果牙买加是他们在经过长时间找寻要回归的身份"本源",那么英国的在场则是对身份归属的遮掩。英国在对于他者的言说与表征中表现出强势的霸权,英国有色人口的数量在战后不断增加,夸大某些少数群体与英国本土居民相异性的倾向导致一种本质主义思想充斥于世。这种本质主义的思想在小说中通过乔伊丝这个中产阶级白人女性针对黑人妇女克拉拉时言语的傲慢与无礼达到了极致。尽管英国加勒比黑人移民的原籍国各不相同,尽管其中的每个次群体的宗教和文化各有不同,但是仍然被固执地认为组合成了内部同质的社群。艾丽生长于 20 世纪末期的伦敦,尽管周围全是有色移民的后裔,但是由于这种身份认同长期被压抑,以至于她本能上拒绝认为自己与牙买加有什么关系。依据霍尔的理论,加勒比不能看作是黑人身份的本源,英国的权力与在场已经变成了艾丽身份建构不可或缺的因素。不在场的牙买加身份表征在英国身份建构中重新组合,具体而言,艾丽的头发特征与肤色等牙买加身份特征以英国的在场为舞台得以表现。

"身份与表征之间有不可分割的联系。实际上,身份并不是人与生俱来的东西。"①一个民族不仅是一个政治实体,而是一套生产象征一个民族共同体的文化表征的东西,民族共同体能够解释它为何具有"生产一种身份感和忠诚感的力量"。② 由于身体样貌显性地反映了具有历史性、地域性的社会习俗,自然与民族文化身份勾连在一起,身体的象征意义在社会发展过程中不断被赋予新意,其丰富的文化内涵不断地被挖掘。这一部分以《白牙》中的主人公艾丽为研究个案,力图揭示头发、肤色、体型等身体特征与身份认同和社会认同的关联。艾丽是《白牙》中第二代移民的代表,艾丽的父亲阿吉·琼斯是白皮肤、蓝眼睛的英国人,而母亲克拉拉·鲍登是黑皮肤、大骨架的牙买加人。阿吉是一个中产阶级的英国白人,他与意大利妻子离婚后,情绪低落选择了自杀,幸运的是被屠宰店老板救下。后来他娶了年仅 19 岁的牙买加人克拉拉为妻,生了个女儿名叫艾丽。艾丽从来没有去过牙买加,牙买加的在场对于艾丽而言仅仅是存在于祖辈的过去中,她虽然生长在英国,但身份不被英国社会认可。艾丽需要认知自己,需要在英国白人主流社会中被别人接受。

艾丽渴望得到认可,期待着一个能让她有所适从的身份。而所有的关切最直观的指向就是标示人存在的现实形态——身体。艾

---

① 贺玉高:《霍米·巴巴的杂交性身份理论研究》,北京:中国社会科学出版社,2012 年,第 145 页。

② 贺玉高:《霍米·巴巴的杂交性身份理论研究》,北京:中国社会科学出版社,2012 年,第 145 页。

丽一出场就以身体呈现:"艾丽·琼斯十五岁,块头很大。克拉拉身体上的欧洲成分跳过了一代人,艾丽反而继承了霍滕丝的牙买加大骨架……这姑娘有分量,奶头大、屁股大、髋骨大,大腿粗,牙齿也大。"(史密斯 195)她臃肿粗大而又黝黑的外貌让她在成长中饱受白人孩子的歧视和嘲笑,"她故意把开襟针织衫系在屁股上,没完没了地想办法缩小硕大的躯体,特别是那个牙买加臀部"(史密斯 195)。她甚至穿着"精致的紧身内衣"(史密斯 196),憋得透不过气来。艾丽出场时,史密斯重点介绍艾丽对自己身体外形的不自在,突出了她在英国定位自己是谁的困惑。对于艾丽而言"英国像一面硕大的镜子,艾丽就站在这里,却看不到自己的身影,是一个在陌生土地上的陌生人"(史密斯 196)。史密斯用戏谑的口吻描述了艾丽的身形属于另一种文化:"上帝为艾丽设计这些架子时,考虑的是另一个国家、另一种气候的需要。"(史密斯 196)艾丽对身体的自我估计和贬损源自对归属感的不确定性。

> 　　艾丽觉得自己属于躲躲闪闪的那类:山峦般的曲线,龅牙上装着粗粗的金属牙架,设法改变的非洲式头发,雪上加霜的是,她的视力也很糟,得戴上浅粉色的眼镜,镜片还厚得像可口可乐的玻璃瓶底。(即便是那双蓝眼睛——阿吉曾为那双蓝眼睛兴奋不已——也只蓝了两个星期。)
> (史密斯 197)

所以当艾丽开始出现在读者面前时,她在看减肥的小广告,"她知道自己就是广告的目标受众……她完全明白，那广告就是对她说的"（史密斯195）。特写镜头突显了作家对于艾丽减肥细节的放大与强调。艾丽努力改变自己的外在形体，以至于"迷住了心窍"（史密斯196）。

> 　　没日没夜地做梦，在公共汽车上、在浴缸里、在教室里，时刻都在做梦，梦想着自己在减肥前后身材上的惊人变化。之前，之后；之前，之后；之前，之后；之前，之后；这就是沉迷于改变形象的人的咒语。收腹，放松。不愿屈服遗传的命运，而是等着把自己从牙买加沙漏变成英格兰玫瑰——哦，你认识英格兰玫瑰——她是那种经不起太阳暴晒、苗条娇嫩的尤物，她是乘风破浪的冲浪板。（史密斯196）

　　史密斯还将头发作为一个重要切入点，作为身体表征在崇尚种族纯正的英国社会语境中呈现。头发只是一种自然存在与外在装束，由于种族和地区不同，头发有不同的颜色，不同的式样，头发的言说和阐释对应着英国现代性过程中的移民塑造过程，作为外来"移民"的身份标志，头发难免演变为个体的内在精神气质，表现出政治性的隐喻色彩。事实上，白人种族优越者长期实施的种族优化政策在其臣民身上形成一种规训与宰制，头发则成为观测移民卑微心理的透视点。艾丽的身体特征被这个审美的标准置于非常显眼的、另类的移民人群中。他者的凝视不仅使艾丽陷入暴力、敌意和被侵犯的境地,而且使她陷入欲望的矛盾中不能自拔。头发成了艾丽的真实遭遇和无奈羁绊,艾丽尤其对她的头发感到不满。"如果头发是铁丝,那么黑色的铁丝长满她的头……"(史密斯 198)艾丽想要将满头的牙买加卷发变成直发。然而,从英国人根深蒂固的等级和种族观念不难看出"头发"成为建构英国身份最为切近的通道。牙买加人的头发多是紧密卷曲的,即使是拉直也容易变回原形,所以他们通常会把头发编成诸多小辫子,形成一个个缠结线圈。欧洲人的头发多是弯曲波浪形的,艾丽认为要想得到英国人的认同感首先要把头发弄直,然后调整为弯曲波浪的。"直发。笔直笔直又长又黑又亮泽又飘逸又摇摆又能摸又能让手指穿过又能在风中飘动的头发,还要有刘海。"(史密斯 201)艾丽努力拉直头发是一种心理的宣泄,她要驱散内心深处的烦恼。艾丽的愿望不仅是改变她的头发,更为重要的是改变别人对她的看法。她憎恨她的黑色基因,她"决心要脱胎换骨,决心跟自己的基因作斗争"(史密斯 201)。事实上,要把如同铁丝一般的头发拉直,必须要承受常人难以忍受的痛苦。"身体的拘羁和驯化是因为受到了权力(王权、父权、夫权)的贴近加身,从身体发肤到言谈意志都受到这些权力的影响,一旦违逆,身体则会受到各种责罚。"①在艾丽去的"保金非洲发设计和管理发廊"的女宾部里,"氨水、火烫的梳子、夹子、别针,甚至火焰都入伍参战,使出吃奶的力气,努力降伏每一根卷发"(史密斯 203)。在这里

---

① 黄继刚:《身体现代性的生成及其话语向度——以晚近"身体遭逢"为对象》,载《文艺理论研究》2018 年第 3 期,第 169—178 页,第 172 页。

没有发型师为了招揽生意取悦顾客的沏茶、奉承和聊天,你能唯一听到的问话是"直不直?"(史密斯 203)。"有四个女人坐在艾丽前面,她们咬着嘴唇,专注地盯着一面又长又脏的镜子,等着自己变直。……疼得龇牙咧嘴……这是在比谁更痛苦……最后传来一声尖叫,要么是:'就这样了!娘的,我吃不消了!'……然后不出声地流起眼泪来……"(史密斯 203)艾丽所在社会的审美原则受限于英国的审美标准,这个标准认为白色人种的肤色高于其他的肤色。简单地讲,艾丽希望做一个看上去如同她所在社会的其他女性的正常人。艾丽如同美发室里的其他妇女,同样承受着氨水的折磨,她最后"头发都变直了,或者说,变得够直了。可是那头发也都死了,裂了,僵了,失去了一切弹性,就像渗干了水分的死人头发"(史密斯203)。艾丽改变身型,拉直弯曲的头发是她寻求一致,渴望得到白人社会认可的努力。终于,在忍受了常人无法忍受的痛苦后,艾丽的头发如愿拉直了,艾丽认为自己满头直发很漂亮,然而尼娜见到她后,却是这样的反应:

> "真要命!"尼娜看到眼前的情景尖叫起来,"你她妈的像什么样子?"
>
> 她样子很漂亮。她的头发笔直、不弯、漂亮。
>
> "你看上去像个怪物!真见鬼!马可辛,伙计,检查一下。上帝呀!艾丽,你到底想干什么?"
>
> 难道不是明摆着的吗?笔直、笔直、飘逸。(史密斯208—209)

头发的表征不是对艾丽已经存在的身份的再现,而是对她身份的建构,有了满头飘逸直发的艾丽在他人眼中已然不是她自己了,艾丽再次遭遇身份的危机,在经历了身体的折磨后,她被挫败感和沮丧感所包围。

二、肤色与英国神话

1975 年出生于伦敦西北部的史密斯是在英国对黑人年轻人充满敌意的环境中长大的。史密斯的父亲是白人,而母亲是牙买加黑人。作家塑造的角色大都基于她自己的切身经历,她本人的族群背景投射到了小说中的女主人公艾丽的身世背景上。史密斯在接受奥格雷迪(Kathleen O'Grady)采访时指出,她专注于人的出身。她把这种好奇心归因于自己孩提时的经历,"当我还是个孩子的时候,人们经常问我,我从哪里来,我的父母是怎么回事,为什么一个人是黑人,为什么另一个人是白人。它会让你注意到这些细节。"①《白牙》中艾丽的遭遇如同史密斯自己的经历,她遇到的困难是英国黑人青年在迷茫的青春期所面临的不安和困惑。史密斯的创作表现了艾丽所处的充满敌意的英国环境,这一点在艾丽与她的英语老师的课堂对话中可见一斑。艾丽在课堂上学习莎士比亚的十四行诗,她向老师提问莎士比亚十四行诗中所描述的一位黑皮肤的女人的

---

① Kathleen O'Grady. "White Teeth: A Conversation with Author Zadie Smith," Interview Published in *Atlantis: A Woman's Studies Journal* 27(1), 2002, (Fall) 〈http://bailiwick.lib.uiowa.edu/wstudies/ogrady/zsmith2004.htm#_ednl〉.

身份。

> "这些十四行诗,其他同学有什么要说的吗?琼斯女
> 士! 不要悲哀地望着门口了! 他已经走了,对吗? 你想跟
> 他一起走吗?"
>
> "不,鲁迪老师。"
>
> "那么,好吧。这些十四行诗,你有什么要说的吗?"
>
> "是的。"
>
> "想说什么?"
>
> "她是黑人吗?"
>
> "谁?"
>
> "那位黑皮肤的女士。"
>
> "不是,亲爱的。她肤色较黑,但不是现代意义上的黑
> 人。那时还没有……嗯,那时英国还没有非洲裔——牙
> 买——加——人,亲爱的。黑人是现代才出现的现象,我
> 想这你肯定知道。但当时是十七世纪。我是说我不敢肯
> 定,不过这似乎完全不可能,除非她是奴隶,作者也不可能
> 给贵族写一组十四行诗,同时又给奴隶写,对吗?"(史密斯
> 200)

这一段课堂对话有力地证明学校的教育就是要让艾丽认为莎
士比亚的诗可能是写给一个黑人女人的想法是荒谬的,在学校里,
在她所读的文学作品中无法寻找一个可辨认的人物,鲁迪太太恭敬

的回答以及她对艾丽的称呼方式,还有她对"黑"这个词的强调,对牙买加这个词发音笨拙,她的评论"我肯定你也知道",这些都在提醒艾丽,让艾丽意识到自己是黑人,必须意识到英国黑人的"现代现象"。在英国文学中,从 16 世纪英国作为一个强大的王朝国家,与欧洲基督教世界的分裂,英国民族意识的崛起,到 19 世纪英国成为日不落帝国,再到 20 世纪中后期帝国的衰亡,英国文学界一以贯之坚持保持对"英国性"这一主题的观测与阐释。从笛福到彼得·阿克罗伊德等众多作家的文学作品都不约而同地刻意避免谈及英国有色人种和黑人身份归属的问题。

《白牙》中 1980 年代的英国黑人,在英国官方教育中找不到自己的根源,在一个文化多元的英国,学生所受的是以欧洲为中心的教育,英国教育给孩子灌输的观念是黑人不属于英国。史密斯对这些现实的描述有助于读者了解英国种族主义者的成长环境,艾丽在这样的学校教育理念下,深感疏离,无法认定自己属于英国社会。大量史学证据和绘画作品足以证明奴隶贸易之前大批黑人曾经生活在英国。"英国人尚未涉足大不列颠群岛,就有非洲黑人来到这里。"[①]彼得·弗莱耶(Peter Fryer)的说法是指公元 3 世纪北非黑人士兵驻守英国之后,大批的黑人生活在英国。殖民化过程和独立之后,到达英国的黑人和亚洲移民已经有很多代,他们不是帝国末日的残余,而是一个长时间存在但是不公开显现的群体,这种隐匿的

---

① 　Peter Fryer. *Staying Power: The History of Black People in Britain*, London: Pluto Press, 1984, p.1.

存在只有在国家政治文化和文学史的书写中不时隐现出来。"二战"之后,多年来黑人移民的存在浮现出来,挑战了"根深蒂固的英国性观念",英国被视为基于"纯洁的、有根的,受文化思想支配的想象家园"①,黑人的浮现也揭露了"本是一片绿色和宜人的土地的英格兰古老神话其实并不是真实的存在"。② 挑战了根植于英帝国时代的"英国性"概念。英国被认为是基于"纯洁,有根的和文化统治的""想象的家园",勾勒出一个不现实的乌托邦式的世界。英国古代神话的基础是一片绿色宜人的土地。③ 许多文化批评家指出,英国作为一个民族的同质性的假设是基于一个"想象的社会共同体"④,既是帝国主义议事的结果也是欧洲中心主义现代性的进化结果。这种对"黑人性"的刻意抹去显然让黑人移民无法正确回溯过往的历史,在民族归属话语中无从定位自己。小说中鲁迪太太对黑人女性存在的评论蕴含着作者对英国黑人的身份迷失与狭隘的"英国性"之间关系的思考。

　　在过去的几个世纪里,"英国性常常被构造成一种异质的、冲突

---

① Susheila Nasta. *Home Truths: Fictions of the South Asian Diaspora in Britain*, New York: Palgrave, 2002, p.2.

② Susheila Nasta. *Home Truths: Fictions of the South Asian Diaspora in Britain*, New York: Palgrave, 2002, p.2.

③ Susheila Nasta. *Home Truths: Fictions of the South Asian Diaspora in Britain*, New York: Palgrave, 2002, p.2.

④ Benedict Anderson. *Imagined Communities: Reflections on the Origin and Spread of Nationalism*, London: Verso, 1998, p.13.

的、由相反的元素组成的组合,一种与其本身不完全相同的身份"①。
"英国性"的内部充满了不和谐和自我的分裂,不能被"本质核心"
所表征。英国是一个有着悠久历史文化的国家,它具有种族和语
言多元化的特点,只是这一点英国一直都不愿承认,固执地将民族
"纯洁化"。

　　英国的教育体系所显示的是,黑人、褐色人、混血人无论种族背
景是什么,都要与非洲在场相一致,完全无视他们所谓的"本源"在
经过了四百年的奴隶制流放后发生了根本的改变。需要研究的是,
"踪迹"是如何在不同的时间、空间和语境中被复制、修改的,而不是
追根溯源完全回到非洲身份。其实,对于英国的黑人而言非洲只是
他们身份建构过程中的一个"踪迹"而已,因为散居的非洲人在流落
他乡时传统习俗、文化认同已经发生了改变,而且非洲本身也经历
了日新月异的变化,实际上他们已无法在这个本真的意义上回归到
非洲身份上去。20世纪末期,后帝国时代的英国失去了对民族认
同一致性的掌控,"他者"的浮现从内部揭示了帝国神话的虚假,让
一个杜撰出来的"英国性"失去了神奇性,同时也使西方现代社会看
上去完美衔接的历史复杂化。

三、原生家庭中成长的困惑

　　如果说学校教育对艾丽的成长和身份定位起了至关重要的作

---

①　Robert Young. *Colonial Desire: Hybridity in Theory*, *Culture and Race*
(2nd ed),United Kingdom:Routledge, 2008, p.3.

用,那么,家庭教育对艾丽的影响则最早、最深远,也最持久。人是社会的基础单元,由人组成的家庭是构成社会最基本的细胞。艾丽成长的早期经验清晰印刻着原生家庭的烙印,它没有成长的编码,不能被意识,但其影响打乱了艾丽内心身份认定的平衡。

艾丽在学校遭遇的麻烦是她成长过程中需要承受的一小部分。艾丽的原生家庭如同大多数移民家庭一样,不仅充满了常见的父母与子女之间的代际冲突,也充满了跨文化冲突。艾丽对文化的适应性受到亲子关系与教养方式的影响,艾丽的父亲阿吉从小生活在英国,是纯粹的白种人,母亲克拉拉则是来自牙买加的第一代移民。艾丽感觉到既不完全具备父亲一方的文化因子,也不适应母亲一方的习俗方式。对艾丽来说,最让她烦恼的是父母对她的态度。父亲阿吉没有考虑到一个混血儿将遭遇的潜在问题,也没有考虑到在英国由黑人与白人组成的家庭里可能遭遇的困难。母亲克拉拉也没有做什么来帮助女儿,出生在英国殖民地牙买加的克拉拉有很多不堪回首的痛苦经历。艾丽在英国本土长大,母女两代人同为黑色皮肤,但是同化的取向和速度截然不同。艾丽的父母无法帮助她进行身份认同的斗争。

艾丽作为第二代移民与第一代移民的经历和从来没有移民过的人有着天壤之别。艾丽出生在英国,“顺理成章”地成为英国公民,母亲是黑人,她的身上带有英国本土人群不可能滋生的文化因素。艾丽和英国人之间的非共同性不是个人的,而是本原性的陌生。小说彰显了艾丽主体的自我认同因素:艾丽认为自己不是黑人,同时小说中也解释了这一心理形成的原因,她出生在英国,生活在伦敦这个大都市,学校的同学、老师都是英国人,长大后一切都采用了英国人的生活方式,这样一种环境使得艾丽的英国文化身份被内在地形塑出来。但是,由于肤色、家庭背景和种族特征被烙上了异类的标志,被大多数本土居民当成是外国人,在文化冲突中,艾丽身份的内在统一性,稳定性被破坏了,她出现了身份危机,直接表现为文化身份的变化和不确定性。艾丽在认知冲突中对英国身份的捍卫,越发造成文化身份认同因素间的紧张对峙。于是,更深刻抽象的身份认同问题,我是谁的问题马上突显出来。她需要在对这一问题的回答中,回归到家庭向父母寻求帮助,修正外界的不认同所造成的内心世界失衡的偏差。

艾丽一家人的经历彼此不同,在应对种族主义的敌对氛围时没有共同的对策。艾丽如何定位她的人生或是重构她的身份认同,是否会陷入上一辈人所建立的既跨国又封闭的移民网络中,父母无力为她提供任何建议。艾丽与父母的关系既紧张又疏离。阿吉是《白牙》中具有纯正血统的白人,他是一家名为摩根赫罗公司的低级职员,是处在社会底层的无足轻重的人,是不断努力工作却永远没有出头之日的一类人。阿吉"没有目标、没有希望、没有野心,最大的乐趣是吃一顿英式早餐,再有就是自己动手修补家什。一个乏味的人,一个老人,却……很好。他是个好人"(史密斯35)。这样的一个好人对种族歧视观念比较漠然。阿吉身处多种族聚居地的伦敦未曾为自己黑白混血女儿的归属和前途问题焦虑不安。阿吉没有投入时间与妻子克拉拉探讨女儿的成长烦恼,也没有以任何实际的行动来帮助艾丽解决困难。克拉拉的年纪与阿吉的年龄相差二十多岁,她没有受过什么教育,缺少阅历,在教育孩子问题上没有经验没有话语权。克拉拉自己多舛的命运没能给予女儿心灵成长的养分。

阿吉在女儿出生前对种族主义的感知度非常不敏感。艾丽的不安全感在一定程度上是因为她的父亲没有意识到混血儿在社会上遭遇的种族歧视。阿吉的漠不关心是艾丽不安全感的首要原因;当阿吉得知克拉拉怀孕了,他的第一反应是震惊和怀疑。克拉拉向阿吉确认怀孕的事实:

> "我怀了! 我还问医生,孩子会长成什么样子? 是不是一半黑一半白呀什么的。他说什么都有可能,还可能是蓝眼睛呢。你想得出吗?"
>
> 阿吉想不出自己的一半跟克拉拉的一半掺在基因池里,还占了上风。可这太令人兴奋了! 太了不起了! (史密斯 48)

阿吉和克拉拉都没有考虑到他们的孩子可能因其混血的种族而遭受的潜在痛苦。克拉拉对孩子可能有一双蓝色的眼睛而看起来与她不一样而感到欣慰与高兴。阿吉对 20 世纪末在英国养育一个混血的孩子所面临的挑战极为无知。

阿吉生活在英国人之间,这是由具有同质性的成员组成的群体,他的白人特性显得很淡薄,被自己忽略了,他甚至浑然不知渗透在他工作环境中无处不在的种族主义。阿吉是一家名为摩根赫罗公司的低级职员,他与印度人萨马德的友谊以及他与黑人克拉拉的关系,使他成为办公室同事议论和躲避的目标。阿吉的同事根据他对朋友和伴侣的选择来评价他的种族倾向。白人同事莫琳对阿吉似乎有一点好感,但是这种好感很快被阿吉的种族倾向消灭殆尽。莫琳认为阿吉是"有点奇怪",因为他与英国有色移民结为朋友,从不避讳地和加勒比黑人和巴基斯坦人讲话,"甚至没有注意到他们的肤色或种族差异"(史密斯50),还娶了一个黑人妇女做妻子。阿吉对读者来说确实有点奇怪,既有积极的影响,也有消极的影响。虽然阿吉不以肤色或出生地点来评判人,但他对自己所生活和工作的种族化环境的完全漠视,势必会对他的妻子和孩子所承受的种族歧视之苦置若罔闻。阿吉不会因为表面的、种族主义的原因而对他人做出判断,但这种接受并不是源自他对种族问题持有开明的立场。阿吉对周围同事隐性的种族主义倾向毫无察觉,他甚至不知道老板赫罗先生是公然的种族主义者。当老板明示他不要带克拉拉参加公司晚宴时,他不以为然:

> "上个月的公司会餐(你把克拉拉介绍给同事)……我说过,不是因为我有种族主义思想,阿吉……"阿吉用手指拨弄着餐券,好像它们是很多张面值五十磅的钞票。凯文觉得,有那么一会儿,自己看到阿吉的眼里闪着快乐的泪光。(史密斯52)

当赫罗先生告诉阿吉,黑人克拉拉使其他人感到不舒服时,阿吉反问老板是谁有这样的感觉。阿吉对老板的回答很混乱，好像他不明白老板在暗示什么。最后，赫罗先生转换了话题，给了阿吉一些午餐券，这完全分散阿吉对谈话的注意力，最终阿吉同意不会和克拉拉去参加公司的晚宴。这一事件特别表明阿吉对生活的态度过于简单化。赫罗先生用午餐券来分散阿吉的注意力，如同一个成年人用糖果或玩具分散孩童的注意力，诱哄孩子做他不愿意做的事情。阿吉完全无视他工作和生活的种族主义环境，在被种族主义浸淫的白人群体中显得与众不同。

阿吉的无知与迟钝对艾丽来说是个问题，她注定不会从父亲的经验中受益。艾丽无法得到父母的帮助，她同时对父母隐秘的过去感到沮丧。一天晚上，艾丽出乎意料地发现克拉拉满口的白牙竟然是假牙。克拉拉对隐瞒了许多年的真相所做的回应是她并非故意不告诉艾丽，只是看上去从来没有一个好时机告诉她真相。母亲的美丽是装着假牙的虚假的美丽。牙齿是身体少数几个有根毛的部位之一，而头发本质上只是死皮细胞。史密斯将牙齿作为种族之根的隐喻，引发读者对牙齿在身体中的意义或重要性的关注，暗示克拉拉失去牙齿后便失去了自身存在的部分根基。"克拉拉来自某个地方，她有根。具体说来，她来自朗伯斯区（经过牙买加）。"（史密斯20）牙齿有根这一事实与克拉拉定位自己在社会中的地位相呼应，牙齿意象隐喻克拉拉的家族根源。因此，当艾丽发现母亲的牙齿是假的，而且没有牙根时，她在选择自己命运时陷入茫然与无助。她觉得她的家庭充满了虚假与掩饰，父母的谎言可以罗列很多，在她看来，家族隐秘的过去，极力掩盖的历史真相，永远不能讲述的故

事,这些都是鲍登家族擅长的行为:

> 　　本来这样也很好,可偏偏每天都落下线索、暗示:阿吉
> 腿上的炮弹片……陌生的白人外曾祖父德拉姆的照
> 片……"奥菲莉娅"的名字和"疯人院"这个词……赛车头
> 盔和古老的挡泥板……奥康奈尔油炸食品的气味……隐
> 约记得深夜坐车送一个男孩上飞机……贴着瑞士邮票的
> 信件,霍斯特・艾贝高兹,如无法投递请退回寄信人……
> (史密斯280)

　　艾丽反对原生家庭中父母的"共谋的沉默",她试图通过已知的线索,将所有直接、间接、难以区分的历史片段和生命瞬间组合起来,寻找失落的声音,努力拼接出"完整"的生命轨迹。一直到16岁,才在一些信件中知道了父亲曾经参加了"二战",枪杀德国科学家。艾丽关注被抹去历史的祖先,将隐匿的线索串联拼缀起来,清晰地勾勒了家族曾经模糊的历史,起初抽象的概念转换成自己不能摆脱干系的具体事件。外祖父达勒姆的照片让艾丽勾连起了她母亲一家从牙买加移居英国的原因。父亲阿吉与意大利人奥菲莉亚婚姻的失败,难以忍受的生活之苦,让阿吉经历了自杀未遂的痛苦,最终无奈与偶然选择了黑人克拉拉再婚。这些秘密的遗迹,那些不可避免时不时浮现的小线索,疏远了有感情的艾丽,她就像父母生活中的局外人一样。艾丽对自己寄生其上的原生家庭充满失望和身份定位的失败,她要寻找家庭历史,试图越过生活的世界中被意

识到的障碍。

第三节　牙买加的在场：鲍登家族的根源

　　对于生活在伦敦的牙买加人来说，第一种不在场是牙买加，这是一个被压抑的地方，是一种既不被言说也不能言说的存在。在崇尚民族纯洁性的英国，牙买加是不能得到直接再现的能指。根据霍尔的结论，"加勒比人的身份是散居的身份，是杂交的、混杂的、异质的、变动的，不断建构中的，而非本真的、本质的，可以最终回归的"。[①]　然而，那种本真的身份是拉康的真实境界永远都达不到的。

　　20 世纪 70 年代，国内外牙买加人普遍承认自己的非洲加勒比人身份。这种新的身份内涵是通过诸如民权斗争和雷鬼音乐等文化表征来实现的。小说中艾丽发现了所在家庭的生活秘密之后，决心收集有关家庭历史的信息，弄清楚家庭的过去，通过她从哪里来的方式来理解现在的存在方式。艾丽与牙买加的关系是一种既断裂又连续的关系，父母的过去也是她的过去。艾丽在与父母的对话中找到了家庭历史的过往线索。对于艾丽，归属感的认定需要延伸到她的过去，父母刻意坚守的秘密留给她的错觉是她与家庭的历史无关，与牙买加国家的历史无关。艾丽在英国不稳定的情感同她在家庭中所处的边缘性的感觉很相似。艾丽第二代移民的身份让她

[①]　贺玉高：《霍米·巴巴的杂交性身份理论研究》，北京：中国社会科学出版社，2012 年，第 191 页。

不同于没有移民历史的英国本土人。现实的情形不断提醒艾丽,她当下的情形与父母的过去无时无刻不纠缠在一起。她希望了解父母的过去不仅源于好奇心,也源于归属感。艾丽作为黑白混血儿对身份的迷离和自我定位的失败是具有典型性的。艾丽对父亲的过去并不特别感兴趣。虽然史密斯对阿吉的历史也有介绍,当艾丽在通过探索家庭过去了解自己的过程中,她更多地被吸引到母亲的一方。艾丽错位的情感源自历史的原因,确切地说,是黑人母亲一方有意隐瞒的历史。

　　艾丽开始揭开母亲家族一方的秘密。艾丽之所以不能融入英国文化,部分原因是他们无法接触到将社区团结在一起的“共同形象”,进而共同回忆他们的过去。詹·阿斯曼在文章《集体记忆和文化认同》中解释了“集体记忆”所基于的原则:“每个人的记忆都是在与他人交流的过程中形成的。然而,这些‘他者’并不仅仅是一群人,而是通过对自己过去的共同形象来构想自己的统一性和独特性的群体。”①艾丽离开原生家庭和已经分离了很久的外祖母霍滕丝·鲍登住在一起,目的是融入她可以接触到集体记忆的社区中去。霍滕丝的家充满了历史的见证物;艾丽虽然已经离开霍滕丝六年了,但再次与外祖母相处在一起毫不生分,相反,她感到舒服自如。艾丽形容外祖母的房子尘封在过去的记忆中:“就房子而言,时间似乎刚过去了六秒钟。这里依旧阴暗,依旧潮湿,依旧在地下,依

① John Czaplicka, Andreas Huyssen and Anson Rabinbach. "Cultural History and Cultural Studies: Reflections on a Symposium," *New German Critique* (65), 1995, pp. 3-17.

旧装饰着数百个世俗小雕像。"(史密斯 281)然而过去的记忆中,隐藏着一段不愿显露的秘密。"那所房子是个充满奇遇的地方,连衣橱、被人遗忘的抽屉还有肮脏的画框里,藏着古老的、似乎已过时的秘密。"(史密斯 294)艾丽自从和外祖母住在一起,便从外祖母的记忆和家族的历史中获得了慰藉。艾丽觉得平生第一次明确了自己的归属。她追忆外祖父英国白人德拉姆的过去,从那里溯源可以找到身份归属的安放点:"到了早晨,屋外不再是意大利的葡萄园了,而是甘蔗,甘蔗,甘蔗,隔壁则是烟草,而且她还恣意想象,让车前草的气味把自己送回到什么虚构的地方去,因为她从未去过那里。"(史密斯 295)艾丽与外祖母霍滕丝住在一起,通过家里的老照片近距离触碰外祖父查理·德拉姆的历史。

"边缘化的群体和个人仍是现代社会名副其实的组成部分:他们说这个社会的语言(尽管可能带着口音),接受很多通行的社会价值观念,起到重要的社会和经济作用。"①小说中,史密斯分别交代了艾丽的曾祖母安布罗西娅、外祖母霍滕丝和母亲克拉拉与男人的关系。"失去过去和现在之间的联系,也就是失去支持'身份'和现实的叙事线索。"②艾丽整理文化记忆,努力将母系的过去联系到她目前的处境,以一种家庭回忆的方式来建构自己的身份。艾丽要破解的是上一代的生活如何影响下一代人,她寻找的线索开始于安布罗西娅的过去,鲍德家族每个女性的过去都与她母亲的过去联系在

---

① 加里·古廷:《福柯》,王育平译,南京:译林出版社,2013 年,第 91 页。
② Gayle Greene. "Feminist Fiction and the Uses of Memory," *Signs: Journal of Women in Culture and Society* 16(2),1991,pp. 290-321,p.290.

一起,代际之间的关系就像俄罗斯套娃一样,下一代女性套着下一代女性,一代套一代,嵌入彼此,使她们成为彼此关联的一体。艾丽以此判断她和母亲克拉拉的关系对自己身份形成的影响。

史密斯通过艾丽对过去历史的搜索,交代了三组母女关系的种种细节。安布罗西娅的过去发生在她的祖国牙买加。在英国殖民期间,安布罗西娅与男人交往的历史因英国在牙买加殖民统治地位的变化而变得复杂。英国殖民者查理·达勒姆(Charlie Durham)上尉租住了鲍登家的房子,因此与鲍登的女儿安布罗西娅有了牵连。"一天晚上,他喝醉了酒,在鲍登家的食品储藏室里,使房东未成年的女儿怀了孕。"(史密斯 263)。安布罗西娅每周拜访查理·达勒姆三次,达勒姆给她上课教她知识。以这种方式,她与达勒姆保持着联系。"字母、数字、圣经、英国历史、三角——当这些上完后,如果安布罗西娅的妈妈不在家,就再上一堂解剖课。这门课时间长些,在仰卧着咯咯乱笑的学生身上进行。德拉姆上尉告诉她,不用担心肚子里的婴儿,他不会把它弄坏。"(史密斯 264)这样的关系维持了一段时间后,就像鲍登家三代女人和男人发生的故事一样,达勒姆在安布罗西娅怀孕五个月的时候只留下了一张字条便离开了她。安布罗西娅被安排到达勒姆的朋友埃德蒙·弗莱克·格伦爵士(Sir Edmund Flecker Glenard)那里继续接受教育,可是第一次去险些被格伦强奸。1907 年,安布罗西娅在金斯顿地震中独自生下女儿霍滕丝。

鲍登家的祖孙三代女性在性格和命运上表现出惊人的相似性。错综复杂的母女关系以及母女之间的代系传承中充满冲突和矛盾。

霍滕丝的婚姻中也缺少丈夫的帮助。霍滕丝的丈夫达克斯·鲍登
离开妻子和女儿克拉拉,只身前往英国挣钱,打算挣到钱后把她们
接到英国。但是,达克斯在英国的境遇是令人失望的,他没有找到
一份工作,也没有挣到足够的钱,更无能为力为牙买加的母女寄回
一分生活费。霍滕丝等了19年之后,带着女儿克拉拉来到了英国。
小说并没有提供太多的细节介绍达克斯的生活。读者将碎片化的
描述连缀起来,获取了对他的信息。达克斯无力养活自己的家庭,
无法在英格兰取得成功,他的遭遇代表了英国黑人移民所处的困
境。虽然史密斯刻画的角色萨马德让读者深入了解了男性移民流
离失所的经历,但达克斯的懒散和绝望是不得已而为之,他是移民
在移居国无助的群体中一个典型的例子。史密斯解释达克斯缘何
失约:"一到英国,怪病就缠上了他。这种病,没有一个医生能找出
身体症状,却表现出令人难以置信的嗜睡倾向。应该承认,达克斯
从来都不是生机勃勃的人,得病后更是对失业救济、扶手椅和英国
电视节目产生了毕生的感情。"(史密斯22)达克斯·鲍登对霍滕丝
和克拉拉到达英国这件事非常吃惊,他没有做出任何欢迎的表示。
实际上,霍滕丝与女儿来到英国的旅途充满了艰辛坎坷。霍滕丝在
等待达克斯接她们来英国的日子里蓄积了越来越多的怨恨,"一九
七二年,等了十四年的霍滕丝终于发火了,她决定靠自己的力量动
身。力量这东西霍滕丝有的是。她带着十六岁的克拉拉找上门来,
怒气冲冲地踢破房门,把达克斯·鲍登痛骂了一顿"(史密斯22—
23)。此后13年,霍滕丝带着女儿与达克斯共同居住在达克斯的半
地下室里。

霍滕丝最终从令人失望的达克斯身边解脱出来。她专注于传播《圣经》中来世救赎的思想,她作为一个黑人女性笃信上帝。霍滕丝在白人邻居眼中总是被忽视和冷落,被排斥在主流文化之外。霍滕丝和克拉拉在英国的不受欢迎让霍滕丝对英国充满了敌意,所以她皈依了耶和华见证会组织。宗教不仅是霍滕丝在异国他乡孤独生活的精神慰藉,也是她抵制白人主流文化、保持自我的手段。她企图说服女儿克拉拉参加耶和华见证会,让她到学校散发宣传册,拯救世界末日,甚至劝诱女儿的男友瑞安·托普加入了耶和华见证会,与她一起解释和宣传教义内容。

克拉拉是一位追求自由的反传统女性,深受西方社会白人主流文化的影响,她的审美情趣和价值取向不自觉地依循西方人的判断标准。克拉拉年轻时大部分时间都致力于母亲的宗教信仰所涉及的事务。然而,母亲的偏执并没有将克拉拉塑造成和她一样族裔身份坚定的宗教信徒。当她得知男友瑞安被母亲成功说服皈依了耶和华见证会时,她断然选择分手并离家出走。克拉拉为了逃避过去的经历,与结识仅 6 个星期,年龄长她 20 岁名叫阿吉的英国白人结婚。这段婚姻帮助她融入英国白人文化,也是她人生中的一个重大转折。

在克拉拉的生活中缺少一个稳定的男人,她把阿吉提升为救世主的形象。克拉拉决定与阿吉结婚不是为了爱,而是出于对她母亲的怨恨。事实上,克拉拉希望远离她的母亲,完全脱离了耶和华见证会,把阿吉看作是实现这一目标的工具。她冲动地步入婚姻,恳求阿吉尽可能地把她带离兰贝思。克拉拉续写了鲍登家女性婚姻生活失败的传统。她与阿吉的婚姻并不美满幸福。阿吉不是个坏人，但对生活漠不关心。阿吉对克拉拉缺乏热情，克拉拉对这样的婚姻非常失望。虽然克拉拉意识到她不爱阿吉，但她对母亲的愤怒促使她执意与阿吉结婚，并完全脱离了耶和华见证会和她的母亲。

霍滕丝因为有着遭受种族歧视的切身之痛，极力反对女儿克拉拉嫁给英国白人。霍滕丝向艾丽解释了她不赞成克拉拉与阿吉婚姻的原因："黑人和白人走到一起，从来没有好结果的。上帝没打算让我们混在一起。就是为了这个缘故，上帝在人类的孩子建造巴别塔这件事上小题大做。因为耶和华在那里变乱天下人的言语，使众人分散在全地上。（《创世记》11：9）混在一起，不会有结果。这不是上帝的本意。"（史密斯 284）正如这样一个结果，"霍滕丝强烈反对这场恋爱，理由是肤色而不是年龄，那天早上她一听说这事，就站在台阶上将女儿逐出家门"（史密斯 33）。克拉拉对母亲的怨恨、对现状的不满，通过与母亲霍滕丝的正面冲撞、逃离等体现了母女关系消极的一面。克拉拉与母亲紧张的关系暗示了两代人之间不可消解的隔阂。

面对文化冲突，小说中祖孙三代人选择的文化协商方式因人而异，因此造成了他们各自的身份认同。对于像霍滕丝这样的人来说，很难在英国主流文化中立足，只能靠坚持自己的宗教和传统来保存自己仅有的民族性，坚持自己的根。对于克拉拉这样的第一代移民来说，他们坚持自己的宗教、传统和民族文化，却又无法面对英国现实社会，寻求自己的民族身份似乎陷入了一种困境。最终，她和母亲背道而驰，装上假牙和过去彻底决裂，失去原有的民族根基，完全改变了他们的国家身份。从离开牙买加踏上英国土地的那一刻，克拉拉就成了一个身处困境的人，原来的身份表征在环境的改变中突然消失了。

新的身份的确立要经历相当一段艰难的"磨合"过程。克拉拉的离散经历实际上与她的母国牙买加关联在一起。然而，对于出生在英国的艾丽，并没有分离可言，只有进入、融合和渴望被认可。艾丽最大的精神危机是英国身份的丧失。黑白混血的体貌特征令她失去了英国身份的足够佐证。在英国人眼中，她成了"外国人"，对于其族类，她是不同于他人的英国人。艾丽是悬浮于"黑"与"白"之间的双重"他者"。对于艾丽这样的第二代甚至是第三代移民来说，对于从小就生活在两种文化当中的人来说，她向往主流文化当中的英国性东西。她想找到自己的民族性似乎更加困难。正是这种特殊情况使得艾丽遭遇比克拉拉更为严重的身份困境。①

在小说中，以艾丽为代表的生活在英国的黑白混血儿身体力行

---

① 与第一代移民不同，新一代移民在全盘英化与寻求融合中进行着艰难的文化抗争。他们出生在英国，除了皮肤、发色、居住地区外，身上已无多少家乡祖国的印记。因为感觉到了他们与白人的不同以及白人带有异样的眼光，在两种文化中都属于边缘人，面对这种身份的尴尬，年轻移民不再像父辈那样顺从，做出了不同选择：全盘英化或者成为愤怒的青年。前者努力让自己成为英国人，参加白人社团，跟白人做朋友，模仿白人的言谈举止，像英国人那样绅士等。他们当中的一部分甚至拒绝承认、厌恶自己的种族身份，比如排斥参加同乡举办的社团活动、不交同肤色的朋友等。后者则强烈反抗白人的文化霸权，有的加入宗教组织或民族组织，以获得身份上的认同，有的成为街头混混，甚至用暴力的方式宣泄心中的不满。不管何种，新一代移民与英国白人之间仍有着强烈的隔阂。

英国白人文化的践行标准。他们不仅失去了对牙买加文化传统的
归属感,也失去了对自己文化身份的认同感。"英国化"也正是年少
的艾丽想要达到的目的,艾丽将满头卷发拉直,疯狂减肥改变身体
形貌等企图抹去黑人民族身份的努力以失败告终,史密斯在小说中
为对文化遭遇背景下身份的焦虑和认同等问题提供的解决之策是
通过寻找不在场的牙买加过去主动避开他者的权力凝视,这是争取
自身身份认同的重要一步。艾丽尽管从未去过牙买加,她的集体记
忆让她弄清了属于她的过去。艾丽通过祖辈的过去来定位自己的
文化身份,最终声称牙买加民族之根是自己的民族身份中不可分割
的一部分:

> 　　她以为自己有权知道过去——她对过去的看法——
> 而且充满干劲,就像要找回误投的信件一样。那么,这就
> 是她的来源之所。这全都属于她,是她与生俱来的权利,
> 就跟珍珠耳环或邮政代码一样。X 是此地的标志,于是艾
> 丽把自己找到的每一样东西都标上 X 几号,搜集点点滴
> 滴的线索(出生证、地图、军队报道、新闻),并把这些东西
> 藏在沙发底下,好像这样一来,这些材料的丰富内容就会
> 在她睡觉时,穿过纤维,渗入她体内。(史密斯 295)

正是这种归属感让艾丽摆脱了白人社会的凝视,找寻到统一、可识
别的自我。引文中,艾丽直白地声称她拥有属于某处的权利,并藐
视那些试图将她置身于局外的人。艾丽在历史坐标上用"X"标注

她存在的轨迹。这是 20 世纪 50、60 年代黑人的存在通常用"X"来替代,"X"象征着黑人非洲姓氏的缺失。艾丽用"X"标记自己祖先过去的方式,表明了她与反抗白人压迫的黑人之间的情感联系。当然,身份的形成是一种持续建设的状态,它并不由一个人的过去所决定。相信经历了身份困境之后的艾丽会以一种平和包容的心态去面对未来,无论对于既无法回归母国也无法融入新环境的离散主体而言,还是出生在英国在夹缝中生存的弱势黑人移民群体来说,克服内心的挣扎与斗争,保持并弘扬自己的族裔特征,不单纯依附白人寻求身份认同,也不排斥主流英国文化,同时接纳自己的传统文化和民族归属或许是作家给出的最好的展现生命价值和实现自我身份建构的方式。

艾丽以确立身份找到自己归属为目的追踪家族历史的活动,实际是一种辨识过程。在此过程中,艾丽通过与相同族群的比较,发现自己与他人的共同之处,以及自己与他人的区别所在,设法达到对自己身份也就是"我是谁"的一种确认。"身份就是一个个体所有的关于他这种人是其所是的意识。"①对于艾丽而言,需要依靠自己与先辈过去和社会群体组织所具有的共同与差异的特征来确定自己的身份的特点,定位自我在社会中的位置。史密斯通过艾丽找寻线索,用碎片化的方式再现了鲍登家族女性的过去。这种自我和社会结构的结合是一种微妙的构图,本质上是一种终生的建构,结局

① 阿丽亚娜·舍贝尔·达波洛尼亚:《种族主义的边界——身份认同、族群性与公民权》,钟震宇译,北京:社会科学文献出版社,2015 年,第 13 页。

不可预见。自我可以被概念化为"一个矩阵,一个复杂的移动和相互关联的链系列。这个矩阵没有核心,而且不稳定。它的可能性取决于自我所处的物质和意识形态环境;所以我们对自我的感觉依赖于我们所生活的世界,而不是独立于他们"。① 史密斯笔下的人物似乎在寻找一个可知的自我,要想达到对自己的充分理解是一项永远无法企及的目标,这不会产生任何具体的答案。

艾丽对于自己身份的迷失驱使着她对自我实现的渴望。艾丽决心远离她母亲走过的老路,依据个人的判断走自己的路,在纷繁的世界中恰当地安置自己的心灵。当艾丽得知她怀孕了,她意识到她的生活和她孩子的生命将永远与迈勒特和马吉德的生活紧密相连,她和双胞胎的关系是永远不会破裂的。艾丽意识到,她永远不会知道兄弟两个哪个是她孩子的父亲,她认识到,由于她所做的选择,将永远与迈勒特和马吉德联系在一起。史密斯描述了艾丽的感受:

> 艾丽已经怀孕八个星期,她自己也知道了。但有一点她不知道,而且她意识到,这一点她将永远无从知道,那就是:孩子的父亲是谁? 这世上任何测试都无法告诉她。浓密的黑发是一样的,炯炯的眼睛是一样的,削铅笔头的习惯是一样的,鞋子尺寸是一样的,脱氧核糖核酸是一样的!

---

① Natasha Distiller and Melissa Steyn (Eds.). *Under Construction: "Race" and Identity in South Africa Today*, Heinemann, 2004, p. 4.

在得到拯救和没有得到拯救之间，在追赶配子的竞赛中，
她不可能知道自己的身体做出了什么决定，做出了什么选
择。他不可能知道这种选择会有什么区别。因为不管选
中了两兄弟的哪个，他同时也是另一个。她永远无从知
道。（史密斯 380）

史密斯在使用"选择"一词时，艾丽被描绘成一个有权力和有主
观判断性的女人，艾丽不再依赖于她与米拉特和马吉德的关系作为
她幸福的来源，在孩子生父无法确认的情形下，史密斯结束了她的
小说，把英国和它的殖民地通过千丝万缕的关系联系在一起。米拉
特、马吉德和艾丽都是英国公民，但他们也是来自孟加拉国和牙买
加的第二代移民，包括即将诞生的孩子，他们之间的关系因为即将
诞生的孩子这个共同的纽带，终生结合在一起。同样，孟加拉国、牙
买加和英国之间复杂的关系永远无法破解。伊克巴尔、鲍登和琼斯
家族的混合，将历史的记忆和未来的生命交缠在一起，这样的关系
是众多国家和文化的交融点中的一个，这样的联系无疑是永久的。

　　艾丽决定独自完成孕育新生命的过程，坦然接受米拉特和马吉
德都不能成为她的伴侣的现实。小说结尾，艾丽对身体和外表的憎
恨，以及她对迈勒特的单相思，都化为乌有。艾丽开始展望未来：
"幻想中，艾丽看到这样一个时代，一个距今不太远的时代，到那时，
根将变得无关紧要，既不可能也没必要找出它，因为它太长、太盘根
错节、埋得也太深了。"（史密斯 388）。从本质上讲，艾丽期待着这
个时代的到来，她和迈勒特在他们的关系中纠结的历史和根不再重

要了。艾丽艰难的过去之旅最终将她带到一个她不再需要感到被边缘化的地方,在那里她可以融入她母亲和祖母的过去,因为她不觉得为了提升自己,她必须让他们成为她的敌人。事实上,在一个没有根的时代,艾丽的孩子将能够像俄罗斯套娃一样舒适地融入艾丽的生活中,和她相伴相随,不会感到被束缚。她期待着孕育的孩子是个女儿,她希望通过打破鲍登家族妇女四代所遭受的压迫和命运轮回,她能给女儿和后代们注入希望。

史密斯笔下的伦敦已不单纯是"具象空间"外在形态的物质展示,她的城市写作融入了英国的文化结构,并与少数民族移民的经历并行发展。伦敦城市空间的多元文化环境,在本土文化与外来文化的博弈与融合中促进和展现了英国小说的现代性,呈现出独特的城市文学形式。作者对城市空间的体验和记忆进行了梳理和描述,揭示了生活在其中的人们的生存境况和精神状态之间的矛盾。作为创作主体,史密斯既有冷静的记录和呈现,又有主观的建构。她以自己的文化背景和生活经历来叙述城市的面貌和精神,触动着这个时代的脉搏。传达了以作家为代表的当代作家精神求索的主题意蕴。史密斯反对二元对立,尊重差异,将作品中勾勒的多元存在、多种族融合的理想城市作为文化诉求,呈现出后现代主义积极的时代精神图景。后现代语境下,在多重认同的内在张力的驱使下,对多元并存的文化空间的认同实际上指向了更高层次的民族身份认同和国家认同。《白牙》保留了伦敦的记忆和想象,凸显了城市个性和城市气质。史密斯的城市空间作为一种社会空间,为人们提供了理解伦敦城市社会的观测点,形成对族裔散居者混合身份等社会问题的思考和评估。值得注意的是，由于给艾丽带来"本体性安全"的身份重叠有多重角色和认同，所以，她在解决身份问题时，极力把外貌和身体特征"英国化"，简单地强调民族身份认同而忽略其他认同，引起了因为身份的错失而导致的认同混乱乃至与原生家庭的决裂。除此之外，还存在其他许多不同的认同。就艾丽这样的混血儿，文化及身份而言，更多的是自身之内文化的差异性和认同的复杂性。致力于艾丽这样的黑白混血儿对牙买加过去身份的探寻的个案研究，使身份认同的定位走出原来民族身份认同至上的宏大概念和既定模式的建构，相信这种研究也必将动摇对于固定的、本真的和本质化的英国民族文化身份的概念，而有助于新的时代不同肤色、不同人群之间的相互文化交流。

第四章

可靠性身份的解构

扎迪·史密斯小说的出版是读者热切期待的文学活动。《西北》是史密斯 2012 年的新作，小说一经出版，就被《纽约时报》等多家报纸和媒体评为年度十佳书籍之一。《西北》书名指的是伦敦西北部，作者秉持如《白牙》的创作风格和思维，故事在伦敦西北部的威尔斯登展开。正如小说中写道："伦敦西北区横跨着一座高山，经过汉普斯特德、西汉普斯特德、基尔伯恩、威尔斯登、邦德斯贝利、克里考伍德。它是文学世界里的常客。"①诸如《签名者》和《论美》等每一部新的作品的问世，都有人将这些作品与史密斯的第一部小说《白牙》做比较。《西北》是作家在完成《白牙》的十年之后对《白牙》所描述的地方的又一次朝圣之旅，因为作家返回到了她期盼的文学"家园"伦敦。第一次世界大战后，英国现代主义作家对伦敦的构想与描摹继承和发扬了英国文学持久的传统。在文艺复兴以来的艺术滋养下成长起来的一代代英国人，把以伦敦为中心辐射的帝国荣光与经济空前繁荣、疆域空前广大的罗马帝国关联起来进行比照是

---

① 　扎迪·史密斯：《西北》，赵舒静译，上海：上海译文出版社，2015 年，第 54 页。以下以夹注形式标示引文页码。

再自然不过的事情。由此,历史上的伦敦在英国人心目中一直是个参照坐标。"二战"后,以少数族裔的视角审视的伦敦,已成了新千年文坛的风尚。《西北》刻有以往文学作品的印记,小说不仅充满了E. M. 福斯特等文学前辈的引用,也涉及了马丁·艾米斯(Maritin Amis)、萨尔曼·拉什迪、大卫·福斯特·华莱士(David Forster Wallace)以及戴夫·艾格斯(Dave Eggers)等有影响力的英国作家、亚裔英国作家、美国作家的作品中的典故。如今,伦敦这座城市已经变成了一个多元文化的空间,但同样也充满了各种各样的冲突与碰撞。在这个空间里,史密斯将个人叙事与种族、阶级和身份归属等社会问题交织缠绕在一起。

第一节　现实主义视角中的身份建构

史密斯早期的小说《白牙》涉及民族、种族、少数族裔的身份时解构了本源的、可靠的身份概念。小说中老一代移民阿尔萨娜很清楚地表明了这个论点,她诙谐地说:"在地球上,要找到一个纯血统的人、只有一项纯粹信仰的人,简直比登天还难。你能告诉我谁是英国人吗？这简直是天方夜谭。"(《白牙》174)史密斯在《白牙》之后的小说创作中持续关注可靠性身份的问题。《西北》是一部描绘伦敦多元文化社会的小说,也是一部注重文本形式的实验性小说,小说采用现实主义的视角突出表现深深根植于英国移民历史中的社会身份认知问题。

"现实主义"这一概念意蕴丰厚,具有历史厚度,它的意义不断变化完善,汇聚了社会历史思想的洪流。正如布雷德伯里(Malcolm Bradbury)和麦克法(McFarlane)对现实主义的描述:"现实主义更加广阔的视野……必须使人想起一个延伸到现代艺术的非凡的持续的范围。"①透过《西北》不难看出史密斯小说充盈着现实主义的追求。但是,我们没有理由将《西北》纳入真正意义上的传统现实主义作品之列。因为,小说创作样态与作家个体的认知范式以及传统现实主义表现为相背离的态势,呈现出后现代先锋文体的实验特征。史密斯对身份的理解与表述,透露出作家对现实社会的主题求索。用什么方式来表现"现实"这个问题一直困扰着史密斯。这样艰辛的创作过程背后一定有一种热切的叙述本能在支撑。大卫・詹姆斯(David James)认为"史密斯的任务是摆脱分类的束缚,'用一本小说'来表现自己创作的气质,这是一部结构更美、边缘相对粗糙的粗犷小说,仍然像以往一样昭示着小说创作的与众不同"。②现代主义、后殖民主义以及酷儿理论在探究种族、性和阶级时推崇身份分裂研究,通过错综复杂的个人视角在力求保持心理真实的努力下辨析当代伦敦社会。史密斯在《西北》的叙事中拒绝对多元文化主义社会融合做出承诺。作家解构了基于二元思维中非此即彼的关于种族、民族、阶级甚至性身份的简单假设。这一节通过对《西北》文本表层内容的辨认,探求小说文本形式和象征内涵上对传统

----

① Colin Hill. *Modern Realism in English-Canadian Fiction*, Toronto, Buffalo, London: University of Toronto Press, 2012, pp.216-222, p.217.

② David James. "Wounded Realism," *Contemporary Literature* 54(1), 2013, pp.204-214, p.213.

现实主义文学的创新,揭示文本生产的组合构图及其蕴含的主题意义。

伍尔夫在她的论文《现代小说》中提出,现代小说的目的不是以注重外部细节的有序方式描绘人类的体验,她把这一审美"罪恶"归因于一种高度简化的现实主义传统,而是以一种逼真的方式模仿现实,突出了生活的主观印象和不连续性。① 正是出于这种真实反映现实的本能,《西北》试图摆脱传统现实主义的束缚,在这种推动下,史密斯希冀理清思路,提炼出最希望表达的东西,最终将变化莫测的内容转向对于新形势的探索与开创。作家在文学主体这一概念上的顿悟和对审美旨趣的自觉改变形成逻辑勾连。作家更希望上述行为是在理性精神的驱使下运用各种叙事策略对人物性格及事件的影响下发生的,因此也就导致了作品落脚点的内向性。在厘清史密斯现实主义形式界限的延伸部分之后,文本的创作形态和身份认知的关联性便可显示出来。

史密斯对 20 世纪早期先锋小说表述方式的运用受到了大卫·詹姆斯和乌米拉·塞沙吉里(Urmila Seshagiri)等评论家的称赞,他们认为这有助于当代英语小说的普遍趋势。他们评论道:

> 越来越多的当代小说家——其中包括朱利安·巴恩斯、约翰·库切(J. M. Coetzee)、伊恩·麦克尤恩、

---

① Virginia Woolf. "Modern Fiction," in David Bradshaw (ed.), *Selected Essays*, Oxford and New York: Oxford University Press, 2008, pp.6 - 12.

辛西娅·奥齐克(Cynthia Ozick)、威尔·塞尔夫和扎迪·
史密斯——在小说的核心中将现代主义的概念视为一种
进化,将他们的 21 世纪的文学革新视为对 20 世纪早期写
作革新的约定。此时此刻,后现代的觉醒不再主导批评话
语或者创作实践,20 世纪现代主义文化的重要实验和辩
论与当代文学的移动视野获得了新的关联。①

尽管史密斯在创作整体上运用 20 世纪早期现实主义的视角,但是
对移居国第二代移民命运的描绘仍然运用了大量后现代的技法。
英国长期受制于民族纯洁性和本土主义的观念的影响下,二代移民
尽管出生在英国,但他们受到英国阶级制度的影响,社会地位不稳
定,身份认知充满了矛盾性,这是小说所描写的核心问题。这种身
份归属的挫折感映射了伦敦现代主义社会的现实图景。

一、复调特征与叙事张力

在《西北》中,作家打破小说固有的叙事方式,既未铺展情节,也
未设定人物性格,解构和颠覆了小说传统的叙事形式。小说不设置
全知视角的角色,因此,小说中不管用什么样的人称叙述,采用什么
样的叙述视角,自始至终没有一个设定是无所不知、无处不在、无所
不能的,也不存在权威人物和权威叙述。然而,史密斯的确是在用
他独特的叙述方式为我们进行讲述。叙述者和人物这两个概念,文

---

① David James and Urmila Seshagiri. "Metamodernism: Narratives of Continuity and Revolution," *PMLA* 129(1), 2014, pp.87 - 100. pp.87 - 88.

本接受者很难对二者进行界定，这两者从属于故事本身，了解且熟悉故事中的人物，并能在故事的发展中洞悉周遭和所处世界的真谛。在《西北》的第一部分"造访"中，史密斯用第三人称叙述利娅的生活经历。小说中作家以简洁、细腻的描述把利娅的生活经历带到读者面前，引领读者进行进一步的探索。情节向前推进，叙述者首先从第三人称视角进行叙述，采取冷凝客观的态度，继而，再从利娅的角度来传达她眼中的周遭的事物和人物，做到让过去的经历和现在的经历交融，时而运用意识流的写法叙述大段独白。作家采用让叙述者和文本读者具有相同的视阈这一方法力求做到文字塑造的最大的真实效果，叙述者的语言使用尽可能冷峻客观以达到客观的"真实"的效果，文本读者在叙述者的引领下对作者自己要描述的场景和事件发生过程进行局外观察，不露声色。史密斯在小说创作中会根据文本意蕴的表达而选择相应的叙述视角，这是其创作的独特叙述视角。对于大多数习惯了线性因果叙述方式的读者来说，叙述视角的多变会迫使读者自动找到文本中的不定点，并且迅速参与到填补不定点的工作中来。这样的叙事手法和利娅停滞不前、凝固时间，身份迷失的状态相契合。"在复调小说中，作者并不是力图通过激发读者的想象，把读者引向某个创作意图或本文的意图，而是交给读者一个复杂的矛盾体，给读者一个极大的未定点或空白，任凭读者自己去思考、去填补。"①

　　在《西北》中，故事情节不是按照形成和发展的顺序展开的。史

---

① 张杰：《复调小说的作者意识与对话关系——也谈巴赫金的复调理论》，载《外国文学评论》1989 年第 4 期，第 37—44 页，第 43 页。

密斯采用共时性手法和戏剧化的对比方式将不同的人物声音集中在同一个时间的横断面进行对比展出,使它们处于这样一种关系网络中:它们处在相互关联的链条上,以平等的姿态对话。但正是由于这种关联从而发生不可避免的矛盾,从而导致纷繁复杂的冲突。《西北》将五个部分的叙述最大限度地压缩到同一个时间横断面上做到了声音并置,而共时性发挥了作用,它将五个部分叙述的作用发挥到了极致。至 2010 年 8 月 27 日,相互独立的人物之间的平等对话取代了传统意义上的独白,带来了激烈的价值观的碰撞。可以说,《西北》创造了一个独特的巴赫金'时空体',一幅时间被固定在一个坐标点,而空间不断游弋的时空坐标图。"①可以说史密斯文学创作的艺术能量和其文学的厚重感是透过简单的文字叙述所构成的小说中的叙事张力来传达的。

二、故事与叙事话语的断裂

史密斯笔下的人物刻画具备完整性与清晰性,这是严格遵照现实主义对于人物刻画的要求的,但史密斯对于人物形象细节的拿捏却不是依照传统的手法来构造的。她善用碎片式叙述,这一点在对于共时性的运用中有所体现,她的文章采取了循环结构而非线性结构,即第一部分和最后一个部分的铺陈首尾连缀,故事情节形成一个闭环系统,情节发展终归会回到原点。整体叙事由多个联系松散

---

① 王卓:《"主""客"之困——论扎迪·史密斯新作〈西北〉中的空间政治和伦理身份困境》,载《当代外国文学》2015 年第 3 期,第 99—105 页,第 100 页。

的部分组成,一些故事编排围绕伦敦邮政编码展开,这样的叙述方式与詹姆斯·乔伊斯的叙事手法如出一辙。史密斯从记忆深处调取意象,将其按自己意志重组,让意识进入到意象中,使这些加工过的意识在人物细节描写的历史时间中自由出入。第一章突然出现"37",直接接触闪回过去:"数年前,靠着一个她喜欢的姑娘躺在床上,谈论 37 这个数字……请代我向住在那儿的她问好。她曾是我的真爱。如今那姑娘也结了婚。"(《西北》42)随着阅读的深入,读者可以捕捉到转瞬即逝的线索,它就像意识流一样,向读者不经意间透露了利娅曾经爱过的女孩是她的朋友娜塔莉。而在"过客"中则有意省略"37",其编号和主题由伦敦的邮政编码命名。其中最为典型的例子即是对娜塔莉这个人物的刻画。作者将人物形象的构建与繁复的细节相融合,克服了早期现实主义作品中对读者的单向输出,迫使读者参与,直接将一个个性分明、栩栩如生的人物展现在读者的面前,也将一些看似独立的细节如因命运与巧合而带来的生命之不可承受的经历,勾连成相互关联的有机整体。小说第三部分"主人"中,对娜塔莉的描写更像是一本独立成篇的小册子,分成了189 个部分,每个部分都是娜塔莉的生活片段,没有采用传统现实主义小说线性叙事的创作手法使得情节连贯,承接清晰。娜塔莉的生活看似平静无奇,实际上她的内心缺乏整一性几近崩溃,她的生活是由断裂的碎片连缀而成。

在小说中我们看不到一个有关娜塔莉的完整的故事,原因是作者并未采用传统叙事手法,将人物性格直接呈现在读者面前。这种叙事手法实质是尊重小说对娜塔莉命运无常性的安排。但有读者会认为，娜塔莉的人物的性格模糊不清，并未达到丰满的人物形象这一要求，文本所呈现出来的都是一个个细节，一个个叙事碎片，在细节和碎片中难以捕捉人物的真实性格。然而，不得不承认，在这桩桩细节中无不包含着某种在读者阅读之先和阅读过程中乃至阅读后都可以被无限阐释与生发的新的话语。语言符号的形成，并非只是单一的叙述，而是需要通过共时性，将各个细节汇聚于同一集合下，在同一集合下相互交织碰撞，积累成某种深刻蕴意，这种深刻的蕴意是可以用来进行推演的语言符号。所以，对于读者来说，在已有的阅读经验和期待视野下与文本特征相结合理解人物，发现文本与原先经验的细微联系，并找到连接点，发挥想象力尽可能填补不定空白，才是最大限度发挥了个体理解与文本暗含的相互碰撞的作用。娜塔莉摆脱盖莎的原始身份，重新形塑娜塔莉商务律师的两个角色间遭遇的迷惘与慌乱，通过碎片描写，在读者脑海中生成了分裂的性格特征。

三、空间转换推进叙事进程

史密斯追求的且不断求索为之付出辛劳的是一种更为契合身份认知方式的叙事形式，这种叙事方式在自我及其时空体验方面和空间的排列方式均超越传统。所以一旦企望追求形式，传统叙事中特有的质素便自动消失。那么，就史密斯小说的叙事而言，《西北》中的叙事是通过何种方式展开的呢？可以说其对"空间"的强调与巧妙运用是小说的一个特色，"空间"在小说的叙事策略中起着不可忽略的作用。回顾19世纪传统的现实主义文学作品，叙事的历时性显而易见:语言呈现线性排布、事件的因果关系都遵循时间序列。到了 20 世纪末,小说创作借鉴了哲学、社科等领域文章的写作方式,转向空间性创作,因而使得现代小说的叙事方式在某种特定的逻辑轨道内有序地运行。如此看来,对于立体空间的完美运用是可以提升叙事技巧并使之具有魅力的。空间叙事的概念就是将叙事设定在一个特定空间内,根据空间的容量来设定小说叙事内容的厚重程度,在空间内极尽地展示线索、串联结构。小说 18 万字,长达 300 多页,看似不关联的叙述片段却没有违和的感觉,"原因在于小说中有一种内在气质和线索贯穿始终,把人物、事件、情绪、思想等悄然连接。这个贯穿《西北》始终的内在线索就是史密斯熟悉的伦敦西北的大街小巷、贫民社区以及人们在此进行的空间活动"。[①] 在《西北》中,小说所呈现的叙事张力不再是单纯的时间性存在,语言也未在因果延长线上延宕。作家对空间加以创造性的利用,并运用某种新颖、别致的空间叙事逻辑将记忆深处的零散的思路、思绪、记忆碎片连缀成整体,叙事进程也不再只依赖于时间的推进,而是将叙事、记忆等细小的因素统统集存于私人空间或公共空间中以求达到某种精神体验。

20 世纪以来,史密斯自觉地崇尚"空间关系",且垂青于将文学审美与之相联。在小说里,作家想要表现出个体生命对身份的认知,具备这种因素的必要条件是既统一于时间序列中,也统一于空

---

① 王卓:《"主""客"之困——论扎迪·史密斯新作〈西北〉中的空间政治和伦理身份困境》,载《当代外国文学》2015 年第 3 期,第 99—105 页,第 100 页。

间结构中,二者呈并置关系。她从借鉴的意义上,将叙事的重心和小说的意义建立在空间关系上,以自己的方式植入醒目的空间维度。小说以伦敦区划之一的"西北"作为标题,"西北"具有两重含义:既具有明确的空间方位特点,同时"西北"提示了埋藏在作品深层结构中的空间元素。小说在情节结构上有意地强化了空间变化,各部分的标题处理没有显露时间轴的痕迹,体现形式层面的空间。尤其是第四部分以"十字路口"命名,凸显空间场域为支点的意图更是极具个性和矛盾,与移民的个体身份认知和精神世界的契合。史密斯叙事的重心主要来自空间描绘的细节真实,聚焦于街头巷尾的匆匆过客和平凡人的日常生活和琐碎小事,小说侧重于展现伦敦普通人缜密的情感世界,并对重点对象加以刻画分析,她的着意聚焦和突出,可以在人物细碎如常日复一日的生活中精简和提炼出人们看似简单却未能准确表达出来的问题。正如史密斯所反复强调的真实,这种真实不只是对生活图景的简单描摹,也不只是对客观世界的镜像式的反映,而在于它反映出了这种真实与现实事件的真实不是对位的约定关系。这个结构不是表现为一般意义符号上的结构,而是表现为一种颇具现代性维度的叙事方式。单从逻辑上是难以辨别其中独具的意味的,当然也不能将这种叙事方式当作一种功能进行认识,只能当作性质得以感受来丰富、充实我们对生命的感知,引发我们对生命复杂性的某种一致的认同。娜塔莉长期规约自己的行为,"本我"被压制,心理和生理上的诉求得不到满足,为了释放自己的压力,她着迷于网上联系的不具名的性交活动。丈夫发现了她的婚外性行为后,她遭到了严厉的质问,逃出家门。娜塔莉在街头无目的地穿行,邂逅了旧友内森,史密斯把人物情绪、心理贯穿在伦敦西北的大街小巷、贫民社区以及人们在此进行的空间活动。

> 　　两人沉默不语地走了一阵。内森紧贴着墙,从不走在人行道的中央。娜塔莉吃惊地发现自己不再流泪,也不再颤抖了,恐惧是世界上最难维持的情感。世界的质感展现开来,她无法抗拒:白的石头、绿的草皮、红的锈迹、灰的板岩、棕的狗屎。没有目的的瞎逛简直是件令人愉悦的事。他们穿过大街,娜塔莉·布莱克和内森·博格尔,继续爬坡,爬过窄窄的红色公寓楼,爬入有钱人的地盘。政府统建房的世界被他们甩得远远的,在山脚下。开始出现维多利亚式的房屋,起初只有几栋,然后越来越多。私人车道上新铺的沙砾层,窗户里白色的木制百叶窗。房产中介的大广告牌捆在前门上。(《西北》332)

　　作家选择了世界金融中心,英国社会的文化中心伦敦作为故事的发生地,却将观察的视线投射到远离权威中心的西北区的街道。与同时代的其他伦敦区域相比,伦敦西北区算是另类的,区划设置、城市基础设施和各种肤色的外国移民加剧了西区的既有问题。史密斯的都市经验更多的是伦敦西北区的经验,她在精细观察的基础上展现了以伦敦街道为漫游地的闲逛者内森的行踪。街道是城市最主要的公共空间,街道隐藏着自发性的全部变数,它不仅担负着城市交通的功用,更为重要的是多种社会活动的载体,相对于权威的代表:政府大楼、首相官邸、街道等公共空间,街道位于社会边缘,社会权力机制边缘、远离社会生活中心区域最能反映伦敦都市现代性主体的生活。

《西北》的空间叙事技巧呈现了史密斯在文学创作与城市多元文化生活互动中的探索。史密斯的小说因而成为现实主义小说中体现现代性旨向的成熟文本。客观上讲,史密斯的文学创作是对现实主义创作的一种延续,作家文学主体意识的觉醒和审美旨趣的自觉改变以及理性精神的驱使,使之运用各种叙事策略对人物性格及事件的发展做出逻辑勾连,使得作品主体基调内倾化。

作为叙事主体的文学家在驾驭语言的过程中掌控着叙事话语。一般情形下,作家是在文学史的指引下去考察文本的审美意义。反观,文学演进本身也是在文本的开创的基础之上建构的。史密斯的创作可以说经过了漫长的洗练,在当代现实主义文学中有着独树一帜的话语权。作为一个现实主义作家,史密斯的文学创作兼具时代精神和逻辑的缜密性,折射出作家不断寻求恰当的描述生命表达方式的努力,其现实主义小说中创造出来的典型性格及其典型性格建构的意义应得到高度重视。史密斯文学作品呈现了两种迥然不同的现实主义倾向:具体文本中的现实主义、传统的现实主义。史密斯的小说创作模式十分具有代表性和现代性,是加拿大文学转型时期的代表,在创作之初任何文学跨越一个阶段:"当代"阶段到社会文化环境共鸣阶段,这都是不可避免的,而史密斯的小说创作模式既有传统创作模式的经典的意义同时具有启发新的文学经验的能力。特别是在面对某种差异进行价值判断时,可以将这种差异断定为是一个深厚的社会过程,而非"自然"过程。她的小说具有后现代主义小说的特点:情节划分模糊、采用实验性的表现手法以及非线性的叙述方式。史密斯在艺术表现形式上有意打破传统小说叙事顺序的延宕性。她也并非是采取割裂的态度同经典创作方式相对立,也不愿随波逐流涌入"后现代"的行列。因为,无论传统的现实主义,还是 20 世纪后期的后现代主义二者所提供的创作方式和表达形式承担了难以承受的重担,它们要面对当下伦敦复杂的社会生活并且还要剖析伦敦人扭曲的心理状态。再现了 21 世纪的英国人,尤其是第二代英国移民艰难的身份抉择。《西北》具有现代主义特征,致力于对空间叙事的描写、拒绝考究的字句表达和线性叙事,用文体实验抵制单一的英国性概念。

第二节 内在本质身份的消解

如果说史密斯在作品中将现实主义与对身份建构的各种假设结合到一起,且这种在写作上对规范性的抵制旨在消解纯洁的、单一的英国性概念,那么小说在酷儿理论的话语分析中体现出的文化观点和性别的混合,消解了小说人物对国家身份的单一想象。史密斯意识到城市中各式各样人物的重要变化,把小说中的人物置身于大都市的背景之中。《西北》跨越了限制性的人为障碍,提出了一种新的归属感和建构方式,这是作家一直以来上下求索的永恒主题。迈克尔·米勒(Michael Miller)认为"扎迪·史密斯的

《西北》对人物的特写充满了身份归属的不可靠性……以至于他们开始瓦解"。① 身份认同的瓦解与英国国家认同的问题密切相关,因为两位女主人公的身份构成都不符合单一英国性概念框定的英国人身份特征。这种消解与她们的性行为有关,因为两个角色都挑战了社会强加于生理性别之上的二元对立的固定观念,他们把性作为一种对个人身份不确定性的释放。事实上,在英国黑人小说中对种族身份和阶级流动性的描写中注入了"另类"的性关系特征,移民的生活经历中或多或少存在着对异性恋规约的破坏。如此,可以从酷儿理论视角来分析《西北》。这一节将建构与解构隐匿在 21 世纪父权制社会规范背后女性社会性别身份,并将着眼点投射到利娅所处的特定历史文化环境上,以性别操演理论为切入点深入解析利娅阶级身份并深入解析利娅的社会性别身份认同过程,以及利娅的认同过程在其作品中的投射。

酷儿理论借助法国后结构主义理论家米歇尔·福柯的观点分析了性欲(sexuality)问题。后结构主义者不同于结构主义者,彼此之间最为显著的差异在于:后结构主义者不再延用结构主义者所倡导的简化方法论,否定文本是一个深层的封闭系统,这个系统也没有起到统摄全局的作用。对文本进行阐释旨在探寻为何该文本会成为相对意义上的绝对的内核,而不在于寻找代表终极意义的普遍结构。结构主义虽然引入了关系、差异等概念,但不能撼动唯一的

---

① Michael Miller. "Spectacle," *The Literary Review*, 56(1), 2013, pp.184 - 186, p.184.

中心地位。而于后结构主义者而言,尽管中心的概念坚不可破,根植在人的无意识中,但它"只是一种虚拟的存在,关系的产物,无限结构之网中的一项"①,因此后结构主义则主张去中心化。女性主义理论受到后学思潮的影响,认为现代的稳定性是会被多元文化所颠覆的,因此对于现代性启蒙的宏大叙述和"人"的主体性概念的稳定性产生了疑问。西方,尤其是美国为同性恋者争取权益的社会运动日渐高涨,有部分民众主张尽量包容处于边缘地位的女性,从而引发部分女性主义者对于主张文学作品中以白人女性和异性恋为中心的创作状况持反对意见,但这种状况在女性主义内部已经长期盛行。同时,在此背景下,酷儿理论应运而生。酷儿理论主张用性的多元话语来扰乱异性恋霸权,同时推崇多样性,认为性别认同与性倾向具有表演性、流动性和开放性,拒绝对男性和女性给出明确的定义和划分严格的界限,驳斥女性主义传统的婚恋观即对于异性恋的预设。这种区分方法有别于非此即彼的二分法,正是后学思潮的产物。"性别在霸权话语里以一种实在的面貌存在,从形而上学来说是始终如一的一种存在。这样的表象是通过对语言以及或者话语的操演扭曲而达成的,它掩盖了'生而为'某个生理性别或社会性别基本上是不可能的实施。"②深受后现代思潮的影响,酷儿理论家赞同"酷儿"一词所表达的不确定性,无意对其做出清楚的界定。因此,身份这一概念依据酷儿理论的阐释其范围的界定是延宕的、

---

① 马海良:《后结构主义》,载《外国文学》2003 年第 6 期,第 59—64 页,第 60 页。

② 朱迪斯·巴特勒:《性别麻烦:女性主义与身份的颠覆》,宋素凤译,上海:上海三联书店,2009 年,第 25 页。

不稳定的，甚至是不封闭的。在此，"酷儿"一词主要指性取向多样、性别身份认同不稳定的人。

酷儿理论对后殖民历史和性抵抗的兴趣最近在这些领域之间产生了重要的交叉融合。后殖民时期的酷儿既关注国家特有的文学，也关注全球或海外的经验，同性恋后殖民主义，其存在依赖于种族和性的交织。正如贾亚特里·乔皮纳思（Gayatri Gopinath）所观察到的，"酷儿愿望不超出或保持在这些历史（殖民主义，后殖民主义和迁移的外围），而仍然是他们的讲述和记忆的中心"。① 此外，唐娜·麦考马克（Donna McCormack）表明，后殖民同性恋文本"表露出……那些人物经历了创伤而有幸活着，通过不是依赖于通过单一的语言形式和叙事结构让他们讲述他们的历史。这些历史通过微妙的身体姿势、前中心性行为和各种感官唤起来表达"。②

小说《西北》中的女主人公身上有着明显的"酷儿"特点。从本质上讲，《西北》是利娅·汉威尔和娜塔莉·布莱克的故事，这两个年轻的女性一起在一个虚构的伦敦西北部地方政府所属地考德威尔长大。小说通过将过去与现在的并置叙述了两位女性的友谊，尤其将重点放在了她们彼此分开后的生活上，也就是利娅与阿尔及利亚黑人米歇尔结婚，娜塔莉（曾经是凯莎）与意大利和非洲混血儿弗兰克结婚后的生活。粗略地讲，这是一部关于娜塔莉从出身卑微的

---

① Gayatri Gopinath. *Impossible Desires: Queer Diasporas and South Asian Public Cultures*, Durham: Duke University Press, 2005, p.2.

② Donna McCormack. *Queer Postcolonial Narratives and the Ethics of Witnessing*, London and New York: Bloomsbury, 2014, p.2.

伦敦西北部女孩成长为一名大律师的小说,也是一部关于利娅在她的出生地做慈善工作,尽力保持自我的小说。两个女性的经历形成了鲜明的对比,娜塔莉在社会中不断的攀登,最终改变了她来自贫民区的社会位置。利娅却在她的出生地经历创伤后努力寻找着归属感。小说呈现了两个人物在三十多岁和成年期的奋斗经历,回顾了她们的成长历程,展示了她们在不同阶段受主流话语中阶级、性别、种族和性的压制中进行身份建构的表演。

朱迪斯·巴特勒(Judith Butler)将表演性定义为"反复的和引用的练习通过这些话语产生了他们命名的影响"。① 他具体指出表演性"不是一个单独的行为,因为它总是一个标准或一组标准的反复性,在某种程度上它需要一个在目前行为下的行为型身份"。② 巴特勒将表演性运用到性别中是为了"显示出我们性内部的本质是通过一系列持久的行动所产生的,假定通过身体上的性别化的模仿。在这种情况下,它显示出我们看作我们'内部的'特征,就是我们通过一定的身体行动参与和产生一种自然姿态的幻想效果"。③

利娅是《西北》中的白人女性,却遭遇了身份认同危机。小说第一部分"造访",叙述了利娅由于母性身份所引发的生活危机。利娅

---

① Judith Butler. *Bodies That Matter: On the Discursive Limits of "Sex"*, New York: Routledge, 1993, p.2.

② Judith Butler. *Bodies That Matter: On the Discursive Limits of "Sex"*, New York: Routledge, 1993, p.12.

③ Judith Butler. *Gender Trouble: Feminism and the Subversion of Identity*, New York and London: Routledge, 1999, p.xv.

是爱尔兰裔白人女孩,出生并成长于伦敦西北区,大学毕业后在市区一家慈善机构当管理员。她的丈夫米歇尔是尼日利亚裔法国人,在一家美容店做发型师。利娅和丈夫"尚未意识到背景、理想、教育、追求等众多细微的差异就已经结婚"(《西北》25)。二人婚后在伦敦城里租了一套房子,各自工作和谐生活。但是平静的生活很快被打破了,他们因为要孩子的问题产生了分歧:米歇尔渴望儿女成行,利娅则不希望成为一个母亲,暗自服用避孕药。为此,夫妻产生猜忌和误解,甚至争吵不断。利娅对婚姻生活感到失望,觉得自己孤独无助。直到四月的一个午后,一位名叫夏尔的陌生女子敲开她家的大门,寻求救助。夏尔没有稳定的收入,更得不到丈夫的帮助,母亲住院需要资助,儿女上学需要她的供养。利娅出于同情,将夏尔请进家门,倾听她的不幸遭遇并借钱给她渡过难关。但是,借钱给素不相识的夏尔这件事加剧了利娅和米歇尔之间的矛盾。

小说中利娅自身的身份危机与米歇尔婚姻的烦恼以及压抑的性欲彼此紧密缠绕在一起。这是一个关乎性和种族问题无法破解的难题。"二战"后,在英国这个种族多元化的社会中,文学叙事所带来的人物世界里不乏受白人文化霸权和优越性冲击,并充满身份认同危机的少数族裔移民。但是,在《西北》中,利娅是被认为有着文化霸权和优势的白人,实际上,利娅却被描述为孤立无助的,在自我价值和身份认知上有着深深的无归属感的人,利娅这个人物的设置是对英国小说传统叙事中的"英雄"人物的解构,或者说是白人理想概念的瓦解和丧失。小说中"反英雄"人物利娅叙事的建立基于当代英国政治形势的变化,也与史密斯对西方文化中心与边缘的划分的逆反和价值取向有着密切关系。

利娅处于下层社会的位置是由所处的社会阶层所导致的结果。在利娅的童年里，由于家境贫穷，她很少有机会参加聚会，工作成家后，她尽管多次参加聚会，但表现得很窘迫。叙述者描述了利娅和丈夫米歇尔受邀参加更高级别的聚会的场景。

> 通常是在娜塔莉家，她和米歇尔的任务是增添几分"地方特色"。两人都不知跟诉讼律师和银行家说些什么，偶尔还有法官。娜塔莉不相信他们觉得尴尬……他们觉得尴尬，不管娜塔莉相信与否。他们没本事侃轶事趣闻。他们低着头盯着自己的盘子，谨小慎微地切着食物，让娜塔莉替他们讲他们的故事，对事件、名字、时间、地点等信息点头确认。在餐桌上供众人解剖分析，这些轶事趣闻仿佛有了自己的生命，脱离了主体，让人印象深刻。(《西北》86)

作为一对有不同种族背景的夫妻，利娅和米歇尔的组合提供了一个多元化社会的家庭构成。利娅是白人，但她从事的工作只是普通的办事人员，"利娅，这个公立学校出身的专业百搭的人，不会拉丁语，不会希腊语，不学数学，不学外语。若用当今的标准衡量，混的可不怎么样"(《西北》32)。而丈夫米歇尔是黑人，是美发沙龙的理发师，社会地位也不高。他们的结合和卑微的生活方式成了聚会者茶余饭后调侃的话题。权力的殖民性直接导致利娅话语能力的丧失，加剧了她主体身份建构的难度。这样的社会压力将利娅推向了一个拒绝尊崇"正常心灵"社会规约的隐性同性恋者。根据威蒂格的"正常心灵"概念,"异性恋的性规范是人类社会的基础,那些需要人们遵循的各种社会规范,均以隐蔽的方式化身为知识系统。这种知识系统对人类社会的部分人群构成了压迫,特别是女性,却被标榜为社会'正常心灵'"。① "正常心灵"对性别的一种操演,特别是对女性的义务与权力呈现出高度的精神暴力与规训,强化了异性恋权力体制的运作方式,如果女性违背了规约,就成为不具备"正常心灵"的人。

小说中除了利娅的异常行为表征对文化的单一性进行颠覆之外,还通过章节排布消解异性恋话语模式凸显利娅被迫接受异性恋的主流价值观以及对同性恋倾向的自我压制。在《过客》一章中,有四个部分是在顺序排列中突然插入 5 次以数字"37"为题目的片段,在《主人》一章中则唯独缺失按顺序排列的第 37 部分。在这些以"37"命名的片段和缺失第 37 部分所叙述的事件都显示出利娅性别取向的重要细节。从文字叙述上来讲,他们可以被读作利娅对性的无意识反映,以及不屈从于异性恋价值观的人所处的边缘地带。第一个片段"37"叙述了利娅与一个沉迷于数字 37 的女孩的同性恋关系。利娅承认"她曾是我的真爱。如今那姑娘也结了婚"(《西北》42)。第二个片段"37"叙述了利娅的第三次堕胎的手术经历。"那一次,她怀了两个月。这一次,两个月又三周。"(《西北》58)第三个"37"片段显示出由"黑圣母"的作者威尔斯登所做的演讲,他们看起

---

① 李雪梅:《"正常心灵"的异类:黑人妇女阶级——酷读〈天堂〉》,载《西安外语大学学报》2016 年第 3 期,第 96—101 页,第 96 页。

来直接问利娅:"你期待的是别的东西吗?……你是谁?你要来杯水吗?天空塌下来了吗?事物会不会在不同的地点,按不同的顺序,以不同的方式组合呢?"(《西北》75—76)在最后一个"37"片段,利娅在照相馆里遭遇了一个奇怪的巧合,照片被弄混了。当她翻找照相馆给她洗出的照片时,发现取像信封里第四、五、六张照片都是一个叫夏莎的女孩的照片,夏莎在小说开头对她行骗,骗取了利娅的同情与钱财,当利娅得知夏莎是长她几届的校友,随后一直想念着她。"她的照片。我的信封。事情就这么发生了。仿佛一个梦里的谜语。没有答案。"(《西北》96)"过客"一章突然插入的"37"片段突出了一个事实,利娅有同性恋倾向。

　　小说没有仅仅将主题限制在女性是如何冲破话语霸权的压迫这一主题上,而是通过字里行间透漏出同性之爱的美好,进一步消解了人物身份建构的扁平化。在"造访"一章中,作家并未对情节做过多的渲染,但早已埋下同性恋恋情的暗线,因此利娅的同性恋情结不时浮现出来,若隐若现,牵动情节延续。利娅与骗子吸毒者夏尔的各种遭遇让她陷入了一种自我反省的情绪中,她重新审视自己青少年时期对女性的吸引力。利娅的婚姻并没有满足她的性需求和情感慰藉,甚至有了与夏莎合谋出逃的臆想。小说描写了利娅梦想与夏莎私奔的冲动:"我们一起跑吗?你准备好了吗?我们一起跑吗?离开这一切!我们逃跑吧!睡在树篱中。沿着铁路线跑,直到它与大海相接。"(《西北》77)"醒来时看着那长长的黑发,咬着那长长的黑发。从仍然接收老版两便士的神奇电话亭里打电话回家。我们很好,别担心。"(《西北》78)不出例外,利娅也被打上了"正常心灵"的标记,利娅自然而然地成为一个被压迫的个体,究其原因也是产生于社会对于性别的曲解。

利娅被迫直面记忆里她已经丢弃的青春欲望。在她的内心世界里,她开始幻想与夏莎相遇的情形:

> 你想搂住的小蛮腰。她在阳光下真是尤物,介于小伙和姑娘之间的存在,让利娅想起了自己人生中还没被催着做出最后决定的时光。欲望从没有终点,欲望是不准确和不现实的。(《西北》41)

利娅年轻的时候不得不在她对女人的吸引力和对男人的吸引力之间做出选择,最终选择了结婚,不是满足她的个人欲望而是寻求外在的社会认可。

巴特勒认为人类的性取向本是多元的,异性恋是从人类繁衍的需求中进化、演绎而来的,人们思维所具有的固化性使异性恋越来越成为自然和理所应当,而忽略了人性本身的特质。史密斯用利娅的白人身份和同性恋倾向试图消解异性恋霸权中心。巴特勒用"表演性"概念来解释母性,强调文化的建构性,认为母性是在实践操演中形成的。巴特勒指出:"一旦维护母亲身份这一制度的欲望被尊为前父权社会与前文化时期的驱动力,那么这一制度便在女性永恒的身体结构中获得了合法性。"①妇女被理解为一个正常范畴,这个

---

① Judith Butler. *Bodies That Matter:On the Discursive Limits of "Sex"*, New York: Roudedge, 1993, p.11.

"对于妇女来说母亲的义务是必须的"①。利娅受到来自她丈夫和母亲波琳(Pauline)的持续的压力,扮演生育儿女的母亲角色是不容置疑的。她同样承受来自同事的压力。当她与同事一起工作的时候,利娅努力将自己的行为扮演得像"正常女人"一样。"强制性"异性恋规范的运作带有强力和暴力,利娅抵抗规范性异性恋的策略是相当直接的,拒绝做母亲这个身份。拒绝以生殖为性欲的目的或终极目的。她从内心深处极度不认可社会赋予她的母性角色。

对于利娅而言,生育的意义不是无意识的自然本能,她没有真实地创造新生命的冲动与希望。由于跨越种族的联姻,利娅对自身的归属忐忑不安,更无从谈及是为了延续种族生命在男权文化中以一种"他者"的身份承受生儿育女的职责。在与米歇尔独处的时候,她褪去社会赋予的角色,坚持自主选择的权利,她反驳米歇尔:"——你要我说什么? 世道就这样。——那我们还生什么孩子?"(《西北》25)米歇尔的愿望就是有个孩子,他认为这是正常生活中不可或缺的一部分。然而利娅却并无此意。她一边答应米歇尔的要求,一边偷服避孕药抵制母亲的身份。利娅发现怀孕后,终止了妊娠。利娅将变成一个母亲等同于成熟和确定,将母亲身份与时间的流逝和死亡联系在一起。正如之前所提及的,对于利娅,生孩子是面向死亡的一步。利娅甚至"没想过这没完没了、美妙绝伦的男欢女爱竟会通往一个必然的、明确的终点。她害怕那个终点。客观

---

① Judith Butler. *Bodies That Matter:On the Discursive Limits of "sex"*, New York: Roudedge, 1993, p.92.

点！害怕什么？它关乎死亡、时间和衰老"。(《西北》25)"正如人生命起源地和归去处既是被玷污的，令人厌恶的，但同时又是神圣的，它是有吸引力的但同时又是有拒斥力的，所有有利的东西不可能生活在一起。"①利娅内心深处的想法蓄意破坏着生殖力，她希望用静止的状态抵御不断变化的境况。她坚持认为身份始终如一，纵使经过时间的流变仍然无所变化，她不愿意承担为人母的身份。"每件新事物——如今似乎每天都有新事物——感觉都像是一种可怕的背叛。为什么大家不愿保持原状？她强迫自身静止，却阻止不了世事变幻。"(《西北》77)

　　具有史诗般宏阔驳杂的伦敦是文化、宗教、种族的多元共生的聚居地，但是在这多元共生的汇聚地中，如何构建白人本民族独特的民族标识以彰显英国性完成民族身份认同，其实一直是个难以言说的话题。在面对族裔、文化以及性别认同的困境时，身为白人的利娅承受着身份的追索与固守，她在选择身份立场和采取文化策略的过程中既有个体成长历史生成的内在逻辑，又与 21 世纪初期英国社会的时代语境息息相关。利娅拒绝为人母是因为她要保持原状，担心失去固有的身份，"我在自己心中是十八岁如果我什么也不做我站在原地什么也不会变我会永远都是十八岁。永远。时间会停滞。我永远不会死"(《西北》25)。利娅要保留的身份特征究竟是哪一个方面，读者并没有得到清楚的指示。"我是定义我的字典

① Rosi Braidotti. *Nomadic Subjects: Embodiment and Sexual Difference in Contemporary Feminist Theory*, New York: Columbia University Press, 1994, p.93.

的唯一作者。"(《西北》3)利娅的态度尽管充满了自嘲和玩笑,但是立足点是自我肯定和张扬,是对越界的社会性别的戏仿以及对主体性的解构。

我们通常认为性别以一种内在的本质运作,但是利娅对自己身份的坚持表明并不存在一个现有的性别本体和本质,利娅女性社会性别形成于社会持续的行为产生中,这些行为的产生受制于话语规则和实践,为人妻,为人母只是社会赋予女性的一种期待,也只是社会对于女性角色的设定和规范,而期待和规范本身所产生的期待结果和规制并不能代表女性本身的表征。虽然社会会约束女性行为,不断地把各种束缚强加于女性本身,但女性的性别和心理特质始终具有独特性和异质性以及极强的独立性。利娅的困境在于她极力保持现有的身份状态,但是,社会话语强加于她母性身份,利娅生理性别、社会性别和性欲之间的不匹配导致身份固守的失败。在整个现代语境下,利娅无法逃离本质主义关于母亲的定义,成为一个抽身世外的欲望"他者"。叙述者描述利娅堕胎的情景:"感到了羞愧。她谴责自己。当然,这不是她不存在的问题,当然,而是另一个'她'不存在的问题。这是当然的。对,我就是这意思,我就是这么想的,当然了。正常女人的想法。"(《西北》58)利娅对自己行为的谴责是一种努力规约为"正常女人的想法"(《西北》58)。那个"想象的人"可以被认定为朱迪斯·巴特勒定义的"正常的幽灵"。① 小说中反

① Judith Butler. *Bodies That Matter: On the Discursive Limits of "Sex"*, New York: Routledge, 1993, p.4.

复提及一个事实,每个人用同样的方式说和做同样的事情。女性的
"内在本质"实质上是在不断重复构成且服从于长期以来经过历代
演进的当下的社会的,女性本体很难甚至无法通过女性性别在社会
中的含义和话语权来确定自身地位。女性性别身份形成于持续多
变的操演行为中,而这种操演又必须是依赖于时间,地点流动性的
一种暂时的操演,具有瞬时性和临时性,因此女性身份即使形成也
具有不稳定性和流动性。然而,全球化给我们当前的多元世界中带
来了同一性。

　　"生理性别作为素材、生理性别作为文化意义的工具,这样的概
念本身就是一种话语建构,它是自然/文化的二元区分,以及这个区
分所支持的统治政策的一个自然化的基础。"①21 世纪的英国社会
依然通行父权制,对女性有着诸多的约束和标准规定,譬如女性必
须运用自己的生理功能,否则被认为是另类。因此,当今社会上并
不赞同女性独身更毋庸说同性恋,女性身份建构与解构是在 21 世
纪伦敦社会性别规范下进行的,利娅对其身份认同有艰难的抉择:
在选择暗自承受和公然展示同性恋倾向挑战社会规约的两者之间
进行激烈的争斗,承受着非常态性的身份建构所面临的心理困境。
利娅表面向社会规范妥协与异性结婚,但实则偷偷避孕,拒绝生养
孩子,坚毅地为自身争取女性的社会地位。结婚但拒绝受孕在当时
的社会现实下被视作一种罪恶之行,是一种变相的抵抗,这种行为
也未产生心理预期的效果,其现实性的效果则是接受社会所赋予的

----

① 　朱迪斯·巴特勒:《性别麻烦:女性主义与身份的颠覆》,宋素凤译,上海:上海
　　三联书店,2009 年,第 51 页。

价值观,并接受社会价值观的规诫。社会上普遍存在的男女性别划
分以及由此带来的身体束缚是压在利娅身上的沉重负担,作家通过
白人女性利娅的亲身遭遇谴责了古板的性别气质和性别二元建构,
传达了蕴含其中的性别气质多样性信息,这种经由性取向发展而成
的性向政治解构了非此即彼的二元建构态度,成为有力的身份建构
和多样性的话语表达。

第三节　操演与扮装中的身份表达

史密斯在《西北》中提供了一个文化多元的世界,在这里小说人
物的身份建构过程是复杂的、流动的,其中突出显示了利娅和娜塔
莉两位女性两种不同的身份主体的建构方式。巴特勒的"扮装"理
论适用于不同语境的不同人的身份特征阐释。"扮装"展示出身份
颠覆的可能性,解析了小说中两位女主人公之一的娜塔莉建构当代
身份中的表演性。

娜塔莉骨子里与利娅同属有主见的女性,却最终背叛与利娅的
约定,完成了生育的任务,其原因既是社会规训的原因,也是身份建
构的多元需求。"娜塔莉·布莱克和利娅·汉威尔认为别人都希望
她们生孩子。亲戚,街上的陌生人,电视里的人,所有人。事实上,
这个阴谋比汉威尔想象得更深。布莱克是双重间谍。她从没打算
辜负别人的期待而沦为笑柄。对她而言,只是时间问题罢了。"(西
北 286)娜塔莉原名盖莎,起初和利娅一样都坚持不要孩子,可是后
来她随遇而安改变了主意,她要顺从权利话语赋予女性成为母亲的

合理身份。娜塔莉不想成为主流话语中的另类，她要成为霸权话语中合理的分子。娜塔莉在塑造自己的身份时，不断进行着"社会表演"。然而

> 社会性别表演在下列意义上是强迫性的，即一旦偏离社会性别规范，就会导致社会的排斥、惩罚和暴力，更不必说由这些禁忌所产生的越轨的快感（transgressive pleasures），它会带来更严重的惩戒。这一表演带来紧迫性和强迫性，这一点由相应的社会惩戒反映出来。为了建构异性恋的身份，异性恋要求一种社会性别的连续性表演。①

娜塔莉参照社会规约在生理性别范畴内扮演被附着在女性身上的社会性别，刻意保持特定的性欲。

> 生理性别被当作一种"直观的既定事实"，"可感知的既定事实"，"身体的特征"，属于自然的秩序。然而，我们认为是有形的和直接的感知之物，其实只是一种复杂的、神话的建构，一种"想象的结构"。②

这些规范支配了娜塔莉在性别域限内的身体，她育有两子，完成了

---

① 李银河：《酷儿理论面面观》，载《国外社会科学》2002 年第 2 期，第 23—29 页，第 25 页。
② 朱迪斯·巴特勒：《性别麻烦：女性主义与身份的颠覆》，宋素凤译，上海：上海三联书店，2009 年，第 149 页。

外界赋予女性的任务,为了坚持自己的事业,她把孩子和家务托付给保姆照管。娜塔莉的父母都是牙买加移民。然而她与加勒比文化有着天然的疏离感,并未因为父母的原因而形成天然的纽带,故此,父母的遗产对凯莎·布莱克没有任何意义。在夏莎的眼中她就是"椰子人"(《西北》11),这是对娜塔莉的蔑称,说的是她虽然是皮肤是黑色的,但内心已经和白人的想法一样了。

作为一个女孩,凯莎梦想着自由,其实这是一种无根性所引发的对自由的渴望。这种潜在的自由思想征服了她,凯莎成为吸收同化的牺牲品。作为一个十几岁的孩子,她已经意识到自身存在的不一致性和矛盾性,她认为自己是一个伪造物。在小说的第30部分《剩余价值,精神分裂,青春期》一节中,作家描写了凯莎和莱拉是好朋友,她们之间尽管没有像凯莎和利娅那么亲密无间,但也如同姐妹手足。凯莎和莱拉在房间里唱歌。"房间那头挂着一面镜子。两个年轻能干的姐妹,她们的辫子仍是母亲编的,坐在临时舞台的边上……那是你。那是她。她是真实的。你是虚假的。视线凑近。视线移开。她始终如一。你却一路编造。她肯定不会知道。"(《西北》197)凯莎认为她的朋友莱拉(Layla)在镜子中是真实的,但是她认为她自己只是一个伪造物。(《西北》197)这种镜像识别将加深盖莎的内部的分裂进一步加深凝结成"伪造物",这就是拉康所说的镜子阶段,其实就是凯莎自我初始建构的经历。在娜塔莉的眼里,这个自我的形成的本质是"主体在认定一个影像之后自身所起的变化"[1],这就

---

[1] 张一兵:《从自恋到畸镜之恋——拉康镜像理论解读》,载《天津社会科学》2004年第6期,第12—18页,转74页,第13页。

是所谓的意象关系。"镜像阶段的功能是意象功能的一个特例。这个功能在于建立机体与它的实在之间的关系，或者说，建立内在世界与外在世界之间的关系。"[1]为了达成目的，娜塔莉并未奋力挣脱外界评判的枷锁，在社会和家庭两个场所中她不停切换角色和心境，娜塔莉逐渐偏离的内心看似是在救赎实质上是在迷失。现实中的娜塔莉通过被感知的关系网络，通过表演性操作，将自己的身体刻印出一种社会系统的标记，获得了社会正面的评价。

娜塔莉试图去亲近主流文化，并尝试获得新的身份。她身为伦敦西北区威尔斯登牙买加移民的后裔，一心想要摆脱牙买加移民这一身份烙印，但是她身份的双重性——原始身份与现有身份——的并存，直接导致身份与文化认同的挪移与矛盾。上大学的时候，盖莎看起来仿佛进入了另一个象征性的王国，她改名为娜塔莉，经历了一场深刻的"发现"（《西北》220）过程。这个自我发现的过程受她的职业和阶级追求所驱动，她需要在大学里寻求接受，在这里她能行使自己作为娜塔莉这个新身份主体的权利。尽管娜塔莉不断努力，叙述者暗示这种自我发现的过程不会有结果。利娅和娜塔莉在不同的大学就读，利娅拜访了娜塔莉。当利娅离开的时候，娜塔莉与她彼此挨着，靠在座位上。利娅说道："见到你真好，你是唯一能让我做回自己的人。"（《西北》219）这句话让娜塔莉哭了起来，倒不是因为感动，而是出于害怕："倘若互换位置，布莱克女士无法对利娅说出这句话，因为她没有自我，无论是和利娅在一起，还是别

---

[1]　雅克·拉康:《拉康选集》,褚孝泉译,上海:上海三联书店,2001年,第92页。

人。"(《西北》219)

　　娜塔莉结婚生子,积极迎合社会普遍认同的性别观念,压抑作为盖莎的本我,表达出和演绎出跻身上层社会重新塑造自我身份的欲望,创造了一个内在的、一致性的社会性别内核的表象,这个表象由主流社会的性别区分的话语体系所维系,最终迫使自己把性欲管控在以繁衍后代为中心的规范性别的社会规约框架之内。娜塔莉的身份主体是由于政治、父权和新殖民话语的影响,这些使她有意遮掩了工人阶级妇女的出身,迫使她同化于新的社会环境所认同的普遍的和标准的行为规范中。因此,娜塔莉模仿成想要成为的性别样态,努力抹去盖莎的出身完成对新身份的建构,这是通过"扮装"(drag)获得的表演性结果。

　　扮装采取的形式其实反映了已经存在的框架内不是固定不变的,有反抗的可能性。"扮装"学说也为我们在小说中解析人物主体建构及身份问题提供了理论依据。扮装可以用来阐明性别身份的不稳定性和建构性,这一文化现象有效地模仿了性别的表现模式,颠覆了心理空间中的内在和外在的区分。"扮装的性别身份建构是一种戏仿的身份政治,是女性主义去自然化性别的政治策略。性别戏仿的概念建立在性别身份都是模仿而不是本质的信念上,展示了性别身份的虚构性。"①娜塔莉的身份表达是操演性的,这种操演性的身份表达正是由上述属性来搭建而成的。在《西北》中,扮装延伸

---

① 赵娜:《后现代主体理论转向中的朱迪斯·巴特勒性别操演理论再审视》,载《安徽师范大学学报》(人文社会科学版)2017 年第 4 期,第 522—528 页,第 527 页。

到不仅是性别的范围。《主人》中的第 169 部分,标题是"行头"(in drag)列举了娜塔莉的扮装:

> 169
>
> 女儿的行头。妹妹的行头。母亲的行头。妻子的行头。法庭的行头。富人的行头。穷人的行头。英国行头。牙买加行头。每身都需要不同的衣橱。可说到这些不同的立场,她也弄不清哪种是最真实的,或者说哪种是最不虚假的。(《西北》297)

这个"行头"的比喻用在这里不仅是性欲,还是娜塔莉在阶级、民族性和个人与公众划分方面的伪装。"一个人的身份在某种程度上是由社会群体或一个归属或希望归属的那个群体的陈规所构成,一个人可以归属不止一个群体。"①巴特勒解释了"衣橱"的所指,"我们可以从一人的身穿的服饰中了解这些知识,或者怎样着装。这是一种自然的知识,尽管它基于一系列文化推理;它们中的一些是高度错误的"。② 这里,原始的性别和其他的与各种"不同的差异轴"连在一起的原始身份都是拙劣的模仿,转而提供了不可能。娜塔莉的身份从来就是在某个时间特定时刻的某个姿态的组合。正是因为

---

① D. 佛克马、E. 蚁布思:《文学研究与文化参与》,俞国强译,北京:北京大学出版社,1997 年,第 120 页。

② Judith Butler. *Gender Trouble: Feminism and the Subversion of Identity*, New York and London: Routledge, 1999, p.xxii.

作者赋予了"服饰"如此多重的内涵,因此也就造就了"衣饰"这一因素在娜塔莉身上明显的作用:对于内在和外在心灵空间的区分,"服饰"意象的引入颠覆了基于性别论展开的表达模式和社会对她自身的真实性别身份的认知。

史密斯在小说《白牙》的结尾精心描绘了"想象中的家乡":"这里一切属于过去。没有虚构、没有讹传、没有谎言、没有乱成一团的网。"(《白牙》296)时隔 15 年,与《白牙》中所阐发的"想象中的家乡"完全不同的是,在《西北》中史密斯对这一问题有了全新的阐释。娜塔莉事业有成,家庭儿女双全,看似跻身上流社会的娜塔莉实则常常心神不宁,在生活中也处处碰壁。她的虚荣心驱使她在加勒比名盖莎和英文名娜塔莉之间来回切换,演绎着人前和人后的双重生活样态。但是,娜塔莉的理性并非与现实社会完全兼容,她的自我形象不断被异化以至于在自身建构过程中不断进行着自我解构。这种解构方式突出地表现为理性的自我分裂。娜塔莉在不同身份扮装下分裂为"我,我,我"("Me, myself and I",宾格"我",所属格"我"和主格"我")(《西北》297)。

史密斯在小说结尾表明了娜塔莉最大的"扮装"是本源形态的自我,保持原始的身份不改变是不可能的。娜塔莉作为盖莎的身份作为一个下意识的自我不时浮现出来。娜塔莉保留了她原本的自我和威尔斯登工人阶级的环境中的位置。小说展示了娜塔莉在自我压抑后心理失衡,直至最终走向性本能的压抑与超我的性爱交错冲突的分裂过程。原生态自我盖莎的存在面临着外在不安环境的威胁,造成了娜塔莉理性的偏失与突围的渴望。娜塔莉尝试了网上的性交活动。在虚拟世界里，她的身份是"Keisha NW"（西北区的盖莎），她使用这个名字与性伙伴交流沟通。互联网给娜塔莉提供了保持盖莎活着的可能性，在互联网的虚拟空间里压抑的盖莎浮现出来，娜塔莉可以无所顾忌地显示出对身体的极端关注与欲望的追求。尽管娜塔莉找到了在现实生存环境与虚拟空间里来回切换身份的方式，允许她既是娜塔莉又是盖莎，既是高高在上的律师又是贫穷人家的孩子，这样的并存状态揭示作家投射于此的情绪记忆和精神寄寓，揭示了娜塔莉一直以来没有自我的事实。娜塔莉经常觉得自己没有个性。展现在别人面前的是经过伪装的自己，一切仿佛在演戏，这种异化的感觉让她失去了安全感。娜塔莉努力不停地工作为了让自己感到安全和身份的稳定。当她的丈夫弗兰克发现她作为"Keisha NW"的婚外性行为时，严厉质问她所发生的一切是不是真实的。其实对于娜塔莉而言，从身份的构成而言，盖莎和娜塔莉都是虚构的。在小说的结尾作家叙述道："她没有名字，没有经历，没有特征。它们都朦胧起来。"（《西北》320）。娜塔莉缺失的自我导致对经验的评估呈现出怀疑，她坦承"早就该离开这里了。有时候我不明白自己。谁束缚了我？没有谁"（《西北》324）。娜塔莉的扮装不是颠覆性的，而是掩饰的结果，主体性的建构与重塑变革着娜塔莉的生存方式。她与老同学内森相遇之后，由于强烈的自卫本能，自我保存，她坚持娜塔莉的身份而没有退回到盖莎的原生形态，经过人性的内涵的衍化，她很清楚地认为，在这种适者生存的社会环境中，娜塔莉的身份是她唯一的出路。

　　"如果性别属性和行动是操演性质的，那么就不存在一个先在的身份,可以作为一项行动或属性的衡量依据;将不会有什么明确的或错误的、真实的或扭曲的性别行为,而真实性别身份的假定将证明只是一种管控性的虚构。"①娜塔莉在种族、阶级和社会流动性等问题的处理中进行着不同身份的操演,最终表现出社会归属感的危机。娜塔莉在家乡伦敦西北部,她的本名叫盖莎(Keisha),她凭借自己的奋斗从最初的低下阶层跻身成为一名成功的女律师。她意识到自己的社会出身使她在上层社会上格格不入,她想抹去她在考德威尔长大的经历,从黑人和工薪阶层的经历中抽离出来。然而,娜塔莉并没有得到社会真正的接纳。婚姻中的平淡乏味,情感的孤独,本真的自我被迫被一层层地剥离。多种情绪的交织引发了一场身份危机和社会归属感的丧失,她宣泄的出口便是在网络空间率真地发布电子邮件地址"KeishaNW@gmail.com"。无意中她的行为被丈夫弗兰克发现了,丈夫翻看了电脑显示屏上的邮件往来,愤怒地指责她的双重生活:"你是谁? 楼下有你的两个孩子。你他妈的也是个成年人了。你是谁? 这是真的? 谁是他妈的'野性温布利'? 你电脑上是些什么?"(《西北》316)由于在现实生活中的长期压抑,娜塔莉塑造了一个偶尔与其他来自伦敦的黑人男性一起发生性关系的角色,重温她孩提和青少年时期熟悉的社区生活,她的不满足感和内心归属的冲突通过性交往的方式得以宣泄缓解,这是本我的自我放逐,虚拟空间的放纵是摆脱现实困境的抵偿方式,使得

---

① 朱迪斯·巴特勒:《性别麻烦:女性主义与身份的颠覆》,宋素凤译,上海:上海三联书店,2009 年,第 185 页。

性行为在 21 世纪种族意识依然盛行的伦敦呈现出强烈的个体性特征和精神慰藉内涵。

"主人"一章中 184 号，娜塔莉被丈夫责问训斥，愤怒的娜塔莉离家出走，她漫无目的地游荡在伦敦街头。这段非常的漫游隐喻了英国第二代移民寻找家园与社会归属感的困境。家的概念是明确，但对于移民而言则是模糊朦胧的：

> 家在哪里？一方面，"家"是在流散想象中充满愿望的一个神秘的地方。从这个意义上说，即使有可能访问这个地理国土，这个被看作一个"原始"的地方，它也是一个无法返回的地方，另一方面，家也是生活的体验的一个地方。它的声音和气味……所有这些，都是由每天特定的历史事件所调和的社会关系。换句话说，各种各样的痛苦和快乐的经历，恐怖或内容，或日常生活文化的高潮和单调。①

对于娜塔莉来说，她的出生地不是"原始"的非洲，也不是父母的祖籍国加勒比地区的牙买加，而是英国伦敦。娜塔莉流散的本真状态表明，在多元共生的移民文化语境下，因其自身独特的文化背景，她根本不可能像上一代人那样拒绝同化保持文化独立，成为与英国社会隔绝的异乡人，但也无法真正地融入英国社会，成为与之兼容的

---

① Avtar Brah. *Cartographies of Diaspora: Contesting Identities*, London: Routledge, 1996, p.192.

英国人。如果说娜塔莉后来经历的社会异化因社会地位的改变而加剧，那么她的社会地位是她所受教育和律师职业的结果，她所受的教育和所从事的职业意味着她经历的"家"注定混杂着痛苦与快乐、恐惧与满足。她遭遇的身份认同危机迫使她直接体验大都市的景象、声音和气味，她只有建构起多维度的身份认同，设法缔造一种独特的、混杂的自我空间，才能创造出一个属于自己的家园，并借此安放自己飘忽不定的心灵。

　　在这个认同趋同的社会里，自然话语的建构很难得到承认。酷儿理论具有极强的颠覆性，它往往会改组人们的思维轨道，改造人们思考问题的方式，复盘人们的认知。巴特勒的观点表示，这种由社会规范所操演的结果创造了一种具有先在性和稳定性的性别本体，这种性别本体不是与生俱来的。娜塔莉表演性的身份建构暗示那些寻找身份颠覆的人应该尽可能发出他们的声音，解析娜塔莉身份重塑中的"扮装"是具有启示意义的，这种"装扮"重塑的力量可以使人们深化对于多元社会中个人主体的形成和权力模式形成的理解。

第四节　向死而生的身份反思

　　无论是在异乡漂泊无依的少数族裔作家，还是在故乡安闲舒适生活的本土作家，对伦敦都有着深厚的情感。伦敦是史密斯文学作品创作的源泉，史密斯与英国作家同僚们的创作之间有着精神传承和内在联系，比如，他们的创作都持续关注伦敦的城市景观，创作风格也存在着许多相似之处,还有一点很突出,那就是作品中呈现出死亡气息的表述。死亡在英国作家的叙事文本中反复出现,形成了一种程式化的叙事模式,这种模式被纳入英国文学传统。死亡的主题具有深刻而多样的内涵,揭示了生命的本质,揭示了哲学的含义。虽然史密斯的死亡隐喻是内在的,但它一直是英国文学中死亡叙事存在和影响的重要环节。史密斯死亡隐喻的形成,既是英国死亡叙事传统影响的结果,也是该传统动态生成的原因,两者之间存在一定的互文性。死亡的主题在文学中表现出来,不同的人物面对死亡的行为和心理过程不同,根据作者主观性的不同,呈现出不同的死亡作品。在作家伍尔夫的作品中,死亡是生命的一种表现形式,它本身就是生命的一种黑暗、神秘和连续的表现形式。同伍尔夫一样,史密斯的作品中也有很多关于死亡的描写。史密斯对于时间和死亡的思考,以一种悲悯的方式叩问关乎人的"身份"问题、对人的生存问题的感悟。其力透纸背的文字叙事功力导引出其死亡书写的启示与内涵,反映了后现代伦敦社会中处于不利地位或处于边缘地位的群体难以为继的生存现状,以及对个人身份和社会归属感的追寻。

《西北》中对死亡和记忆的关注,与移民身份和社区的主题有关。保罗·贾尔斯(Paul Giles)详细介绍了史密斯对大卫·福斯特·华莱士小说的评价,他写道:

> 扎迪·史密斯将其描述为华莱士那一代作家的特点,他们将企业形象、媒体见多识广的表面世界与对意外、灾难和死亡的潜在焦虑相结合,正是这种知根知底和不安全

感的融合,激发了华莱士的小说创作。①

　　这种矛盾的焦点集中在充满表象的生活表面和潜藏危机的生活背后。意外的死亡渗透到华莱士的作品中,华莱士作品是史密斯最重要的参照作品之一,华莱士是后现代主义的前身,也是史密斯早期的现代主义模型,史密斯小说《西北》中也充满了意外死亡的例子,她笔下的人物角色要面对自己的死亡。

　　史密斯两位主人公有着不同的种族身份,最初的相识是通过一次濒死事件实现的。在户外泳池孩子的戏耍中,凯莎·布莱克挽救了利娅的生命:

　　　　曾经出过一桩事。要说这桩事需要用过去完成时。凯莎·布莱克和利娅·汉威尔,这桩事的主角,当时还是四岁大的孩子。户外的水池里——其实是公园里一个浅浅的四方水塘,最深处就是一英尺——满是孩子,"水溅得到处都是,都玩疯了"。当时没有救生员,父母们只好尽量多留个心眼。"他们在山上有个警卫,在汉普斯特德,给他们的。我们就没有。"这是个有趣的细节。凯莎——如今十岁了,对成人间剑拔弩张的气氛颇为好奇——想弄明白这句话是什么意思。"别看了,抬脚。"她母亲说。她们坐在基尔伯恩大道一家鞋店的长凳上试鞋,一双暗棕色的、

---

① Paul Giles. "Sentimental Posthumanism: David Foster Wallace," *Twentieth Century Literature* 53(3), 2007, pp.327-344, p.339.

有 T 字形搭扣带的鞋,从它身上怎么也看不出排除世事纷
扰而必存于世的快乐。"谢丽尔在角落里撒野我得管,杰
登在我怀里大哭我得管,还要找你在哪儿,样样都得管……"
事情就发生在省略号里:一个孩子差点溺水。不过事情的
重要性并不在此。"你手里抓着红辫子浮上来了。你把她
拽上来了。你是唯一注意到她遇上麻烦的人。"事后,孩子
的母亲——一个爱尔兰女人,感谢了玛利娅·布莱克好多
次,致谢这件事本身就很了不得。"我知道波林是只能瞧
瞧可说不上话的人。她那时有点儿傲慢。"凯莎不能反驳,
也不能证实这个说法——她一点也不记得这桩事了。
(《西北》181)

史密斯将读者的注意力吸引到省略号和动词时态等的修辞上,在这
里不涉及凯莎的直接记忆,而是通过她母亲的叙述为她重现了生命
中一个重要的时刻,这种叙述的方式反映了在伦敦迁徙社区内一直
存在的社会分隔。"一个人住在哪里——尤其是他生长的地方——
对其生活机会发挥着深远的影响。拥有相似家庭背景和个人特征
相同的个体将会因其居住地而导致非常不同的生活和不同的获得
经济社会成功的比率。"[1]利娅的母亲认为居住环境会影响孩子的
成长和生活机会。同时,她认为隔离的社区有着自身的社会逻辑,

---

[1] Douglas Massey and Nancy Denton. "Segregation and the Making of the Un-
derclass," in Jan Lin & Christopher Mele (Eds.), *The Urban Sociology
Reader* (2nd ed.), London: Routledge, 2005, pp.192–201, p.197.

白人居住的社区与黑人的聚居区相互的疏离"能够维持有效的社会控制并意识到共同目标的程度"①。

史密斯的叙事策略折射了她对生命的哲学思考。人的生命是有限的,人向前的每一个脚步都是朝着死亡归宿迈进,依次出现的片段、瞬间中经常有死亡的威胁,这就是人类无法更改的"向死存在"的生命哲学。凯莎凭着直觉救了利娅的性命,她出自本能的做法体现了跨越种族和民族分歧的善举。事实上,凯莎的行为至少暂时打破了非洲移民社区和爱尔兰移民社区之间的猜忌与怀疑。尽管根深蒂固的种族偏见可能使他们彼此成为陌生人,但是利娅和娜塔丽以隐喻的形式表明不同的移民群体是可以走到一起的。

史密斯在持久的种族差异的观察中让这两个人物通过记忆和死亡建立联系,注定为不同都市迁移经历之间建立一座沟通的桥梁。事实上,尽管爱尔兰和非洲移民都是战后英国社会受歧视的对象,然而受这种"种族常识"的影响,利娅的母亲波林是爱尔兰人,不愿与凯莎的母亲非洲人玛西亚接触。"对黑人和白人的文化的绝对观点,正如固定的,相互渗透到无处不在的种族和国家身份的表达上,是种族'常识'中无处不在的主题,但是它不安全。"②此观点加剧了不同肤色间人群疏远失和的关系。然而,上述引文中隐含的种族偏见其实并不能称之为纯粹意义上的种族偏见,因为波林和利娅

---

① 艾伦·哈丁、泰尔佳·布劳克兰德:《城市理论——对 21 世纪权力、城市和城市主义的批判性介绍》,王岩译,北京:社会科学文献出版社,2016 年,第 150 页。

② Paul Gilroy. *There Ain't No Black in the Union Jack: The Cultural Politics of Race and Nation*, London:Routledge. 1987, p.161.

的种族不是简单的白色,利娅的"红色的辫子"暴露了她的爱尔兰血统,有别于纯粹的白人血统。利娅和凯莎之间的不断发展的关系为不同肤色人种的交流提供了范例。从这个意义上说,小说中的伦敦不是当代的非政治化和审美化的伦敦版本,史密斯的小说把后殖民时代的伦敦描绘成一个需要继续拷问种族偏见和少数族裔生存的场所,但仍然存在隔离与差异的现实空间。

　　伦敦的隔离是由社会阶级造成的,隔离可以指族群、种族隔离,也可以指社会隔离,"可以说学者们出于对城市进行比较研究的兴趣,根据占有的数据资料或者是想要阐述的政策领域,他们可能想要把不同的隔离形式区分开来,但是实际上,在城市中各种形式的隔离是无法被分开的"。① 不管何种形式的隔离都不是自发的,种族、性别和性影响着人们选择居所的机会与可能性。伦敦作为多种族混居的大城市最大限度地反映了社会分层,富有的白人居住在有很高社会声望的住宅区里,而有色人种住在地理位置欠佳,不受欢迎的地方。

　　《西北》从后殖民的种族和阶级问题转向利娅和娜塔莉重新建立的不同族裔间社会交流的散居身份问题。小说中对菲利克斯这个人物形象着墨不多,他游荡于街头,在街头他与格蕾丝美丽邂逅,也在街头招致灾祸丧命。社会新旧秩序的摩擦和人物空间位移的变化导致了他命运的悲剧性。菲利克斯的死是具有戏剧性的,他的

---

① 艾伦·哈丁、泰尔佳·布劳克兰德:《城市理论——对 21 世纪权力、城市和城市主义的批判性介绍》,王岩译,北京:社会科学文献出版社,2016 年,第 124 页。

死源于一场公交车座位之争,争论即是对于"肤色"划分认知的不同而导致的,是黑人与白人之间的种族纷争。这场座位之争的起因和结果均颇具象征意义,因此,这场争夺其实恰好折射出不同族群、不同阶级的人们恪守"伦理秩序"的既定思维模式,同时尽管英国移民尽力使自己融入社会甚至反客为主,但始终存在两股无力克服的互相向背的阻力(这两股阻力分别来自种族外部和种族内部),将他们和既定的目的状态越拉越远。这是英国式的"种族专制主义"思想的外化。小说情节中菲利克斯被他的黑人同胞杀害这一情节具有两重含义:一方面是融合,另一方面则是带来了隔阂。这种隔阂甚至蔓延到种族内部,导致了黑人对黑人的暴力行为。菲利克斯的死是个体存在对生命无常的强有力表达,对人的心灵造成了震撼。

娜塔莉在和利娅聚会闲谈时说到昨晚临近街区发生了凶杀案。娜塔莉凭着律师的直觉判定杀人犯是博格尔并告发了他。在史密斯的小说中菲利克斯·库珀就像伍尔夫笔下的塞普蒂默斯,利娅仿佛是一个电影制作人,在伦敦创作了生活的视觉序列,当她穿过索霍区时,她的脑海里萦绕着菲利克斯,菲利克斯也透过利娅质疑娜塔莉对英国阶级制度的看法。在小说的结尾,利娅透露出对异性恋和社会限制阶级界限的不满。在《西北》的最后一节,利娅用自己的生命回应道:

> "我只是不明白我为什么过这样的一生。"她轻声说。
>
> "什么?"
>
> "你,我,我们所有人。为什么是那个姑娘,不是我们。

为什么是艾伯特路上的那个可怜虫。我不明白。"

　　娜塔莉皱起眉头,胳膊叉在胸前。她本以为是更复杂的问题。

　　"因为我们工作得更卖力,"她说着将脑袋枕在长凳后部,凝望开阔的天空,"我们更聪明,我们知道自己不想去别人的门上乞讨。我们想挣脱。像博格尔这样的人——他们挣脱的意念不够强。"(《西北》354—355)

利娅在思考为什么自己可以幸免于这些非命和不幸的遭遇,而小说中的边缘人物多被抛入命运的漩涡之中,像"那个女孩"夏尔和"可怜的混蛋"菲利克斯·库珀这样的角色不是被毒品所吸引,就是被谋杀,种族歧视这一社会制度导致了他们的受害。利娅通过社会和空间的界限联系,去了解生活中给她的同伴带来好运或不幸的伦敦人。

　　关于菲利克斯被谋杀一事,娜塔莉说,"我想我知道艾伯特路上发生了什么"(《西北》355),决意弄清有关菲利克斯和内森的事情。在娜塔莉和利娅亲密的配合下,一个个生活碎片连缀起来,还原了菲利克斯被谋杀的因果缘由。菲利克斯的死是可怕的,给他自己和他的亲人带来了痛苦和毁灭。娜塔莉和利娅经历了对生死的思考和焦虑,获得了由死亡带来的顿悟。利娅和娜塔丽在长时间的疏远后重新点燃了友谊的火花,这一刻,她们非常重视人与人之间的交流。与此形成对比的是,菲利克斯被刺杀并非出于种族优越性的动机,而是由于种族隔离出现了黑人主导性价值观的缺失和社会秩序的混乱,从而引发了因存在价值受到威胁而导致的社会焦虑和互相猜忌,这种猜忌与隔膜遍存于黑人族群内部,并日益演变为一种伦理道德的冲突。

《西北》中以生命的脆弱和短暂表达对殖民隔离制度的哀伤与悲叹。史密斯在小说的结尾让菲利克斯的谋杀案悬而未决,迫使读者把有限的情节和线索拼凑起来自己寻找答案,从而引发读者的现实思考。小说结尾以痛苦、毁灭和震惊表达对生命短暂的顿悟,对沟通交流的人际关系的倡导,期盼与呼吁理想和谐的种族关系。

这一章的文字表述运用酷儿理论从生物学性别的角度切入,将批判异性恋霸权运用到反对男女性别分配以及由此产生的身体束缚的抗争中,进而要求打破身份标签的束缚,实现真正的自由,由此探索多元社会英国文学中存在的身份问题。同性恋是一种自古就存在的事实,在不同的社会语境下会对其有不同的解读,而在纵向层面,它越来越成为一种不争且明显的文化表征。同性之恋在漫长的历史进程和人类文明的不断演进中也时时呈现出新的表征意象和态势。长期以来一直存在的是异性恋霸权体系,各种话语体系助长了英国社会普遍趋同的看法,作家将构成各种不同的社会身份和观念中的文化和政治元素叠加在二元论中所隐含的性别问题之上,揭示了现代社会中,不同肤色人的身份表象下潜在的心理危机,质疑和挑战边缘与中心的对抗。身体的生理性别原本是一种事实性的存在,没有任何先于意义的存在,但是在社会普遍认同的异性恋被明确标记为铭刻社会性别意义的一个想当然的基地或表面时,女性想当然成为男性欲望的投射对象。史密斯的性别理念质疑异性恋这种传统的恋爱模式,作者想要颠覆这种模式并且支持与之对立的二元结构模式,所以对刻板性别气质和性别二元建构进行了解构和分析,主张接纳性别气质的多样性和多元对立来避免单一,在当代英国社会,单一的阶级主体已经演变为多元的身份主体,史密斯关于主体身份多元化和转变社会认同观的思想,对于探讨身份政治的运作机理,坚持用包容精神来平衡外来移民族群带来的文化多元性和国家认同的统一性问题具有一定的借鉴意义。

第五章

伦敦城市飞地的分群形态

柏拉图《理想国》的第四卷中,在苏格拉底的指引下格劳孔和阿德曼图斯建立了属于自己的城邦,自此以后,关注城市,理解城市以及表达城市的著作越来越复杂、越来越细致,成果累累,直至现在。从城市区域空间组织与内部结构的特征及其演变规律来看,城市这一现象极其复杂。如果从社会学的角度界定城市就必须意识到,对城市的认知层面和观测点是多维的、立体的。"城市由占领了某一区域的群体构成,而该群体发展出若干技术设置、机构、行政机器和组织,从而将自己与其他群体群分开了。"[1]在这些由机构、建筑和人群聚集而成的聚集区中,社会学家发现了一种心智感应。"城市是一套有关共同习惯、情感与传统的实践;这些习惯、情感和传统在若干代人的生活中生发出来,成为一个文化单位的典型特征。"[2]在城市这个更大的空间中,不同的居民群体,或占据不同的区域或被隔离在特定的地区,在城市发展及其持续筛选与分化的过程中形成

---

[1] 罗伯特·E.帕克、欧内斯特·W.伯吉斯:《城市——有关城市环境中人类行为研究的建议》,杭苏红译,北京:商务印书馆,2016年,第192页。

[2] 罗伯特·E.帕克、欧内斯特·W.伯吉斯:《城市——有关城市环境中人类行为研究的建议》,杭苏红译,北京:商务印书馆,2016年,第192页。

了众多的分群形态。不同的区域形成各自独特的气质并培养着自己独特的居民,具有独特的利益与特点的居民群体和文化群体构成了城市聚落这个更大共同体中的一员,是城市社会生活构成的不同面向。

2003 年,英国孟加拉裔女作家莫妮卡·阿里发表的处女作《砖巷》是一部深刻的移民文学作品,小说中体现了对英国孟加拉移民生存问题的关切,引起了社会的广泛好评。小说将主要场景浓缩在伦敦的砖巷,讲述了查努、纳兹奈恩一家在伦敦的生活。查努在达卡大学学习英国文学,随着一波迁徙潮,在 20 世纪 50 年代带着文凭经由合法渠道来到伦敦。查努移居英国是为了实现自己远大的生活抱负,却始终被英国主流社会所排斥居住在砖巷,勉强维持生活,最终逃离英国返回孟加拉。小说的女主人公纳兹奈恩原本住在孟加拉农村过着保守、传统的生活,19 岁时,在父亲的安排下,嫁给了大她 22 岁的查努,婚后移居伦敦砖巷。没文化、不会讲英语的纳兹奈恩度过了艰难的适应期,敏锐地观察英国社会,逐渐觉醒,最终以独立的个体身份融入西方社会,带着两个女儿永久地生活在伦敦。

《砖巷》专注于 1985 年到 2002 年这十七年间发生在砖巷的故事,记录了生活在"砖巷"中的人们的变化。小说依据纳兹奈恩的观测视角描写了两个迥然不同的社会空间:一个是高楼林立、华丽现代的白人世界伦敦市区,另一个是肮脏混乱的孟加拉移民的聚居地砖巷。英国社会不同种族和民族之间的政治、经济和文化的冲突与碰撞都在这两个截然不同的世界中得到了如实展现。小说遵循纳兹奈恩的脚步,使读者能够看到随着时间和文化的变化,孟加拉国移民在"砖巷"中的变化。对于社会学家而言,匆匆行走的城市中人是现代人最基本的生命样态,身处伦敦的孟加拉移民的生命叙事并不是开启城市空间的社会学钥匙。这一章从社会学的角度关注伦敦城市中由迁徙飘零的孟加拉人个体结成的社区共同纽带和在城市中生存下去的共同记忆,探讨伦敦砖巷何以成为孟加拉移民共同体。

第一节 何以落脚砖巷?

孟加拉国是南亚国家,位于孟加拉湾之北。孟加拉国属于亚热带季风气候,雨季极易泛滥,常出现热带飓风。孟加拉国人口密度大,是世界上最不发达的国家之一,农村地区更为贫穷。孟加拉国东北地区的锡尔赫特(Sylhet)不但偏远、贫穷,而且完全只有农业。生活艰困与饥荒等问题,逼得乡下居民不得不背井离乡。对于数百万被捆绑在乡土上的农民而言,迁移作为一种空间实践是他们积累财富的重要途径。在早期前往伦敦的孟加拉移民中有很多是冒着生命的危险非法入境的。"他们大多都跳过船。他们就是这么来的。他们在船上打杂,像牛马一样累死累活。要么像小耗子一样藏在隐蔽处偷渡过来。"①城市诱人的就业机会,吸引着世界上贫困农

---

① 莫妮卡·阿里:《砖巷》,蒲隆译,北京:人民文学出版社,2005年,第20页。以下以夹注形式标示文本出处。

村地区的人口义无反顾地向城市挪移。同样,在文化人眼中,城市的魅力不可阻挡。孟加拉国作为曾经的英属殖民地,依旧会受到殖民思想的影响,推崇英国的现代性和权力意识,即使在后殖民主义时期孟加拉国已然是独立的国家了。"帝国是要通过军事冲突、通过空前的民族迁徙和对财富的探求等强力而得以形成的。但同时也不可忘记,西班牙、葡萄牙以及稍后形成的荷兰、英国和法国的霸权,也是通过无以数计的文化形式,通过文化象征层面上的炫耀和展示,才得以肯定、认可和合法化的。"①孟加拉人对于英国的理解,是在英国文学和英国历史中形成的。毋庸置疑,英国文学作品中对伦敦等大城市的描述为殖民形象和理想的交流传播提供了了解的通道。孟加拉受殖者通过这样的通道更多是仰望英国社会文明光辉的一面,因而他们憧憬将来能够移居到英国,过上前景光明的生活。在这样的殖民思想的影响下,20 世纪 50 年代有许多受过良好教育的孟加拉人想要移居英国,《砖巷》中的男主人公查努就是其中一个。在西方世界长达一百多年的转变过程中,他正值殖民人口向宗主国迁徙的高峰之际来到伦敦。查努所参与的这场迁徙浪潮,也是世界上有史以来最庞大的一股乡村涌向城市的移民潮。

人类的迁移活动的空间分布是在迁入和迁出两种力量的均衡作用之下决定的,其中,国家的移民政策是一个重要的影响因素。19 世纪,大英帝国进入"全盛时期",英国以其殖民海外而著称,英

---

① 艾勒克·博埃默:《殖民与后殖民文学》,盛宁、韩敏中译,沈阳:辽宁教育出版社,1998 年,第 61 页。

国本土大量的殖民官员被派往世界各地的英属殖民地，也有更多的英国公民受到开垦殖民地的政策诱惑，举家前往殖民地进行海外拓殖。但是，"二战"结束后帝国开始没落，帝国的大门被逐渐推开。人口迁移倒转的现象形成，大量移民迁移至殖民国家并落户繁殖。

1900 年前后，白人领地相继独立，旧联邦国家建立，英国大厦潜存着塌陷的危险。出于维护帝国的目的，英国颁布了《1914 年国籍法与移民身份法》，20 世纪初期第一批移民就来到了伦敦。但大规模的外地人在伦敦聚集则直到 20 世纪中期才开始。第二次世界大战后，多数英国城市还搁置在战后的萧条中。城市居民还在为获得蔬菜和肉类等基本的生活必需品而挣扎。伦敦迫切需要发展服务行业以解决这些基本问题。急剧转变的社会进程使得流动人口的空间再生产成为可能。20 世纪 50 年代，英国社会经历了一场从殖民地涌向宗主国的逆向人口迁徙潮。大量来自非洲的年轻劳力漂洋过海到英国，南亚和加勒比海地区。据美国《时代》周刊 1991 年 8 月 26 日披露，"在英国总人口中，国外出生的人已占到了 8%……其中来自南亚国家的移民就达 120 万人之多"。[①] 二战后，英国各地独立运动风起云涌，"日不落帝国"的雄风不复存在，英国政府在各地的殖民统治难以为继。加拿大、新西兰、澳大利亚以及南非等国家成为拥有自治权的英联邦成员国，亚洲地区的印度、缅甸等国家先后独立。英国的版图虽然恢复，但仍面临着瓦解危机。为了强化英联

---

① 郝金伏、杨明杰：《困扰欧洲的移民问题》，载《现代国际关系》1991 年第 5 期，第 45—49 页，第 45—46 页。

邦国家的认同,加强成员国之间的内部联系,1948 年英国出台了《1948 年国籍法》,法案的颁布在法律上规定英国殖民地和联邦居民可以自由出入英国,享有英国国籍身份。《国籍法》在法律上鼓励殖民地公民进入英国,在 20 世纪 50 年代和 60 年代,大批的移民从爱尔兰、西印度群岛及南亚涌向大不列颠,移民的主要成员是英联邦成员国中的有色人种。"据统计,1956—1962 年间移入英国的有色人种有 372950 人,其中来自西印度的有 235100 人,来自印度的有 72450 人,来自巴基斯坦的有 65400 人。"①在此背景下,为了进一步解决劳动力短缺等问题,空间流动的增长使孟加拉数百万的此前被捆绑在乡土上的农民得以进入城市获得工作和经商的机会。

对于孟加拉农民来说,面对极度的贫穷与恶劣的天气,纷纷寻找谋生之路,如果想要切实获得社会流动的机会,一种重要的方式便是迁移,离开世代生活的土地,漂洋过海前往英国。如果说 19 世纪末的欧洲城市为贫穷的乡村人口谋求较好的生活提供了一个极其渺茫的机会,那么这样的机会在 20 世纪中期可以说是广泛明朗的。跨越海洋及国家疆界的迁徙旅程比国内移动困难得多,迁徙过程也比较耗时,因此孟加拉移民选择的目的地通常为经济发达而且已经彻底城市化的伦敦。在战后的英国,经济复苏需要大量的劳动力去从事服务性行业,伦敦为文化水平不高的移民提供的非技术性的生存机会相对比较广泛。

---

① 耿喜波:《二战后英国移民政策的演变》,载《广西社会科学》2004 年第 5 期,第 144—146 页,第 145 页。

　　孟加拉国是世界上最不发达国家中的一个,砖巷内孟加拉裔最大的一个群体来自锡尔赫特的农村地区。小说中迁往塔村的"大多数人都是锡尔赫特人"。[1] 该国锡尔赫特地区的比斯瓦纳地理位置偏僻,对外交通断绝,狭小的面积内人口稠密,这里几乎都是稻田此外没有任何产业。锡尔赫特地区农村极端贫困,许多农民离乡背井,历尽千辛万苦,到万里之遥的英国寻找谋生机会。比斯瓦纳地区自 20 世纪 60 年代以来有大量人口迁往英国。据估计,"英国的孟加拉裔人口有百分之九十五都来自这个小小的地区,而这样的联结也为这里的泥土村庄带来了令人惊讶的变化,原因是人口与金钱的来回流动转变了这里的经济"。[2] 处于"边界空间"的比斯瓦纳演绎了最为显著的城乡关系的变迁,这一变迁是一个乡土贫困村落向经济大幅发展的富裕地区逐渐变身的发展过程,当地村民陆续地外出谋生有力地介入了对于这一变迁的书写。

　　如果说第二次世界大战的英国移民政策为贫穷的孟加拉人迁徙到城市提供了充满希望的机会,那么这样的机会首选帝国的中心伦敦。小说《砖巷》中前往英国的孟加拉国的移民就是在这样的背景下,依循家人和朋友所踏出的路径前往英国。人口由乡村向城市的跨国流动是一个持续的缓慢过程。与此同时,移民的目的地城市经历着外来人口的小移动到大迁移。几乎每一个从孟加拉迁移出

---

① 莫妮卡·阿里:《砖巷》,蒲隆译,北京:人民文学出版社,2005 年,第 20 页。以下以夹注形式表明文本出处。

② 道格·桑德斯:《落脚城市》,陈信宏译,上海:上海译文出版社,2014 年,第107 页。

来的人都有一个独特的迁徙故事,但彼此迥异经历的相通之处在于亲属关系和同乡人脉在迁徙过程中占据的中心地位。对于孟加拉移民来说,通常不是举家同时外迁,家庭中的男性首先移民,想方设法流入城市谋生并寻找在城市扎根的机会。《砖巷》中的男主人公查努和他家庭成员的迁徙经历是许多孟加拉移民都曾经历过的。

查努早年刻苦攻读学位,获得合法资格迁移到伦敦,经历了 20 余年孤独又摧残健康的单身生活。20 世纪 60 年代英国国内限制联邦国家移民的争论越演越烈,英国政府对于英国大量涌入的移民采取控制性政策,出台了《1962 年英联邦移民法》。"在 1962 年法案颁布之前主要是男性劳动力进入英国。《1962 年英联邦移民法》后,移民家属因为担心自此失去进入的机会,纷纷涌进英国。"①法案的政策规定客观上催生了移民家庭的重聚。② 对于单身已久的查努来说,政策的变化迫使他将择偶的目标放在孟加拉,即使查努的来源国孟加拉的婚配习俗逐渐消失,查努还是不免采取这种婚配做法。英国移民法收紧之后,婚配婚姻随即成为孟加拉单身男性移

---

① Muhammad Anwar. *Between Cultures: Continuity and Change in the Lives of Young Asians*, Routledge Press, 1988, p.2.

② 1962 年受到英国限制移民法案的刺激,众多已在英国居住的移民及其家属想方设法获得护照留下来,因此反而造就了 60 年代移民的一波高潮,也被称为家庭团聚时期。1963 年英国有色移民是 34500 人,1964 年为 68000 人,增长了一倍。来源地最多的是印度,其次是西印度和巴基斯坦。70 年代,英国移民数量维持在 60—90 万之间。80 年代因当局加大对移民驱逐力度,移民数量一直在 40—50 万间徘徊。90 年代有所回升,英国移民数量在 50—60 万之间,亚洲移民占总数近一半的份额。

民在英国团聚和组建家庭的必要手段。查努最终在孟加拉偏远的乡村找到了结婚对象纳兹奈恩。此前这个乡下姑娘从来没有学过英语,与查努素未谋面,她"要嫁的那个男人年纪很大。至少也有四十岁。他长着一张青蛙似的脸"(阿里 8)。纳兹奈恩在父亲的安排和媒人的撮合下与查努快速完婚,并随他去了伦敦。大量贫穷妇女为了谋生、与家人团聚,不顾人身安危利用英国政府移民政策的变化,移民至英国。英国遏制移民大量涌入的措施反而导致了移民来源国几乎消失淘汰的婚配习俗的复燃。

　　小说《砖巷》的题名取材于英国伦敦东区的真实地点"砖巷",砖巷是一条颇具特色的街道。这里曾经被命名为白教堂街(Whitechapel Lane),15 世纪更名为砖巷,因为建筑的外墙表面是红砖材料。历史上,砖巷作为有色移民迁入英国的集散地和中转站,在国际移民史上有着重要的地位。17 世纪,这里曾经是胡格诺教徒的聚居区,接下来,爱尔兰移民、犹太移民、孟加拉移民等又相继聚居此地。如今的砖巷是孟加拉国移民聚集的一条街,已经变成了伦敦孟加拉人生活社区的中心,因而又被称作为孟加拉城(Banglatown)。在这个移民社区,孟加拉少数族裔保留着一些本民族文化传统。

　　为什么孟加拉移民在抵达伦敦后选择砖巷作为他们的停留地和聚居区呢?要回答这一问题,我们需要先了解伦敦的社会地理分布。伦敦位于英格兰东南部的平原上,泰晤士河下游贯穿其中。今天的伦敦包括伦敦市和周围的 32 个自治市,成为大伦敦。大伦敦的行政区划分为伦敦城、西伦敦、东伦敦和南伦敦四个区域。自 15 世纪以来,伦敦的上层人士大多数住在城西上风侧,免受灰尘和烟雾侵扰。"城西的舰队街和河岸街一直延伸到开阔田野中间的查令十字街。接下来,沿着泰晤士河向南急转,就是约克大主教们在伦敦的住所;紧接着就是威斯敏斯特,这是一个独立的社区,包括威斯敏斯特教堂和国会建筑。"①西伦敦是英国王宫、首相官邸和政府以及议会的驻地。小说《砖巷》中描述道:"通往白金汉宫的大道宽得四十辆牛车可以并行,那是一条最宏伟的大道。它不黑,也不灰。它不是棕色的,也不是灰黄色的。它是红的。这很对女王的身份。守护王宫的高高的黑栏杆顶上是金尖儿。"(阿里 314—315)

"砖巷"位于伦敦东部的陶尔哈姆莱茨(Tower Hamlets)。陶尔哈姆莱茨区是英国英格兰大伦敦内伦敦的自治市,位于伦敦东部,泰晤士河北岸。东伦敦为码头、工业区和工人住宅区。东部伦敦大多数地区位置偏远、交通不便,缺乏基础设施和公共服务,加之地理条件、气候状况等被当地居民视为不宜居住的地方。"在 19 世纪末和 20 世纪初,伦敦东区被医生、报刊工作者、作家、社论家、道德改革家以及教会布道家赋予贫穷、拥挤、肮脏、疾病、堕落、犯罪和道德沦丧的黑暗形象,无异于一个'另类世界'。"②19 世纪东伦敦的贫民窟"专门收容那些被都市淘汰的人口,但同时也从此把这些人困在其中"。③

---

① 珀西·H. 波恩顿:《笔尖下的伦敦》,王京琼等译,北京:中国青年出版社,2015年,第 18 页。

② 张卫良:《19 世纪伦敦东区:一个城市的"另类世界"》,载《世界历史》2015 年第5 期,第 52 页。

③ 潘毅、余丽文:《书写城市》,香港:牛津大学出版社,2003 年,第 362 页。

伦敦的小孟加拉是孟裔居民的集中地。小孟加拉"从它象征性的边界砖巷往东蔓延,涵盖斯比塔菲尔德、贝斯纳尔格林、斯特普尼(Stepney)与西汉姆等人口稠密的广大区域"。[1] 砖巷是伦敦的第一大聚居区,至今也仍是最大的一座。通常情况下,孟加拉人只要有一个人取得移民资格,就会从家乡的村庄把配偶、亲友等整群的人陆续牵引过去。小说对砖巷的拥挤程度做了描写:"三个半人一间屋,这是管理会的统计数字……全挤在一起。他们还是不住地生孩子,或者把亲属全部带过来,塞进去,活像罐头里的小鱼。这是塔村官方统计数字:三个半孟加拉人一间屋。"(阿里 32—33)"孟加拉移民是在自愿和被迫的情况下迁入这个空间无法扩张的聚居区的,于是大批人口也就只好硬塞进有限的空间里,砖巷已然成为一种高密集的城市。"[2]如果说伦敦的落脚城市是稠密得令人抑郁的社区,把多得令人咋舌的人口塞进窒闷拥挤的小房子里。在这里,人满为患,而且看不到任何公园或绿地,是伦敦人口最为密集的地区之一。[3]

小说汉译本将砖巷所在的孟加拉移民社区"Tower Hamlets"(阿里 8)译为"塔村"耐人寻味,值得细致的考察。这一名字的第一

---

[1] 道格·桑德斯:《落脚城市》,陈信宏译,上海:上海译文出版社,2014 年,第27 页。

[2] 道格·桑德斯:《落脚城市》,陈信宏译,上海:上海译文出版社,2014 年,第126 页。

[3] 道格·桑德斯:《落脚城市》,陈信宏译,上海:上海译文出版社,2014 年,第68 页。

个字用直译的方式翻成"塔","塔"与伦敦并联在一起,就是伦敦塔(Tower of London),这是伦敦的标志性建筑,循着这样的思路,还能联想到伦敦塔附近的伦敦塔桥(Tower Bridge),伦敦塔桥也是伦敦的象征。第二个字"hamlets"不是运用地名翻译中常用的音译法译成"哈姆莱茨",而是直接翻译出意思"村"。在英国,乡村通常被描述为因其静谧和富足而形成的为逃避城市喧嚣的幽静理想之处,但是英文中所用的词是"country"。"村"在此处的语境中意味着居住于此的群体出于农村,是不同于城市的专门从事农业活动的人聚居的地方,在伦敦这样高度发达的城市化环境中,用"塔村"这一名称,不免让人联想到中国城市中的城中村。城中村是指城市化进程中原有的村庄被大量外来租户逐步替代最后保留下来的一部分,成为"都市里的村庄"。实际上,住在塔村的孟加拉裔移民"基本上都是农民,他们惦记着土地"(阿里 23)。小说中透过查努与阿扎德大夫的对话,概括了塔村移民的生活方式,"再瞧瞧他们是怎样生活的:只不过在这里重新打造那些村庄罢了"(阿里 23)。孟加拉移民的阶段迁移导致其人口在城市的再分布现象及塔村聚居区规模的扩大。西方世界通常把砖巷以及其他类似的社区称之为"移民聚居地"或伊斯兰文化"飞地","塔村"所带来的负面连接标示了该地区与都市秩序无法兼容的异质性,也显示出伦敦当地人在孟加拉穆斯林聚居区和城市其他生存空间之间所做出的社会区分。非宜居的城市涌入大量乡村农民,他们在此租房、定居,为未来生计而发愁并且开始打拼。在一楼的店铺开家小店铺、小咖喱餐馆或在自己租住的房屋干些缝纫的活计,完成从落脚点向宜居地点的转化。英国为数众多的咖喱餐馆几乎都是孟加拉人开的。孟加拉人精心打造的咖喱菜品已成为英国热门的餐点。由于在英国开设公司方便快捷，准入门槛低，运营成本不高，政策上没有族裔歧视，因此孟加拉人可以依靠经营这种带有强烈种族色彩的餐饮业解决生计问题，在经营得当的时候，可以累积资本抵御移民政策造成变化的风险，也可以为新进移民提供就业机会，还可以为子女将来从事餐饮业以外的金融、公务、医疗等高级职业积攒教育资本。

正如麦肯齐所说，成功人士和上层社会必然在社会中处于优越的地位，处于社会底层和外来的移民群体不得不设法将就在不太理想的地区安身。伦敦移民的落脚点其实形成于伦敦市的外围，也就是国际移民当初来到伦敦的栖身之处。"这些一般人看来不适合居住的地方，他们可以找个简陋但还能居住的地方先安顿下来，这些区域不是一群人口集体聚居于提供就业机会的工业中心，而是一个个贫穷的家庭在偏远地区暂时找到了个权宜的落脚点。"[①]然后再寻找工作的机会，开始城市生活。因此，有学者把伦敦东区称为"进入英国社会之前的传统接待厅"[②]，这种说法是相当形象的。

在居住方面，孟加拉裔移民呈现出比较明显的聚居特征。由于移民数量的优势和居住空间的紧密联系，移民群体在迁入聚居地后迅速生成了族群意识。"他们之所以都抱着团儿，是因为大家都从

---

① 道格·桑德斯：《落脚城市》，陈信宏译，上海：上海译文出版社，2014年，第169页。

② 道格·桑德斯：《落脚城市》，陈信宏译，上海：上海译文出版社，2014年，第30页。

同一个地区来的。在村子里的时候他们就彼此认识,他们来到塔村后,就以为又回到村里了。"(阿里 20)砖巷的少数族裔移民身在英国,心在家乡。塔村社区的规模和形式既不同于自然村落空间,也不同于城市居住空间,但是恰好为族群内部间的交流和互动提供了一个社会空间。居于其间的移民日常大量的社会生活和生产劳动都发生在与周围相邻的同乡的交往中,他们工作、交往的社会空间与伦敦其他地区的社会空间很难相互贯通。弥漫在砖巷的流散意识通过移民对本民族的历史、文化和政治的认同而得以强化。孟加拉移民信奉的伊斯兰教是一个典型的强大力量,让他们无论身处何方都能产生归属感,都感觉紧密地和母国联系在一起。事实上,移民和迁移的经验往往会生成或加强个人对伊斯兰教的委身度。只有极少数人是从孟加拉国城市移民过来的,这就注定了移民经历的城乡与孟加拉国与英国的双重文化过渡将是曲折坎坷的。砖巷中的伊斯兰教会是他们在伦敦除了家庭之外唯一延展的社交空间。由于这些来自孟加拉农村沿海地区的锡尔赫特移民在语言和文化上有巨大缺失,使得塔村很可能成为他们在伦敦参与当地生活的唯一机会,也为背井离乡的移民创造了一个获取慰藉的精神故乡。

生活上遭受的剥削和上升通道的阻滞使移民感到更加边缘化。这样痛苦的经历迫使他们需要提高自己的生存技能。他们把英国的砖巷变成孟加拉国城用来加强自己身份的特征。他们利用宗教教义和民族主义,建立了一个不同于主流社会的异质区域。他们固守自己的民族文化,拒绝接受新事物。把自己困在这个"领地"里,拼搏隐忍等待有朝一日攒够积蓄衣锦还乡。这种对家园的回归不仅意味着真实地回到熟悉自己的出生地,还表露出流离失所、漂泊异乡的移民对想象中理想地方的渴望。

社会学家斯凯尔顿发现,在国际移民的迁徙过程的核心中,存在着一种特定的都市空间。"不论来自哪个乡族,最早的移民通常都会先定居在利马的中心地区,"他写道,"过了数年之后,他们一旦在城市里站稳脚步,就会移到城市外缘的新兴区域或年轻板块。在市郊聚居地来源乡族的链接一旦建立,移民通常会直接落脚于这些聚居地。"①这段文字精确地总结了大批量来自同一地区的跨境移民的迁徙轨迹。世界人口的大迁徙不仅仅是拉力与推力造成的结果,乡村与城市之间生成出的过渡地带也是背后的中心机制中不可或缺的一环。因此,城市中的孟加拉移民里为同族群的移民建立起一个较为稳固的"避风港",也建造了一套有别于传统农业的生存法则,使得更多村民能够持续流入城市,也使得移民在城市飞地里实施向上层社会流动的努力成为可能。

第二节 城市中移民知识分子同一性混乱

随着英国移民政策的发展,大量新英联邦成员国少数族裔有色居民进入到英国大城市谋生。从孟加拉贫穷落后的村落到光鲜现代的伦敦大都市,其中最大的差异存在于地理空间上的急剧转变,

---

① 道格·桑德斯:《落脚城市》,陈信宏译,上海:上海译文出版社,2014年,第41页。

社会空间构成也产生极大变化。在物理空间不断的变化和碰撞中，移民倍感身份危机和身份焦虑，他们通过使用情境性的语言、建立移民社区以及社交活动等身份协商策略，努力建构新的身份，以解决在异乡的生存问题，并回答"我是谁"的问题。因为兼具少数族裔和乡村农民的双重身份，移民在与城市居民和其他族裔的接触中，身份认同的不确定性、多元性和矛盾性快速凸显出来。移民在试图转变为城市居民的过程中举步维艰，乃至出现了底层自我身份的认同之殇。因而，有必要对移民的身份构建问题及其社会生成机制进行研究探索。为此，本节试图探索孟加拉移民在身份认同形成过程中与具体社会结构和制度要素的交互作用。对于移民问题的探讨最为核心的问题集中在进入迁入地之后的自我同一性问题。

如果说从一个地方迁到另外一个地方的移民是文化和政治上的流散者，那么由于经济发展的不均衡引发的文化发展的不均衡必然使得移民在迁移过程中面对文化的接触和碰撞，异质文化间的碰撞也因此就会表现得更加剧烈。异质文化间的移民在不断进行文化确认的过程中遭遇了身份焦虑和自我同一性的危机。从国际移民身份认同及其在不同文化背景下的结果来看，本土文化与移民文化之间的张力是移民调整身份焦虑的基本维度，决定了移民对本土文化的依附或抛弃的走向。移民对迁入地文化的抵制和融合为移民身份焦虑的文化调整提供了选择的可能性。在身份焦虑的调试过程中，移民不仅客观地改动了自己原有的文化，也改变了自己原有的身份意识。《砖巷》通过对在伦敦的孟加拉裔移民的横向和纵向的描述，为读者提供了一个关于在伦敦的少数族裔身份认同问题的呈现。小说的作者英国孟加拉裔女作家莫妮卡·阿里本人具有流散经历。阿里的母亲是英国人，父亲是孟加拉人。她出生在原东巴基斯坦（现孟加拉国）的达卡，1969 年她三岁时随父母移居英国，生长在波尔顿，大学毕业后定居在伦敦。《砖巷》的查努、纳兹奈恩等主要人物都是具有流散迁移经历的孟加拉移民。他们远离故国而又与故国文化密不可分。作为英国移民，他们不能真正融入英国社会，到处面临被排斥的命运。对于这些具有移民经历的人来说，如何找到他们真正的身份以及如何保持身份的同一性是孟加拉移民面临的难题。第二代移民莎哈娜和比比，生长在英国，没有在孟加拉国的生活经历，但是不可避免地在家庭中与故国保持着盘根错节的联系。他们受到个人成长经历、社会和文化的影响，在寻找身份的确认时遭遇了更为严重的同一性危机。

在讨论移民身份问题时，如果只从个体的角度来研究，很容易陷入个体与社会双重对立的思维盲区，不利于客观、全面地呈现移民身份认同的整体图景。在考察移民身份建构的同一性问题时，必须考虑性别、文化、种族、宗教及其相互作用的影响，以便对孟加拉国后裔的身份问题有更全面的认识。时代的动荡变迁迫切需要一套描述完全、清晰可见能与现实互动的理论来解释新的社会现象的理论机制。这一机制不仅需要分析社会转型过程中经济、政治、文化和社会变化对人格形成、思维方式和价值观的影响，还可以整合个体对自身心理发展和社会发展的认识。在广泛而深刻的社会变革中，古典的弗洛伊德的本能理论受制于个体心理发展的关注，已经无法解释移民身份变化的现实现象。埃里克森的"自我同一性"

理论正是在人类历史上最为浩大而独特的实践创新的意义上提出的。

美国精神分析医生埃里克森认为人的成长和性格的形成是一个进化过程,其中以个体自我为核心,将人的整个心理过程的重心从弗洛伊德的本我过程转到了自我过程,"人在发展过程中形成的是兼具生物的、心理的和社会的三方面因素的统一体"。[①] 同一性的概念已产生了一系列有效的研究。同一性的几个维度有助于阐明为什么身份归属这个问题是如此普遍而又如此难以把握。"因为我们面临的是'位于'个人的核心之中,同时又是位于他的社会文化核心之中的一个过程。"[②]探讨移民身份构建与城市融入的关系时,涉及以下三种身份认同:移民身份认同是在与当地居民的互动中产生的,是对自我的情感归属和未来行动方向的一种主观态度;自我认同(ego identity)和社会认同(social identity)是两种相互作用的认同形式。

通过媒体的传播,第一代孟加拉移民被描述成非法进入英国的难民的代名词,刻板的印象引起消极作用,隐含着孟加拉裔移民的负面形象。《砖巷》的主人公孟加拉裔知识分子查努在英国不可避免地遭受刻板印象带来的不平等待遇。查努性格的矛盾性在小说中得到完美诠释:他心怀梦想,却备受阻挠与排挤。文化的碰撞与

---

① 埃里克·H. 埃里克森:《同一性:青少年与危机》,孙名之译,北京:中央编译出版社,2015 年,第 4 页。

② 埃里克·H. 埃里克森:《同一性:青少年与危机》,孙名之译,北京:中央编译出版社,2015 年,第 22 页。

社会背景及个人意愿的冲突使得查努充满着自我矛盾和身份的不确定性。

从小说呈现出来的细节表明查努家境优越,生活中配有仆人。接受过西方高等教育,学习英国文学。从小被灌输"白人文化更优越"的他,十六岁便移民英国,去接受更正宗的西方教育,去实现成为英国公务员的远大抱负。他受过高等教育的经历令他自豪地将自己和农民区别开来:"我一下飞机时带着学位证,农民跳下船时只有满头的虱子。"(阿里 26)他梦想怀揣达卡大学的英语文学学位证,"我想将有红毯为我铺开。我要进内政部,要做首相的私人秘书"。(阿里 26)到达英国之后,查努所租住的房子里有高低不同的书架、报架。家里主要陈设的物品是书籍、案卷、文件夹和自己的各种证书文凭。为了跻身上流社会,他孜孜以求,在英国获得了第二个文学学士学位。与其他锡尔赫特移民不同的是,查努痴迷读书,为表明他是一位知识渊博的人,他计划通过建立一个社区流动图书馆来加强对同胞的教育。通过将自己的生活方式与西方认同、与本族同胞区别开来,他严格约束自己的言行:读书、尊重妻子、和妻子讨论哲学问题。查努试图确立自己的西方知识分子身份。从孟加拉来的妻子成了他自己想象的西化身份的一种见证,对来自锡尔赫特地区的妻子居高临下,表现出强势的西方话语霸权对东方他者的训导,在对妻子的训导中享受到了深深的优越感。在家庭生活中,查努常常提及莎士比亚、萨克雷等英国文学家来凸显自己与上层社会相一致的高雅审美情趣,他十分珍惜自己获得的证书,并常常给妻子展示。他在努力塑造自己身份的时候,漠视了棕色肤色和孟加

拉裔血统可能成为身份认同的障碍。同时,他表示出了对非洲人的
歧视。他评价公交车上的黑人售票员:"看他身体多好……那么大,
那么壮。你看……他们是天生的奴隶……那是他们的祖先。"(阿里
99)这种公然的评论引起同车前面座位上的一对夫妇的质疑。他在
着装上刻意模仿英国人,他上班前要把自己梳理一番,"胸前别着两
支钢笔,一支铅笔。他把皮鞋擦亮。他把公文包擦亮"(阿里 101)。
他充满自信,积极努力融入英国社会。

　　查努在故国接受西式教育,对西方文化有着执着的追求。但
是,他接连受挫,甚至迷失自我,无法立足。查努等移民仍然是西方
人眼中的外来者,因为他们的文化、交际圈子、生活习惯依然是局限
于本民族的。移民现象不仅是乡村文化与城市文化碰撞的结果,也
是异质民族文化与现代文化融合的过程。查努有要成为英国公民
的强烈意愿并积极认同英国城市文化,是移民主观上融入城市的关
键。大多数少数族裔移民都有成为公民的意愿,大多数新一代移民
根本不可能从事农业活动。他们渴望在城市中安顿下来,对城市生
活充满希望和信心,但在异质文化隔离的影响下,模糊性、多元性和
矛盾性造成的身份困境日益突出。

　　对于大多数移民来说,除了个人素质和心理差异外,城市融合
在社会参与、居住选择、文化认同、交往方式等方面也对他们新的身
份建构有着深刻的影响。移民在迁入地社会中面临着多个维度的
融入,其中文化融入和主流社会对移民的接纳与排斥是非常重要
的。查努是个过于自信的人。他取得了许多证书,但找不到一份合
适的工作。起初,他认为搬到伦敦会带来很大的机会,但经过三十

年的努力,他的社会地位仍然没有任何提升。于是,他开始怀念孟加拉国,开始抵制西方文化。

在孟加拉国,传统农业社会的结构稳定,因此人们的身份相对固化。第二次世界大战后,英国社会的经济、政治和文化发生重大变化,吸引大量国际移民。少数族裔农民作为流动人口的重要群体之一,长期居住在城市中,虽然拥有英国国籍,但他们还具有另一重身份:少数族裔。在身份建构和城市融合的过程中,他们往往处于尴尬的境地。在英国的孟加拉人的职业分化是造成该群体社会融入存在较大障碍的重要因素。英国人公开宣称"不排他",没有种族歧视。然而,在工作生活中,他们倾向于将有色移民视为一个外部群体,而孟加拉国移民则是其他群体中更为疏远的群体。从"少数族裔""有色人种"这两个概念的提出可以表现出移民和原住民之间的心理界限。塔村中的孟加拉人已经不再从事农业,而是依靠经营小型餐馆和从事服务业谋生,工作主要局限在塔村内部,其中以妇女为主体从事的缝纫业为家庭经济收入的主要来源。查努受过高等教育,勉强混入英国人从事的工作领域,他起初在一家邮递公司干着最底层的折信封的工作,然后转而做了出租车司机,最后在餐馆里洗盘子。他拼命工作要赢得尊重,却得不到尊重。他受人轻视,有上司、有顾客、有同事。查努在英国三十年的生活经历中反复经历着歧视、不公正、择业和失业,最后,他每次充满期望和愿景迎接新的工作,但每一次都以失败告终,"我干过各种各样的事情。只要我干得了。那么多的苦活,如此微薄的报酬"(阿里 26)。查努的努力工作,吃苦耐劳,不仅没有获取应得的晋升机会,还遭到了白人同事的怨恨。"正是威尔基那样的下层白人对我这样的人怕得要命。对于他,对于像他那样的人来说,我们是唯一阻挡他们完全滑到底层的东西。"(阿里 30)只要有色移民从事繁重的底层工作,阻塞所有晋升的通道,白人的优越情结就会油然而生,会感觉更安全,更放松。进入不惑之年的查努,在经历了诸多失败后,不得已借了伊斯兰太太的高利贷,靠妻子在家接收缝纫活儿赚取计件工资生活,最后发出了这样的慨叹:"人像驴一样生活,在这里像驴一样干活,但从来都没有前途……这就是移民的悲剧。"(阿里 145)

普通移民群体在经济中融入的边缘化特征,使得他们在居住选择和社会交往中呈现出封闭与异质的状态。在居住方面,少数族裔移民除了租房外,还呈现出明显的聚居特征。他们习惯于居住在聚居区维系熟悉的本群族关系,避免异质文化带来的局促与不安。部分受过高等教育或有一定经济实力的移民期待将聚居区作为融入城市的落脚地和踏板。小说中像塔村这样的"城中村",生活成本低,租住房相对便宜,成为移民比较理想的居住地。查努举家居住在塔村,塔村外的世界对于他们是陌生的,查努的妻子纳兹奈恩的活动范围局限在塔村,当她首次离开砖巷步入英国的城市街道中竟然迷路找不到归途。查努即使能够走出砖巷,但是去过的地方也非常有限。"我在这里过了大半辈子,"查努说,"但是我很少离开过这几条街道……我一直在拼搏,拼搏,所以很少有抬头观望的时间。"(阿里 313)查努决定回国,临走时带领全家去看看伦敦的景致,詹姆斯公园到白金汉宫沿途的景象首次摄入他们的眼帘,仿佛他们是暂时到达伦敦的游客。少数族裔移民中很多人表示自己忙于生计,参与社区事务和活动方面也呈现相对疏离的特征。当一些激进的白人署名"狮心"战士,在塔村散布传单,他们担心伊斯兰教利用移民的高出生率和宗教信仰把不列颠变成一个伊斯兰共和国。孟加拉裔青年卡里姆组织了"孟加拉虎"针锋相对,定期召开会议,由于没有有效的内部组织,加之小区的移民缺乏积极参与的内在动力,最终孟加拉虎组织自行瓦解。

少数族裔移民努力在多元文化的缝隙中寻求自身的身份认同。像查努这样的移民,在宏阔的城市化和现代化进程中,想要忽略自己的民族认同感去迎合英国的文化身份需要,但由于其明显的肤色特征,很容易被辨识出少数族裔的背景出身。无论是族群身份还是移民身份,背后都是亲属、地理、宗教等关系的延伸。少数族裔移民进入英国城市初期时,英国城市既成的社会网络发挥了重要作用。然而,这种社会网络极具同质性且得到了多方的支持,反观封闭生活的社会网络则受到冷落。随着时间的推移,孟加拉移民的人际圈子变得越发同质化,这导致了清晰的"我们"和"他们"之间的区别和心理界限,阻碍群体融入主流社会,影响群体的成长和发展。

沟通意愿和交际圈子可以反映人际关系的基本情况。移民需要融入当地生活,增进交流,促进交往。由于语言、文化和宗教习俗的不同,少数族裔移民经常感到与当地公民和其他民族的疏离感。查努一家离开砖巷,当地人从他们的着装方式和外貌特征判断他们是印度人,因为当地人很难区分印度人和孟加拉人的差异,固执地认为他们是异质的穆斯林群体。在与当地白人工作过程中,移民与白人的感情交流少,劳动交流多。移民虽然交际"圈子"比较广泛,但是很难结交真正的朋友,群体外部的社交网络难以搭建。从求助意愿可以看出,孟加拉裔移民很难期望得到白人同事的帮衬,归其原因有如下两方面:交往的范围以同乡为主;有困难首先向同族人求助,始终难以逾越血缘、地缘和族缘的界限。更深层次的原因是,当他们遭受歧视时,自觉认为是由于社会的排斥造成的,使得他们的社交范围十分具有局限性。查努自诩与孟加拉裔成功人士阿扎德大夫同为有良知有担当的知识分子,为了升迁提职,请求阿扎德大夫找他的病人,查努的顶头上司说情。他费心将阿扎德大夫请到家里招待了午饭,并携妻儿拜访阿扎德一家。不过深得查努信任的阿扎德大夫根本不记得这个病人,只能敷衍查努,阿扎德太太对查努一家的造访并没有表示出友好的态度。查努在求职失败,长期失业无经济收入来源的窘迫困境下,只能被迫向同族的伊斯兰太太借高利贷度日。

孟加拉少数族裔的身份认同情况与城市融入程度互为因果和表里。查努的危机同时也是一个世代的危机以及它的社会意识形态健全的危机。少数族裔移民在与城市居民和其他民族的接触中,在身份选择中处于尴尬的境地,对英国"公民"认同总体偏低。查努作为第一代移民,在英国已经奋斗了三十多年,他努力获取英国的大学文凭,勤奋工作,希望进入更高的社会阶层,但是始终不被认可,不可避免地遭受来自工作环境和社会生活中的种族歧视,无法进入主流社会。查努在自我同一性与民族文化之间,实践了相互补偿的关系。起初追随英国文化,在屡遭失败后,他回归对原文化的认同,贬低主流文化,查努的失败是由于受到了他所接受的文化的影响。查努在抵达伦敦之后的几十年时间里不断努力要让全家人摆脱贫民窟,晋升为真正的中产阶级。砖巷无法为他提供晋升到中产阶级的机会,不论查努他们多么努力工作或是追求教育。查努说道:"我有达卡大学的英国文学学位。我在一所英国大学学过——哲学、社会学、历史学、经济学。我并不以学者自居。但我实话告诉你,夫人,我总在学习。晋升中产阶级却变得困难重重。"(阿里 114)

　　查努一家的遭遇反映了移民疏离于英国主流社会的问题。由多方面原因导致了这种疏离:首先,移民所处的社会环境,使他们很难接触到上层社会的精英。查努在母国谙熟英国文学的经典作品,热衷于人文社会科学的研究,有强烈的进取欲望,但始终无法跨越自我身份认同这层厚障壁,在由英国中产阶级汇聚的政府部门、教育部门中找工作无果,屡屡碰壁之后,只好降低工作期望,查努很快当上了一名出租车司机。引进受过大学教育的城市精英填补这些职缺,不论就人力资源还是外交政策而言都是一种浪费。这些移民通常获得外国政府的资助在本国上大学,资助的目的是在发展中国家发展医疗、法律和技术知识。但是,如果这些资助培养的人才最终脱离所在的国家,选择在西方的城市当酒店职员或蓝领工人,那这样的资助无异于打水漂。

　　小说中查努发现移民疏离的症结在于阶级问题,无论是社会还是个人都将该原因归结为"肤色"问题,有色移民总是被看作社会底层人民。英国白人中下层阶级人士担心移民们的社会地位提升,因为只有移民们"唯一挡在他们滑向最底层的地方,只要移民的地位低于他们,他们就总在上面"(阿里 30),白人由此滋生优越感,确切地说,这使得白人中产阶级的社会地位更加稳定。如果移民的社会地位超越了白人,他们将被周遭的社会仇视。

以上分析强调查努的身份认同受到地区隔离和异质文化二元结构的形塑,强调了种族差异的影响以及由此造成的政策不平等对身份认同的影响。然而,从微观的角度去分析查努身份认同形成的具体过程亦不可忽视。阿里并不避讳承认族群隔离是由移民的原生家庭造成的:既有查努个人的原因,还有各自妻子的原因。奋斗的路径因个人的情形而不同。查努将自己与获得成功的阿扎德医生相提并论,自诩道:"从某种意义上讲,你先生和我都是学生。正因为这样,我们相识了,通过对书籍的共同热爱,对学问的共同热爱。"(阿里 113)阿扎德从事医生这个体面的工作,查努自视清高,抱负高远,从事劳动性工作,成了出租车司机,直至最后失业在家。他们几乎是同一个时代来到英国,都在本国受过良好教育,他们的区别与所学的专业不无关系,阿扎德学的是医学,而查努是文学,但是更多地融合了态度和姿态。阿扎德在太太的影响下,努力融入英国社会。查努的妻子没有文化,年纪小,固守孟家拉妇女的传统,查努在生活中充当妻子纳兹奈恩的导师,很少听取妻子的建议。

查努固守自己的伊斯兰文化,甚至同西方价值观对立。"因为我们自己的文化非常强大。他们有什么文化呢?电视、酒吧、飞镖、足球。那是白种工人阶级的文化。"(阿里 273)《砖巷》是把上述人物放在"9·11"前后查努反复强调的"文化碰撞"大背景下表现的。查努歧视非洲人。他们在英里端路上了公交车,售票员是个非洲人。"看他身体多好，"查努悄悄地说。"那么大，那么壮。你看……"他停了一会儿，"他们是天生的奴隶。"他嘶嘶地说着这个词儿，前面座位上的一对夫妇转过身来。（阿里99）查努歧视非洲人，同时还歧视同是孟加拉来的锡尔赫特人。

　　对于查努而言，这种"碰撞"是在有意识地进行着。在与西方文化的适应过程中，查努无路可寻，选择对立以保持个人自尊。这一点在于阿扎德太太的争论中得到体现："我要谈谈西方价值观和我们的价值观的碰撞。我要谈谈同化的斗争和保持一个人的特性和遗产的必要。我要谈谈……保持清醒的巨大的斗争。"（阿里107）阿扎德太太对查努所持的对立态度极其不认可，她反驳道："你干吗把事情弄得这么复杂呢……同化这个，异化那个！还是我来给你讲几个简单的事实吧！事实是我们生活在一个西方的社会里。事实是我们的孩子行为将会越来越像西方人。"（阿里115）查努发出了这样的慨叹："我这一辈子天天做成功的准备，为成功而奋斗，等待成功，可是不知不觉岁月流逝，我这一辈子眼看就要完了。这时候你会突然想到——你苦苦等待的东西已经过去了。它朝另一个方向走了。"（阿里347）

　　查努在英国呆了三十多年，不断努力，频繁更换工作，最终没能实现自己的梦想，只身回到孟加拉国。他的妻子背叛了婚姻，选择留在英国，大女儿以离家出走的方式表达了对回到孟加拉的反对。回国后，他也没有自己设想的那般在达卡大学教授文学，而是做起了肥皂生意。

第三节　砖巷中第二代移民同一性的确立

小说《砖巷》的主题是身份问题。莫妮卡·阿里说:"当你刻画一个人物的时候,你会花很多时间去思考这个人是谁,她是什么样的人(她就是这样的人),换句话说,思考的就是身份问题。"[1]《砖巷》中第二代移民也同样遭遇了身份危机和身份建构的困境,但是他们在应对危机和选择方式上与他们父母辈有很大的差异。与第一代移民相比,第二代移民的身份建构中遭遇的同一性危机更为严重。根据埃里克森的人格发展理论,个人的品质和人格遵循渐成原理,出生到死亡由八个连续阶段组成,在个性心理的社会发展过程中,每一个阶段都潜伏着危机。此处的危机有着发展的意义,"它并不意味着灾祸临头,它指的不过是一个转折点,一个不断增加易损性和不断增强潜能的决定性时期"。[2] 因而危机是适应不良的个体发育的根本缘由。自我性格的发展来自个人与社会的相互确认。个人的目标与社会目标相一致时,个体危机可以化解,有助于自发的发展和形成较强的顺应能力;个人的目标与社会目标相悖时,危机加剧,个人的发展削弱,顺应能力受到阻碍。不同的处理危机的

---

① Muhammad Anwar. "A Female Bangladeshi's Quest for Her New Identity in Monica Ali's *Brick Lane*: A Textual Analysis," *International Journal of Humanities and Cultural Studies*(3), 2017, pp.185 – 202.

② 埃里克·H. 埃里克森:《同一性:青少年与危机》,孙名之译,北京:中央编译出版社,2015年,第66页。

能力使不断成长的人格更新完善,也使各个阶段人格形成的成分充分成长起来。

在持续一生的"自我同一性"的形成过程中,每个阶段都要遭遇所产生的危机。其中,青年期占据首要位置,青年期容易遭遇极度的同一性混乱。青年人最主要的任务是选择和确定自己的社会角色,向不同质的下一阶段过渡。小说中查努的女儿莎哈娜、比比和拉齐娅的儿子塔里克正值十二到十八岁之间,作为二代移民的他们在青春期,尚未形成清晰明确和牢固的自我概念,在与西方社会主流价值观和母国价值观的碰撞过程中难以兼容与消化,不能为自己建立起一套明晰的发展指标,对未来无知又迷茫。根据埃里克森的同一性理论,他们到了第五个心理社会进步时期,即"身份与人格困惑时期"。让个体意识到自己的人生目标,在接受中等教育的同时接受各种信息,明确自己的人生策略,获得同一性,形成忠诚度,克服不确定性。伦敦的二代移民典型的居住经验是同化与排斥,小说中莎哈娜和比比被西方白人主流文化同化并融入其中,而卡里姆投身于孟加拉民族运动,用极端激进的方式与主流社会划清界限,转向,最终离开英国社会返回孟加拉国。

人作为一种社会群居动物,基于对主流生活的向往以及惧怕被视为"另类"的心理,往往通过从众或模仿的方式选择归顺于同辈群体中的主流意识,达到融入同辈群体的目的。莎哈娜和比比是在伦敦出生、长大的第二代移民,不同于她们的父母,她们自幼受到英国文化的影响,生活在白人统治下,尽管她们在英国不能得到像白人孩子一样应有的尊重,但她们早已习以为常。而另一方面,尽管她们是孟加拉裔少数族裔,和穆斯林文化也有着不可隔断的联系,但她们始终对于孟加拉国存在着陌生感。个人的性格形成也受到他人的影响,个体的自我感觉在一定程度上取决于他人看待自己的方式。在伦敦东区长大的第二代讲英语的孟加拉国孩子可能会认为自己完全是英国人,在自我身份的选择上她们坚持说"我们是伦敦人"(阿里 320)。然而,其他土著白人英国人不太可能认为这些移民的后代是"他们中的一员"①。因此,二代移民在成长的过程中面临着角色混乱的认同危机。

当青少年不能成功地重新认识自己,不能正确地选择价值观,不能实现从理想自我到真实自我的转变时,他们会把这种期待放在偶像身上,通过模仿从偶像身上寻求精神和心理上的依赖。然而,在《砖巷》中,莎哈娜和拉齐娅的孩子塔里克很难找到这样一个偶像,因为他们不得已在两个不同文化类型的社会之间游走。他们被迫在英语社会文化和孟加拉文化之间做出选择,在个人自我同一性形成的过程中比在单一文化中成长起来的同龄人遭遇更强的角色混乱。莎哈娜在英格兰长大,从来没有去过孟加拉。从另一种角度,她认为自己是英国人。无论如何,因为在英国人中大部分拒绝与孟加拉的穷人化为一个整体。莎哈娜就是那些不被认定为英国人的一员,对于她而言要努力适应。哪种身份似乎都不适用于她,因为别人对她的看法会影响到她。宗教对于莎哈娜而言更是会给

---

① 　Muhammad Anwar. "A Female Bangladeshi's Quest for Her New Identity in Monica Ali's *Brick Lane*: A Textual Analysis," *International Journal of Humanities and Cultural Studies*(3),2017,pp.185 - 202.

她压力,库西克(Shahana Edmund Cusick)在《英国的文化身份》中
写道:

> 对于在英国长大的孟加拉移民后裔来说,伊斯兰教是
> 文化和宗教力量,许多源自亚洲的年轻英国人可能认为自
> 己是英国穆斯林,而不是亚洲人或黑人英国人……对于这一
> 代人来说,挑战在于继续设法将伊斯兰教的宗教传统融入当
> 代英国人的生活中,并创造一种新的英国伊斯兰身份。[①]

从这方面来看,对于第二代年轻的孟加拉移民来说,找到一个
真正的偶像来形成自己的人格是困难的。莎哈娜和比比都是这种
文化聚合体中的一分子。在她们看来,很难找到真正的人格,因为
她们必须将英国和孟加拉国的社会和宗教混杂在一起。在两个异
质的社会空间中,她们需要找到真正的人格。而更根本性的无法排
解的难题是出身于两个不同的国度、同时经历两种社会的寂寞与喧
哗的对比,更有一生都无法脱离的夹缝中的生存。

在青少年人格塑造过程中,原生家庭具有举足轻重的作用。对
于移民后裔来说,人格的养成与父母生活经历和行为的关联是持久
且深远的。莎哈娜和比比是很有代表性的伦敦孟加拉裔二代青年,
她们试图通过父亲和母亲的养育获得自我效能的实现,却很难得到

[①] Peter Childs, Shahana Edmund and Mike Storry (Eds.). *British Cultural Identities*, London: Routledge, 1997, p.291.

父母的理解与认可。莎哈娜和比比出生于伦敦,接受西方的教育,除了身体特征彰显了自己的亚裔出身,她们思维方式,行为举止和价值观念都有着明显的西方特点。移民家庭中父母与子女间存在着天然的裂缝。她们从父母那里接受传统文化的教育,但在社交沟通上,身体力行的是西方的行为方式。女儿们依赖父母的经济来源,但同时又不认同父母的思想:保守和传统的思想,并强烈反对父亲对自己思想教育的束缚,也不愿坚守孟加拉传统文化。母亲很难理解女儿的行为,她不知不觉地想把女儿引导到她曾走过的道路上。除了年龄上的代沟和家庭地位的差异外,生活经历和教育背景之间的差异也增加了父母与女儿之间的认同差异。英国移民将一代一代地加强对英国的认同,淡化甚至努力抹去他们的移民身份。因为在学校、同龄人和大众媒体的影响下,原来的移民文化只有象征的意义,与日常生活关系甚微,孩子们因循英国文化传统。第二代移民在社会流动的范围上超过父母,从而比父辈更容易认同英国。

查努在英国求职的过程中屡屡碰壁,不再追寻英国主流文化,退而转向孟加拉传统文化,他摈弃早年求学时的观点,开始贬损西方文化,认为西方的文化就是"电视、酒吧、飞镖、足球。那是白种工人阶级的文化"(阿里 273)。他阻止女儿对西方文化的认可,对女儿的着装严加限制,不容许她们穿裙子、牛仔裤等西式风格的衣服;他要求女儿背诵泰戈尔的诗歌,禁止女儿在家里讲英语。可是,女儿不愿意也听不懂孟加拉古典音乐,她们被迫学习的孟加拉文非常糟糕,莎哈娜用西式的"香波"代替孟加拉传统品牌"仙女液"洗头发;她们在校服里面穿着牛仔裤,"她恨她的宽松套衫,并在上面泼洒油漆,结果把她所有的衣服都糟蹋了。一提起孟加拉她就把脸掉下来,她不想回家乡"(阿里 190)。父亲口中的孟加拉"民族乐园"对她而言只不过是地图上一个普通的区域,是异国他乡。

莎哈娜从出生以来就生活在英国,没有母亲初来乍到英国时的惊讶与困惑,她自小接受欧美新殖民文化,周围的一切对于她来说都是合乎逻辑的。她接受的现代教育让她在年纪尚小的时候就拥有了独立看待问题的能力和视角。在《砖巷》里,女儿莎哈娜能够感受到母亲对她的爱和宽容。纳兹奈恩深切感悟到"莎哈娜现在只不过是半个孩子,但有时候又是别的什么。最令人吃惊的却也是可能的是,她是另一个人"(阿里 192)。她没有沿袭自己的母亲鲁普班强调的"天命",告诫女儿严格恪守家乡的传统。纳兹奈恩将女儿看作一个独立的个体。然而,在扮演妻子的身份时,她在女儿和丈夫有了争执时,还是坚定地站在丈夫一边,忍耐和顺从的文化印记影响着家庭生活的一点一滴,所以母亲实际上仍然是一个生活在国外的孟加拉国人。正因为莎哈娜爱她的母亲,所以更加怨恨她。莎哈娜的父亲禁止莎哈娜在家中说英语,一贯支持她的母亲也不站在她身边,这令她非常愤怒。在莎哈娜眼中,父亲不允许在家中说英语是小事,而母亲对父亲无条件的顺从令她心生怨念。母亲对父亲的粗暴与无理不但不加以阻止,还努力维持他所谓的尊严。

以莎哈娜为代表的二代移民在自我再认识的过程中,面临解决种种有关自我身份定位的问题:从纵向来说,她面临着自我个体从青年期向下一个异质阶段发展时需要做出抉择的危机;从横向来说,她面临着自我与英国社会要求之间由于不一致而产生冲突的危机。莎哈娜在身份同一性形成期间以自我为核心,但是离不开英国社会同伴接纳的影响和所处的家庭环境的影响。虽然莎哈娜在建立新的英国身份时遭受了两种文化的撕裂之苦,但她们仍然努力成为英国社会的一员,保持自己的独特性,主动融入英国社会。

在全球化的进程中,"砖巷"这一社会生存空间为孟加拉移民以及他们的后裔提供了一个相对安全的地方和有确定价值观的价值体系,"砖巷"为移民们营造了一个他们共同参与其中并且感同身受的跨国界大家庭的想象。身份这个问题与砖巷有着巨大的联系,在砖巷里的每一个角色都充分利用所在的空间,努力在西方社会寻得自己的身份归属。在后殖民伦敦的多元文化主义中会产生一种现象:孟加拉移民及其后裔的文化身份结构是多重的。从一代移民和二代移民的个案研究发现以及他们的最终归属已足以证明建立同一性的维度不仅是源自个人,还牵涉个人与所在的英国社会。因为移民不仅仅是处于英国核心社会文化中的一员,同时也参与了英国社会文化形成的过程中,在这一过程中发挥了核心作用,地位不可或缺。在这一新的领域中,从前没有意识到或未用文字表达的事实,都以一种类似于精神分析过程的方式被表示出来了。"同一性"是一个关键词,让人看到种族隔离的心理意义,围绕着这个词,会凝结许多问题,互相转变,互相遮掩。当然也不可能说清楚单纯地使用"同一性"这个名词到底有多少次包含着我们所指定的那种含义。当"危机"这一名词与它联合使用时,就更像一种叠合的意义了。移民与他出生的地点和他作为公民的国家渐行渐远,但与此同时拥有在新世界和新国家获取成功的概率。

第六章

伦敦城市空间性别经验与阈限

不同肤色的人、不同信仰的人以及不同性别的人共同存在于城市中,他们占据不同的空间,使用这些空间的方式不同,由此产生的城市认识与感受亦不尽相同。现代城市的组织方式中,性别角色的差异不如种族和民族群体的差异显著,因此性别差异被认为是司空见惯的现象。城市社会学研究的疏失之处就在于,没有对城市经验和城市结构中具有性别上的差异加以考虑。"1970年代,'第二波'女权主义浪潮向占据主导地位的社会学思想的理论模型发起了挑战,促生了对妇女与城市之间关系的关注,以及女性与男性对城市空间的感受,事实上有着极大差异的观点。"[①]越来越多的学者开始将目光集中于城市的生活经验而非其结构和模式,他们转而关注女性对城市的体验,在文学批评实践中努力从这些群体的居住城市环境中获取生存个体对城市的体验与感受,在被忽视的女性城市空间里建立对阶级、地位、民族和种族的表达方式的观测点,阐发城市形态对文化多样性的容纳。

---

① 德波拉·史蒂文森:《城市与城市文化》,李东航译,北京:北京大学出版社,2015年,第46页。

第一节　性别社会空间的萎缩

　　在论及伦敦的塔村社区之前,首先厘定几个概念。什么是社区? 什么是社区组织? 对社区的最简单描述是:"一群人占据着一块或多或少有着清晰界限的区域,但是社区并非只有这些,它不仅是一群人的聚合,更是各种机构的聚合。"①孟加拉人聚居的塔村,虽然在英国首都伦敦,但似乎是一个与主流社会格格不入的区域。《砖巷》所展示的正是英国主流社会从未想到的孟加拉移民的生活境况和心理状态。他们在书中看到的是另一个国家,就好像它是一个白色基督教世界里的棕色伊斯兰飞地。家庭是社区的细胞,在对塔村内不同性别动态关系的考察中,"家庭"将被当作社会领域加以分析。人类学家通常根据其不同的含义对"家庭"有不同的定义,家庭主要包括亲属关系,家庭是一个更严格定义的亲属群体。今天,随着经济、社会和空间的迅速变化,有必要根据特定的历史和社会背景,重新审视"家庭"的构成及其与其他社会空间的关系。

　　因此,若想获得在空间上对延展跨越的移民家庭更恰当的理解方式,就不能限定在"共同居住在一起"的物理空间上,需要有超越这一局限的社会想象力和分析能力。孟加拉移民的家庭远非和谐的单元,而是一个充斥着父权秩序和性别支配力量但又不断受到挑

---

① 罗伯特·E. 帕克:《城市——有关城市环境中人类行为研究的建议》,杭苏红译,北京:商务印书馆,2016 年,第 131 页。

战与质疑的社会大舞台。关注家庭空间并不意味着它是塑造性别关系的唯一力量。家庭、工作场所和性别之间的社会空间边界是相互建构和影响的。尽管在发达的伦敦,孟加拉移民家庭也没有受到当下十分流行的经济决定论的影响,因此在对其性别和权力进行考察时,需要有另一种思考。

正如摩尔所论证的那样:"不是工作本身,而是那些被认定的'工作'以及现有文化语境所赋予它的社会价值塑造了妇女在家庭和社会中的地位。"[①]摩尔描述的初衷是关于男女分工的一种标准的意识形态,但实际上在移民这一群体环境中,人们的所作所为和社会原则之间相距甚远。小说中像查努这一代的孟加拉人骨子里因循守旧,认为女人必须留在家里。如果说工作转化为社会认可的价值与工作空间的文化概念密切相关,那么此处需要进一步探索的问题是:在这一背景下女人们的工作怎样被男人转化和利用? 工作的价值和社会支配地位之间的关系是什么? 通常的观点过度聚焦于男性在家庭以外从事的工作,以致掩盖了这样的事实:在移民家庭中,这种价值转换是性别剥削的重要方式,也在父系秩序的形成中处于中心地位。在家庭中工作的妻子们通常很少享有一些决策权并且难以掌控家庭和自我的生活,即使她们在经济生产当中非常活跃,是家中主要的收入来源,其工作的价值仍旧被严重低估,而她们在家庭和社会中的地位也比男人们低。

---

① 张鹂:《城市里的陌生人:中国流动人口的空间、权力与社会网络的重构》,袁长庚译,南京:江苏人民出版社,2014 年,第125 页。

在塔村内,移民家庭存在着明显的性别分工,男性在家庭之外工作,女性在家庭内部工作。男性在一般情况下会出去工作,他们是家庭中的主要劳动力。丈夫不必束缚在家庭里,享有很强的空间流动性。孟加拉乡村男性被卷入资本主义跨国公司的生产当中,他们虽然可以享有空间流动性,但同时在工作场所中又成为新的种族等级制和工业生产方式的控制对象。对于移民来说,他们进入上层阶级是很难的,因为他们所处的生活环境对他们很不利。查努有着很好的教育背景和非常强的学习能力,他非常热爱英国文学经典、哲学、社会学和历史等人文性质的学科,但因为他是移民,所以没有找到体面的工作。因此他只能像其他的移民一样从事一些技术含量低的工作,比如在邮政折信封、开出租车以及最后在餐厅做侍者。由于男人们的工作是在家庭之外开展,且需要经常往来各处,不管收入是否微薄,其价值都会被高度认可。

纳兹奈恩是一个贤良淑德但是十分孤独的妻子,她按照孟加拉的传统观来约束自己,但遭受了不平等待遇和种族歧视,她只能默默地服从丈夫,勤奋地做家务、祈祷、减少与邻居的交流与沟通。"来到伦敦日复一日坐在这个大盒子里,有需要掸土的家具,到处是上下左右封闭的私生活的憋闷声。"(阿里 15)在孟加拉国,对女性空间移动的社会限制是非常严格的。离家外出对女性而言是一种文化禁忌,需要出远门的工作就只能由男人来承担。纳兹奈恩的妹妹哈西娜生活在孟加拉国,她在外奔波,想独自闯出自己的天地,被当地的男性认为是"坏女人",屡遭骚扰和身体侵犯。女性需要在外面过夜来完成工作,因此女性的工作被看作一种无法克服的困难。

女性缺乏外出工作能力的原因是文化上的而不是身体上的,但这一观念与女性被认定在生物学上的天然劣势这一刻板印象密切相关。

为了缓解家庭的压力,与此相关的一个进程是"外部"空间向"内部"空间的社会性转化。而与男性的工作相比,这一空间内部的女性劳动仍旧被视为非正式的,其价值也更低。想要理解女性的工作为何以及怎样被贬值,还需要考察家庭分工中的空间组织。当孟加拉移民男人们谈及生产和性别分工之类的问题时,他们经常忽略或轻视自己的妻子、女儿所扮演的主要生产者的角色。但我也并不认为查努的表达是对现实的一种错误反映。相反,正是这种意识形态塑造了他对女性工作的看法。查努已经有很长时间没有找到合适的工作了,纳兹奈恩迫不得已接了一些缝纫活儿来赚钱维持生计。她通过自己的勤奋工作还清了查努向伊斯兰太太借的高利贷,还接济了远在孟加拉的妹妹。

因为这种由妇女在家庭中进行的劳动密集型工作很容易被看作"自然的""女性化的""私人的",而且其隐蔽于公共视线之外的特性又使工作被认为是"家务"的一种延伸,所以女性的劳动被赋予的社会价值必然低于男性。毕竟,传统上认为家务劳动与公开的有偿劳动相比,前者的生产性更弱。实际上,无论是家务劳动还是缝纫活儿都不会被查努称之为"工作"。"工作"是指在家以外的活动,"家务活"因为是在家里进行的,所以不属于"工作"。"家务活"和"工作"不仅仅是不同种类的行动,还是具有价值差异的性别化的行为:前者是"女人的事",后者是"男人的事"。在家户内部从事缝纫活儿被看作女性化的私人行为,因此即使其劳动强度很大且对家庭收入十分重要,也无法摆脱价值被低估的命运。即便女性在服装生产的劳动参与和社会关系协调当中都扮演关键角色,但在塔村她们的工作仍被看作次等,且生产性较弱。

女性可利用的社会空间越来越少,男性有了日新月异的消费行为,这些都严重影响了家庭内部权力的平衡,因为这些女性在经济和社交两方面都越发依赖丈夫。被十七头冻牛压死的拉齐娅的丈夫在外工作,拉齐娅自己在家没有任何收入来源,牙刷都是二手的,所以她们在家庭中索取权力和提出要求的手段越来越少。更为重要的一点是,女性进入公共空间的渠道的缩减使她们发展自己的社会认知和培养社交能力变得更加困难。塔村里的很多人自从到这儿的第一天起就从未踏出社区半步。小说中描述了孟加拉移民妇女禁锢在塔村的家庭中,"有些女人在这里过了十年、二十年,她们成天在厨房里研磨调料,只学会了两个英语单词"(阿里 115)。

在孟加拉的文化里,酒吧和酒店被标识为只供男性消费的场所。如果妇女出现在这些地方,尤其是孤身一人时,她们就会被很直接地认为是妓女或其他品行不端的女人。一般人家的女性更是不能涉足这些地方,因为她们的好名声对维持丈夫们的地位和影响力非常重要。男人对女性空间移动的这些限制既是一种性控制,也是一种将女性排除在商业活动之外的手段。孟加拉人对女性独自一人出没在男人们的社区这种做法的评论可以清楚地反映出他们对女性空间移动的担忧,女性穿梭于不同的空间、和男人们交流被看作越界的行为。

纳兹奈恩用自己的双手为自己赢得了独立的空间。纳兹奈恩因为经济独立从而产生了一种空虚和自我独立的感觉。她感觉自己"被困在这个身体里,这间屋子里,这套房子里,这块埋葬了人性的混凝土板块里"(阿里 72—73)。"埋葬"和"被困"之类的字眼形象地描述了这些女性感到自身家庭地位的下滑。她将自己被剥夺权利的感觉直接与其缺少踏入家庭之外的世界的渠道这一点相联系。"我要做唯一的那一个。"(阿里 445)纳兹奈恩鼓起勇气,第一次走出了砖巷。"出门"不仅仅是意味着获取地理空间上的自由移动能力,更重要的是女性可以更多地参与社会经济事务。纳兹奈恩有了去砖巷外面的机会,从而有机会直接接触一种与孟加拉文化全然不同的文化,小说中纳兹奈恩自己一共两次独自离开砖巷步入真正的英国社会。她想冲破孟加拉束缚在她身上的牢笼,第一次独自出门,纳兹奈恩发现自己迷失在城市中。她"走到砖巷的尽头,便想右拐。她横穿马路,走进一条小街……然后她随意转弯,干脆跑了起来"(阿里 50),建筑、汽车和街上的人们似乎对她来说都很陌生,她为了冲破孟加拉国对于女人的限制而故意迷失在陌生的伦敦街头,独自一人游遍了大半个伦敦,她成功地在一个酒吧使用了厕所,甚至同一个陌生人用英语交流。和陌生人说话、穿梭于不同的空间、和男人们说话都是不符合传统观念的行为。与此同时,她开始明白自己真正想要的是什么,她已经从一个顺从的东方传统化女性逐渐转变为独立自主的西方化的女性。从那个时候开始,她逐渐反抗丈夫的权威,她自己回到了砖巷,成功地反抗了孟加拉国的传统。她要寻找她的女儿哈西娜,所以她再次走出了砖巷。这时她是一个完全独立自主的新女性,纳兹奈恩两次走出砖巷,实现了独立成长,显然是受到了西方文化和价值观的影响。

拉齐娅也跟随自己的丈夫从塔村社区到了伦敦,她是纳兹奈恩的好朋友兼邻居。但是她要比纳兹奈恩更早地挣脱束缚,并展开了新的生活。拉齐娅最初对于生活是妥协的,她说,"我们能说什么对抗命运的话呢?",她丈夫把赚的钱都寄回家乡支援清真寺的建设,他们的生活因为没钱而变得十分困难,拉齐娅毅然脱掉了孟加拉妇女传统的纱丽,换上了干净利落的田径服,"她说她永远也不会再穿纱丽了,她烦透了像小鸟那样迈碎步"(阿里 95);她剪成了短发还努力地学习英语;她说"我自己要找个工作",这一切都遭到了她丈夫的反对,但是她还是坚持冲破传统的束缚。

拉齐娅知道如果自己再不做出改变,势必会被英国社会淘汰。十七头冻牛把拉齐娅的丈夫压死了,她说"我现在可以干那份工作了。现在没有能屠宰我的屠夫了"(阿里 144)。她靠着裁缝的工作养活了自己的儿女塔里克和谢发莉。拉齐娅"拿到英国护照以后,她得到一件汗衫,前面印着很大的米字旗,又配上她最喜欢的一条棕色的松紧腰裤子"(阿里 199)。拉齐娅拿到了英国护照,正式成为英国人,她感到十分骄傲,穿着象征英国的"米字旗"上衣,努力工作赚钱,为孩子们创造了更好的生活条件。

虽然拉齐娅很开心地得到了英国国民的正式身份,但是她还是受到了英国人的歧视,"她们(英国人)又看不起我。她们甚至乐意对她们的国旗啐上一口,只要我在它里面"(阿里 433),拉齐娅逐渐接受了自己是少数族裔的身份,尽管被英国社会边缘化,但她开始不在乎别人的眼光,努力工作,她重新为自己确立了生活轨道:"我

不需要任何人。我要像英国人那样生活。"(阿里 391)

第二节　服饰背后的权力身份话语

服装是一种被物质化了的民族文化载体,是一个人的仪态外观的显性表现形式,在社会的整个精神生活中呈现出显著的特征。现在人们参加诸多的社会活动,服装由以前的单一性遮身蔽体的功能向实用性与功能性、艺术性结合转变。当今社会个体的穿衣之道,会受职业、性格的不同,显示各自不同的特点。民族服饰是人类文化在长期的历史发展过程中不断进化和演变而形成的。其服装式样和取材质地反映了各民族社会生产和文化生活的特点,在民族品格和民族气质的形成过程中起到直接而又深刻的作用。民族服饰作为民族文化的象征是个体处于生存与发展的困境中可以汲取并获得动力的精神力量。小说中,少数民族服饰作为传承和发展民族文化的独特文化语言增加小说的主题表现效果,还具有促进故事发展,刻画人物性格和心理描写的叙事功能,民族服饰的描写在特定的社会文化结构下凸显了少数族裔的生活习俗和审美观念,彰显民族特色。

《砖巷》中,史密斯运用白描的手法描述孟加拉人的传统服饰,简洁而质朴地记录着生活环境变迁中的孟加拉人,让读者能够直观地体验孟加拉少数民族人群对传统礼仪的坚守,民族服装的涉及完成了创作者对孟加拉文化在英国主流社会中异质性的记录和孟加拉移民在异国他乡突兀的他者形象的勾勒。作家在创作中没有使用孟加拉的本土语言作为人物间的对白。使用孟加拉传统的日常服饰纱丽和旁庶普省的裤子有很强的民族自我标识性。民族服装是人类文化中民族特色的显性表征,民族服饰毋庸置疑是民族识别和民族身份认同研究中的重要依据和应该予以重点关注的对象。对于孟加拉移民而言,纱丽和旁庶普的裤装是一种最具代表性的民族服装,不仅能显示伊斯兰民族文化特征,还能以隐喻的方式对身份建构的叙事细节起到辅助衬托作用。

在英国,辨析不同族裔身份最直观简便的方法就是看该民族服饰的流布。传统的民族服饰成为识别民族的最直观的外部特征和主要标志。通常,族群意识是通过对自己族属的认同,对民族传统文化的理解,以及对民族传统的遵从来完成的。一般来说,民族意识越强,服饰的身份功能就越强,在强调"我族"与"他族"的区别时,服饰的比重通常是独一无二的,并且不易改变。"服饰的民族性是民族文化的重要组成部分和区别于其他民族的外部特征之一,也是服饰作为文化现象的主要特征之一。"[1]服装是每个民族的一种独特的文化习俗,它被一代又一代地传承了下来。纱丽、旁庶普宽松裤作为孟加拉文化最显著的外在标识,被塔村的孟加拉族群所固守。砖巷随处可见身着民族服饰的居民:"两个穿旁遮普宽松裤、戴无檐帽的老人在小路上缓缓漫步,仿佛他们并不想离开。"(阿里 9)在日常生活中,伦敦的当地人极少参加少数族裔的活动,他们具有

---

① 曾艳红:《服饰:文化的一种载体及传播媒介》,载《丝绸》2013 年第 1 期,第 58—62 页,第 60 页。

很强的自我认同感，并且清晰地保持着与其他民族文化的所属与区分，英国人由此确认自己民族的优越性。不同群体之间的服饰很难达成同一性，服饰在民族认同的直接表现是与他者的区别。少数民族服饰文化是少数民族文化的显性表征。民族服饰除了具有一般服装满足人蔽体御寒所需要的生活功用外，也是一个民族的象征符号。孟加拉、印度妇女特有的徽记与标志就是纱丽，在伦敦街头，人们可以"以衣认人"。服饰的身份标示功能得到强化，我们很容易从服饰上区分开穿着者的社会归属。如今，走在大街上凭借各自的民族服装去甄别、区分少数族裔和英国当地人是一件很容易的事。

服装是与着装主体的生理性别、社会地位以及身份变迁密切相关。本节从《砖巷》中人物的日常服饰入手，观照服装与政治身份、文化认同的关联，以此探究人物着装与身份认同之间隐含的文化逻辑、探究服装背后隐藏的身份意识形态，并从移民被"装扮"的命运与着装选择的关联中洞察作家隐含的民族立场。在英国社会，贵族等级制度已经淡化，从日常服饰方面难以辨析社会等级。移民小说以少数族裔的服饰描写较为多见，凸显服装的民族性审美文化特色。《砖巷》描述了以孟加拉人为主的移民社群的文化认同和文化错位等现象。本土的英国人被移民们的异域风格的着装所吸引。砖巷里不属于孟加拉族群的人，从着装上就很容易辨析出来，"一对衣着迥异的人走了过去，深色裙装，配套的上装。他们的肩部垫了起来，鼓了出去"（阿里 36）。"白种女人穿着贴身的裤子，像剪掉了脚的裤袜。"（阿里 35）孟加拉移民居住在聚居区，在与英国当地居民的交往、竞争中服装差异往往会被放大。人的日常服饰能够把角色与故事环境融合一体,成为描述人物心理和行为的一种方式,这也正是从"他者"视角认知少数族裔的一种方式。

当纳兹奈恩身着纱丽和家人走在伦敦街头时,她感到路人在注视他们,并会对她从头到脚包裹严实的着装感到奇怪。服饰是理解当代社会的一个重要范畴。着装不仅是一种满足遮身蔽体的物质需求行为,也是一种出于各种目的被操控的象征行为。在生活层面上,服饰可以建构身份、区分自我建构和与他人的关系。在社会层面上,服饰是为了支撑文化传统和民族群体等的存在与传承。当一个人远离自己的"祖国"和"母国文化"时,为了在异地他乡谋求生存和发展,他必须适应和接受另一种陌生的文化思想体系,尝试"融入"另一种社会组织结构中。服饰的改变不失为一种有效的切入途径。毕竟,民族意识不仅是由文化差异引起的,还是由人与人之间的互动交往引起的。当族群成员离开族群时,他们必须调整着装特点以满足或接近其他族群的实际要求。

生活在塔村的纳兹奈恩想要融入伦敦社会,但是丈夫查努以她怀孕为借口拒绝了她想要学习英语的提议。她感觉自己"被困在自己的身体里,这间屋子里,这套房子里,这块埋葬了人性的混凝土板块里"(阿里 72—73),她感到她的这种相夫教子的生活就是:"她的任务就是坐等。再没有真主要她做的事情……还有这种无形又无名的东西爬过她的双肩……她装作没有听见,但它的声音更大。她跟它讨价还价……它静静地听着,然后更深地钻进她的心脏。"(阿里 102)这段描述是纳兹奈恩内心的独白,纳兹奈恩从精神深处经历了接纳传统文化与摆脱束缚的心理斗争,具体地讲是她对现代英国文明的向往,使得她拥有要逃离孟加拉式家庭生活的迫切愿望。在强烈的族群意识作用下而自然产生的心理认同已发生危机,需要重新进行"认同"。她要寻求某种形式上的认同来作为一种策略,重新建造身份,这种想法挥之不去。纳兹奈恩忽然间决定通过改变自己的着装来改变生活中的状态。"有那么辉煌的一瞬,显而易见,造就她生活的是衣服,不是命运……如果这一瞬能长久,我就会把纱丽扯下来,撕成碎片。"(阿里 300)纳兹奈恩走出了砖巷,开始了她最喜欢的"滑冰",她脱了美丽的"纱丽",换上了滑冰鞋。纳兹奈恩要领着她的孩子们过全新的有意义的生活,她有机结合了英国现代文明与孟加拉传统文化。

　　服饰是社会认同与区分的体现。纱丽说是衣服,实际上是一块布,两侧有镶边,上面有各种不同的图案,它的主体宽约 1.5 米、长约 6 米,围在身上,通常覆盖到足踝,从腰部围到脚跟形成筒,末端下摆披垂在右肩或左肩上。纱丽是孟加拉妇女的传统服饰,其质料、式样外显了孟加拉文化的特征,承载着孟加拉文化的内涵。纱丽作为孟加拉民族传统文化的具体表现形式反映了孟加拉人的民族性格及其文化意识。然而应当进一步澄清的是,这一社会认同和区分体系并不是一成不变的,而是一个根据不同地区和情况而变化的动态系统,其中包含多样的选择和着装策略。纱丽是孟加拉妇女的一种传统服装,起初是妇女在宗教仪式上的着装。纱丽深受宗教思想的影响,它的取材和样式也随之被规训,后来纱丽逐渐演变成女性的日常服装。前殖民地的少数族裔移民是宗主国城市里的异乡人,一样地颠沛流离和沦落他乡。在这样的状态下小说所描写的迁徙到英国的孟加拉人尤其是既是文化他者,又遭受父权文化歧视的女性人物的着装和社会行为值得关注。

　　曾经生活在砖巷的成功人士阿扎德太太思想开化,有独立的经济来源,适应性强,她在着装上随着生活环境的变化而做出改变。"听着,我在孟加拉的时候,我披一件纱丽把脑袋等统统遮住。但在这儿我出去工作,跟白人女孩在一起工作,我只不过是她们中的一员。如果我想回家吃咖喱,别人管不着。"(阿里 115)她对纳兹奈恩因循守旧的生活表示了鄙视,并以成功者的姿态训导纳兹奈恩,指出孟加拉移民妇女停滞不前,生活悲剧的原因。阿扎德太太认为孟加拉移民女性局限在家庭范围内,不敢独自面对社会,缺乏独立生活的能力,可悲的是,她们把责任归因于社会对她们的不认可。"社会是有种族歧视,社会统统错了,一切应当为她们改变,她们不必改变一件事情。"(阿里 21)无独有偶,伊斯兰太太的丈夫早年去世,她独自在砖巷生活,但是她迅速地做出了改变。"我不穿穆斯林蒙面长袍,我把面纱藏在心里,这是最重要不过的事情。再说,我有开襟羊毛衫,防寒服,裹头的围巾。但如果你跟这种人混在一起,即便他们是体面人,你也得放弃你的文化,接受他们的,就是这么回事。"(阿里 21)《砖巷》中穿运动衫的拉齐娅,拥有一个她身份意识觉醒后为自己所命的"名":纱丽代表着伊斯兰太太觉醒前低下的性别身份。伊斯兰太太在英国打工时结识了周围的英国女性,英国人穿的运动衫唤醒了她对殖民现代性的追寻。便利、礼貌象征着现代人的生活。伊斯兰太太本想穿上纱丽被动忍受,终其一生,但被运动衫和现代性激发了反抗意识,被囚禁的命运开启了她的反抗之路,她决意脱掉桎梏她生活的纱丽,做一个拥有人格主体、选择自由的人。

　　一方面,孟加拉人依靠纱丽划地为营坚守在自己的文化安全区内保持民族特征以维持民族自信。另一方面,孟加拉人的纱丽也被英国当地白人以陌生甚至略带敌意的目光审视着,值得一提的是从旁遮普到孟加拉,从巴基斯坦到印度国,差异性在文化、社会或语言上越来越大。比如,旁遮普人的裤装、纱丽和几内河特男人的腰布差异性明显。由于长久以来形成的对待他者的定性思维,这些差异在外人看来,是可以忽略不计的。他们的目光已经没有办法透过不同式样的纱丽去了解她各自的主人,而只会笼统地把纱丽当成毫无区别的符号去定位那个人本身。纱丽的原始所指是宗教活动上指定的功能服装,随后演变为女性的日常着装,在移民迁入地英国演变为孟加拉人的代码。纱丽的初始功能是避寒遮体,后来兼顾展示伊斯兰民族的女性之美,但被替换所指后的纱丽则是英国当地白人眼中的行走的他者符号。

　　穿什么样的衣服似乎是个人的随机选择。然而事实上,他们背后往往体现着目的性和社会根源。另一方面,民族服装也并非一味地强化身份。民族服装产生的身份影响会随着时间、空间和人的不同而表现出不统一。其中,被认为具有男性社会身份特征的英国绅士服饰穿着者被追求身份认同的移民建构成具有理智判断力的个人社会价值和社会身份的效仿者。通过服饰话语的隐性社会身份话语建构了英国社会语境中的身份特征。查努上班前还得把自己梳理一番。他胸前的口袋里别着两支钢笔,一支铅笔。他把皮鞋擦亮,他把公文包擦亮。那都是他常说"当"的日子。"当升职要实现的时候,当开始一种新的工作的时候,总要穿一套收拾得整洁如新的西装,拿更多的钢笔,他的脸闪耀着希望的光辉……他开始干一件事业时总要去把鞋修修,在挺括硬邦的公文包上花些钱。"(阿里216)

孟加拉移民与英国社会文化发生了广泛的接触,尤其是二代对英国文化的吸收变成了自觉行为。他们的衣着习惯自然地吸纳外面的方式,以西装和英国当地人的服装为主。当服饰与身份建构需求发生分裂和错位的时候便产生了反抗。莎哈娜从小受到英国学校教育的影响,非常不喜欢孟加拉以及孟加拉的传统文化。她从来没有去过孟加拉,孟加拉只是存在于她父亲口中的家乡。莎哈娜不想听孟加拉的古典音乐,她写的孟加拉文也很糟糕。她把油漆泼在了她的宽松套衫上,把民族服饰都糟蹋了。如果她能在烘豆和木豆中间选择,那根本没有争头。她不知道也不想得知泰戈尔不光是诗人和诺贝尔奖得主,简直就是她真正的国父。"莎哈娜才不管呢,莎哈娜不想回家乡。"(阿里190)随着全球文化一体化,英国社会中孟加拉移民对民族传统服饰文化的认同与宣扬已经日渐式微。莎哈娜钟爱的牛仔服已是风靡全球的经典服饰,这体现着一种符合现代生活的以人为本的休闲。

对于移居英国的孟加拉国移民来说,是否穿民族服装不是一个简单的行为,而是对外界各种力量的抵抗和妥协的表征,具有深刻的象征意义。《砖巷》中改变着装风格的孟加拉青年卡里姆的背后存在着化为历史和政治意识形态的权力话语,着装规则将自由个体变成可以被规训的傀儡，折射了个体身份建构过程中的变化。服装表明了主体的身份意识，在着装风格变化的背后是微观权力话语的操控程式。小说中，生长在英国的孟加拉移民后裔卡里姆讲一口流利的英语，平日着装都是西式风格：牛仔裤、衬衫和运动鞋。然而当卡里姆在移入社会感受到狮心战士对孟加拉移民的威胁与排挤时，他不再追随英国的价值观念，这反而激发了他对原有种族身份的认同，并组织了"孟加拉虎"对抗狮心战士。他听从关于宗教极端主义的建议，禁止组织内部所有形式的音乐表演。但是，白人示威游行，"孟加拉虎"的内部分裂，"孟加拉虎"集团消亡，卡里姆更换了着装风格，将西方装扮更换为旁遮普宽松裤、脑勺小圆帽。他衣着的变化表明他对西方社会的对抗与抵触，并最终选择逃回到孟加拉。西装混淆了卡里姆的文化身份，卡里姆在孟加拉人与英国人的国家认同之间徘徊。在组织"孟加拉虎"斗争的过程中，卡里姆对孟加拉人生活习惯与孟加拉男性着装的认可，使他意识到此前被殖民现代性遮蔽的孟加拉人身份。在生活环境的政治话语发生变化时需要改变自我文化身份，卡里姆通过对孟加拉人服装的认同唤醒了作为孟加拉人的文化基因。服装代表身份，不同的服装可以强化角色意识。他毅然换上了孟加拉男性的装束。服装同语言一样，改写了社会环境变迁中孟加拉移民的文化身份，导致孟加拉人文化失根及由此带来的意识转变。另一方面，就变装的内在动因而言，仅建构部分主体性的卡里姆，将外部的权力操控内化为装扮，埋藏在自我的潜意识中。服装的在场及其背后隐藏的权力话语干扰了他的身份建构，但是服装本体并未改写卡里姆的身份指认，在内化的过程中,决定性因素是他本人的、在社会中被别人的认可度和自己的行动所支配的意识。

在 21 世纪的全球化语境下,这样一个显著的文化符号承载的内涵和功能显得格外醒目。《砖巷》中人物服饰的更替描写反映了人物身份的流动性。后殖民现代性以及政治身份话语是着装者背后运作的微观控制因素。作家的移民身份与文本的美学气质体现了她书写实践所暗含的身份建构过程中的抗争心理,凸显了以往被主流话语所遮蔽的边缘群体的个人经验的表达。小说中,服饰是作为人物重要造型手段和想象性呈现的一种重要叙述对象,服饰描写在交代职业、塑造人物性格、显示身份地位等方面起到辅助作用,服饰描写作为一种无声的表白,还隐含了意识形态规训,身份主体性等功能。服装不仅能御寒遮体,又兼具个体形象设计气质外显的包装功能,自古以来便是人类参与社会活动时必不可少的扮装道具。从符号学的角度看,服装展示了穿着者的政治、性别、种族和阶级身份,运用服装的语言功能来建构现代自由人的主体性。小说中的服装不仅是一种社会地位的象征,更是一种身份符号的指认。服饰符号与其指代意义之间建立了一种可以相互言说的关系,从而完成了服饰符号在人物身份建构中的能指与所指。《砖巷》服装元素的身份政治内涵主要表现在人物对服装的选择,表达孟加拉人与英国民众的国族意识转向及移民个体身份认同的困惑与艰难抉择。即使种族、肤色和地域存在着差异,每一个人都不应该受限于身上的纱丽,每个人都是具有独立意识的个体。

第三节　孤立社区的城市社会空间组织与空间秩序

伦敦与其他世界级的城市不同，它从未经过缜密的布局设计。伦敦的发展是以一种有机的方式进行的。其漫长历史中的每一个阶段都在今天的建筑中留下了印记，只是这些痕迹很多都淡出了人们的视野。事实上也形成了一种地理上相对隔绝的社会空间。社会空间可以从微观和宏观两个层面来分析："从微观方面说，包括建筑、邻里、房屋供应和街道；宏观层次则包含国家和世界范围的组织、策略。"[①]以移民居住空间和社区发展的政策为例证，从宏观的角度来说，它探讨了由地缘政治导致的空间关系问题，但这主要还是从微观层面来分析的。人们在空间上的流动和自身社会空间的建设是流动人口落脚的前提，也促使其显现出来。既有的伦敦地理空间被移民依照不同样式改造，以便利于建构新的社会空间。这一改造过程充满动态性、临时性，所以他们在官方规划和管理之外建构新的社会空间具有深刻的社会政治含义。这不仅关系到物质空间的变化，也关系到重塑英国经济社会发展轨迹的各个动态变化方面。毋庸置疑，新社会空间的生产势必会影响政治、经济、社会的形成。

早在 1962 年，杜鲁门统治时期，有关塔村的描写是这样的："砖

[①]　张鹏：《城市里的陌生人：中国流动人口的空间、权力与社会网络的重构》，袁长庚译，南京：江苏人民出版社，2014 年，第213 页。

巷看起来就像《雾都孤儿》所描写的地方,黑暗狭窄的街道,满是看起来很古怪的人。"①而时隔半个世纪,小说《砖巷》中女主人公纳兹奈恩对塔村内部环境的视觉体验也充斥着与伦敦整体环境格格不入的异质性。

　　　　乔治小区四处是脚手架。杆子之间绷着致密的滤网。看上去好像整个建筑曾遭过追捕而且已经捕获,连同里面的人。纳兹奈恩穿过缆绳街,从铁路桥下过去,福尔斯塔夫酒馆用木板堵了起来。前院杂草丛生,一只浴缸里塞满了锥形交通路标、碎砖烂瓦和长满青苔的垫子。她不得不走一走,把气歇过来。一个商店老板出来走到人行道上,把一桶臭水倒进下水道里。纳兹奈恩转过头来。通过一扇开着的门,顺着一段混凝土楼梯,她瞥见一片低矮的黄天花板下有一排缝纫机。一个女人站起来,伸了伸懒腰,两只手碰上了天花板。纳兹奈恩继续往前赶,经过锡尔赫特现款取货店、国际廉价电话中心,肉脯张着大口,角落里的建筑濒临报废,承载着一段昔日的淡忘的传说——舒尔茨名牌咸牛肉。

　　　　她拐进伯纳小区。这里,每一种对廉价住房的廉价向往共存在假节约的纪念馆里。低层楼房像受伤的妖怪似的沿着混凝土堤岸蹲着。在沟壑里,滩地小屋的构建焦急

①　Rachel Lichtenstein, *On Brick Lane*, London: Penguin Books 2008, p.167.

地依附着坚硬的台地,受到不为人知的狂风暴雨的吹打。
一座凄凉的建筑,挖了些孔眼权当窗户,宣称是"客房协
会:会堂出租"。(阿里 517—518)

在塔村视野所能及的地方看不到任何公园或绿地。封闭制度使砖
巷的社区空间变为自给自足、界限分明的工作单元,这样的社区并
不只是纯粹的住宅,这些建筑内部与周围有很大的空间可供经营店
铺、小工厂和餐馆。这种住宅甚至有机会可让人扩大居住空间或者
把部分空间转为商业用途。周遭的街道两旁布满了粗陋的店铺、餐
馆,这些都是孟加拉移民经营的小型事业场所。对于这些乡村移民
而言,咖喱餐馆是一种典型而且大致上非常成功的企业形态,是一
种自我建构的经济与文化应急求生套件。

　　"社区与城市其他地方相隔离的这样一种空间划分形式,会让
塔村的居民产生隔离社区独有的生活方式和文化态度,他们的剥夺
感和挫折情绪会越来越多。以及一系列与主流文化不相符甚至是
相悖的行为方式与病态文化。"①这个社区的妇女习惯戴头巾,而且
非常信奉伊斯兰教。这里经常可以看到头巾,在店面上方高耸的清
真寺尖塔相比其他地方也要多得多。塔村居民的日常行为通常发
生在以住处为中心半径抵达砖巷边缘的区域内。很多人害怕在伦
敦莫名其妙的路标和广告牌中间迷路,所以他们不会探索聚居地之

---

① William J. Wilson. *The Truly Disadvantaged: The Inner City*, *The Under-class and Public Policy*, Chicago: University of Chicago Press, 1987, pp. 105 - 108.

外的城区。很多原因造成了移民社会空间的萎缩,当地居民的交际
网络主要局限在亲友和同乡之间。在这个充斥着临时性工作和破
旧商店的世界里,手机已经成为移民的必需品,不仅是他们与身在
母国的家人联系、缓解乡愁的工具,也是他们孤独生活中难得的娱
乐来源。卡里姆生活拮据,但是还是想方设法攒钱购买手机,为了
与父亲通话,排解孤独;拉齐娅的丈夫不顾家中的妻儿生活的艰难,
把挣来的苦力钱寄回家乡修清真寺;纳兹奈恩与妹妹哈西娜保持密
切的书信往来,互相沟通排解寂寞。

　　孟加拉的政治认同在长达半个世纪的时间里受到家长式政教
分离制度的支配。卡里姆认为政府纵容砖巷青年吸食毒品:"我在
想只要他们沾上粉儿,他们就远离了宗教。而政府——害怕伊斯兰
胜过害怕海洛因。"(阿里 337)伦敦的孟加拉裔人口聚居地塔村虽
然被官方描绘成一片充满毒品与犯罪、宗教极端主义与极差卫生条
件的地方,这样的描述也可能在一定程度上是正确的,但并不像主
流政治话语指责移民自我孤立导致社会隔离那样的说辞。根据小
说的描写,查努的女儿莎哈娜就读的学校以及移民社区有极端右翼
组织"狮心"在大肆地散发传单,污蔑穆斯林移民并挑头制造了种族
冲突。"狮心"想让穆斯林移民在英国社会没有立足之处,进而成了
全国人民的公敌。"狮心"组织以保持英国文化纯洁性为幌子,煽动
民众对穆斯林的仇恨,加大民众对穆斯林宗教的隔阂。震惊全世界
的"9·11"恐怖袭击事件发生没有多久,《砖巷》就出版了,西方社会
也因此广泛关注穆斯林移民社群。随着 21 世纪初移民文化冲突的
日趋激烈,塔村也成为宗教和政治敌对的焦点。移民与主流社会隔

离的另一种生活方式需要一个新的社会空间,一个能够滋养私人社区生活的社会空间。当塔村居民扭曲的"自我意识"积聚到一定程度时,他们可能会对外界采取更加谨慎、排外甚至敌对的姿态。"空间集聚本身就是地区衰败与贫困的主要成因,在极端的情况下,群体因素和阶层因素的重叠容易导致多重剥夺感,造成贫困和隔离的循环积累。"①小说中,卡里姆和其他激进的移民成立了对抗"狮心"的"孟加拉虎"组织,他们准备采取"以暴制暴"的行动准则。卡里姆及其"孟加拉虎"展现了社区领导层与权力如何通过志愿性的组织来巩固其权力,又如何获取权力在社区内部分配社会、经济资源。观测日光穿透正式的社会组织,透视社区"日常生活的纹理",洞察社区运作中隐蔽的权力关系。

没有通过明确的、组织化的形式显示出来的领导力量,它是移民内部标准的国家社会动态关系之外的一种替代模式,基于此,"孟加拉虎"本身含有某些政治属性。塔村这种群体都是非正式的,不需要任何的成员资格和仪式。"孟加拉虎"是一种非正式的人群组织,其基础可以是个人忠诚、拓展的亲属网络以及同乡关系。"孟加拉虎"的核心联系跨越血缘的界限,将许多来自同一地区但经济背景不同的人联系起来。

卡里姆的英语讲得比他本族的孟加拉语还流利,他长期受到英国文化的熏陶,骨子里认为自己是英国人,但是右翼势力的残暴行

---

① Doreen Massey. *Questions of Locality*, *Geography*, 1993, pp. 142 - 149, p.78.

为让他对英国文化感到深深的失望,他选择传承自己父辈们的孟加拉文化。

孟加拉虎秘密会社倾向于越过宗教组织界限,显示出一种与宗教团结相一致的阶级团结感。但是与"狮心战士"相比,"孟加拉虎"是定位更为随意或松散的社会组织。"孟加拉虎"建构在以地缘为基础的身份认同的基础上,它的成员并没有采取积极的方式对抗"狮心"战士的极端行动,只是以此聚合在一起缅怀孟加拉的历史和文化,由于组织不力,集团内部在采取行动上很难形成共识甚至产生了内讧。"'孟加拉虎'最初没有超过 20 个成员,随着时间推移,它枯萎到只有五人,成为'濒危物种'。"(阿里 326)与媒体营造出来的刻板印象恰恰相反,种族隔离的现象并非助推遏阻凶暴的极端主义。在《砖巷》中,像卡里姆这样理想幻灭的第二代移民确实也有可能发展出极端的宗教激进运动。种族问题所造成的英国社会危机不仅是少数族裔单方面的问题,也不仅是因为宗教,而是各个族群由以前的互相隔绝演变成了激烈的社会冲突。穆斯林移民并不都是宗教激进主义者,他们被残忍地迫害,在迫不得已的情况下才会采取以暴制暴的措施。卡里姆这一代的大多数人是二代移民,他们所关注的是努力工作,赚钱养活家人,而不是依照某种意识形态的理想建立一座乌托邦。"孟加拉虎"成立之初所标举的政治思想却从来不曾成为砖巷的政治主流,甚至作为反对势力也不成气候。塔村移民在 20 世纪 40 年代开始涌入至今,没有明确的政治立场。

世界地缘政治的变化也会影响流动人口聚居区的命运。就在塔村社区因为孟加拉虎暴动而被硝烟与戒严所控制的几个月期间,美国发生了"9·11"事件。2001 年 9 月 11 日上午,两架被恐怖分子劫持的民航客机分别撞向纽约世贸中心的双子塔。袭击发生后,两栋建筑物起火倒塌,飞机碰撞导致的巨大震动同时殃及其余 5 栋世贸中心的建筑物。9 时许,在华盛顿,美国国防部五角大楼遭到另一架被劫持的飞机的剧烈撞击,部分结构损坏最终坍塌。也就是说,恐怖主义也同样可能出现在穆斯林聚居区以外的地区,甚至在其他地区还更容易出现危险的极端主义。实际上,不论在中东还是西方世界,乡村移民聚居地都不是伊斯兰激进运动主要的发生地。其实,宗教狂热主义与贫困人口涌入城市的迁徙活动之间并没有必然的关联。为了防范,英国政府发动了一次清理整治活动。美国"9·11"恐怖袭击给英国政府敲响了警钟,"孟加拉虎"组织也成了一盘散沙,英国政府加强了对宣扬恐怖主义的"孟加拉虎"组织的监控。

移民社区中社团组织的主要团体间交互关系模式的变化恰恰是政府所担忧的,因为它会进一步挑战现有秩序。因而也无法被清晰地纳入现有的社会、空间秩序之中,更无从被看作是城市社会的一个"真正的"组成部分。"孟加拉虎"进军遭到了政府的镇压,警方派出大队人马,全都戴白色头盔,身穿防弹背心,而且手持枪支。""一排警车堵在砖巷口上……一段橘红色和白色相间的带子把街道两边粘在一起……""他们个个做好了防御一种看不见的力量的准备。"(阿里 518)砖巷的移民对宗教政治没有表示出过多的关注,这场斗争如果单纯只是孟加拉虎与狮心战士的暴动抗争,就不可能成为改变社会的事件。这场争斗是在接近尾声之际才套上了伊斯兰的宗教色彩,而且最初的动机与肇因也和宗教无关。这是一场移民聚居区的革命,主要原因乃是来自社会的敌对举动。

第四节　砖巷的可持续发展

　　砖巷的社会秩序以及空间布局,还有这里的移民构成,很容易让人产生这样的预期:"在孤独而失根的情况下从乡下来到这里,还没准备好也没有能力彻底适应都市生活,因此总是充满焦虑,一心想要返回家乡。为了自我防卫,他们因此把自己隔绝在一小片乡村式的飞地里。"①塔村被视为一种固定不变的边缘区域,其中是一群困顿潦倒,生活在社会的底端而且命运无可改变的穷人。然而在分析了小说中的查努、拉齐娅等众多家庭所走过的移民旅程之后,却得到了以下的发现:经过仔细检视,所揭示的真相与呈现的表象有巨大的差别。在脏乱的表面下,隐藏着精心规划的社区,不仅善于利用有限的居住空间,而且还有居民自己的谋生之道。这些边缘地区的普通人的想法是在社区努力提高自己的地位。建设这些社区的人充满活力,只要他们有机会,他们就可以主动发展自己。他们有开拓者的坚韧和吃苦耐劳的精神。砖巷虽然不是一个美丽的社区,也不安全,但它已开始变得更干净、更快乐,伴随着向上、奋斗的情绪。确实,暴力和贫穷作为一种非自然的、可能致命的方式在发展的旅途中不可避免地侵袭着他们。塔村社区的发展建设就是建立以及推动少数族裔聚居区发展。这里的人们不是"边缘人",而是

---

①　道格·桑德斯:《落脚城市》,陈信宏译,上海:上海译文出版社,2014年,第50页。

经济活动中的一个不容小觑的动力,他们为了追求更高的目标而暂时生活在社会的边缘,缺乏的是实现梦想的机会。

"砖巷是一个令人迷惑不解的地方,如果能够破解这个地区的运行机制,就能更好地了解世界。它不是一个静谧的地方,它是一个充满冲突但又充满新奇的地方。"①定居在砖巷的新进的城市人口其实也没有忍饥挨饿,所以总体上也不觉得永远被困在无路可出的泥潭中。从塔村的暂时居住到伦敦城里的立足的可能性确实存在,尽管处在社会的边缘,但是暴力也绝少是他们的选项。新移民并非都是消极的受害者,塔村聚居区的社会机制通常是一个不错的调节器,至少可以将迁入者的生活水平提高至农村贫困地区的生活标准之上。《砖巷》将主要场景浓缩在伦敦的砖巷和东巴基斯坦的迈门辛县,并在两者之间不断地进行场景切换。小说将纳兹奈恩一家在伦敦砖巷的生活与哈西娜在农村的生活进行对比,两种不同的社会和文化形成鲜明的对比。纳兹奈恩想到古里普尔时,立即想到了生活的不变。"过没有抽水马桶的日子,抛弃他的两个洗涤池(厨房和浴室),给炉灶生火而不是拧一下旋钮——这些交易值得吗?"(阿里 74)移民从农村迁往城市是一场蓄谋已久且历程漫长的行动,目的是提高家庭的生活水平和生活质量,其间凭借的跳板是城市的聚居区。

虽然在塔村新进的孟加拉移民不得不忍受拥挤的居住环境和各种社会歧视,但是,总体来说他们的生活明显好于驻留在孟加拉

---

① Rachel Lichtenstein. *On Brick Lane*, London: Penguin Books, 2008, p.249.

国的农村贫困人口,况且,聚居区的移民认为相对于城市白人的生活,他们的贫困只是暂时的情况。纳兹奈恩生活在砖巷,没有永久居住的感觉。"她生活中所有永久的安排都给人一种暂时的印象。没有任何理由改变任何东西,没有时间栽种任何东西。"(阿里 372)聚居区是移民真正进入城市的行程中的第一步。塔村的居民在断绝了回乡之路后,不再认为自己是穷苦的乡下人,而是把自己算入了城市居民之列。他们或许会倾注整个一代人的心血和收入来完成这个步骤,但绝不是为了从一种形式的贫穷转变为另一种形式的贫穷。

　　锡尔赫特人通常在塔村非常便宜的公共公寓租房住,虽然他们在英国领着最低工资,但是因为地区差异,在锡尔赫特他们的收入和当地贵族差不多。移居到伦敦的锡尔赫特人经常会回到老家捐钱,村民们都把他们视为神祇。他们促进了当地建筑业的发展和人才流动,许多贫穷地区的人们为了更好的生活而去往伦敦等大城市发展,这就是他们引发的一股移民潮。"一个伦敦人家庭可以为十二至一百名锡尔赫特居民提供直接收入,也会从孟加拉国的贫穷地区吸引数十人来到伦敦,而这些人口通常就住在殖民地,也就是由伦敦人建造并持有的出租住宅区。"[1]

　　"孟加拉国学者西迪格(Tasneem Siddiqui)认真研究了这些乡村的经济发展状况,移民们从伦敦移民聚居区带回的金钱与知识,

---

[1]　道格·桑德斯:《落脚城市》,陈信宏译,上海:上海译文出版社,2014 年,第108—109 页。

支撑着当地的一种特殊的经济体系,这些钱财注入当地的发展中,将原本的小农经济急剧转化为高度依靠馈赠的经济,也使乡村社会结构发生了根本性转换。"①富有的锡尔赫特家庭依靠汇入的资金买房置地,参与几项大规模的建设计划,最为重要的是在清真寺建筑计划中可能也都持有股份。这些炫目的转变满足了在塔村的孟加拉移民的虚荣心,他们在英国主流社会无法获得的尊重,在家乡的投资中得到了补偿。如此的循环,更加刺激塔村移民的资金流回家乡。小说中拉齐娅的家庭支出是个极端的例子。她丈夫在外辛苦挣来的血汗钱悉数寄回家乡,让他弟弟保管着。

> 男人干活是件好事。我倒不反对。哪怕他一天干二十四小时,随他去吧。……可是我们却见不到一分钱的外快。我反对的正是这个。他把钱全寄回去了。他是天下最大的守财奴。最大的劣等守财奴。就是孩子们买把牙刷,我也得求情。我什么都得买二手货。难道他希望孩子买用过的牙刷不成? 我什么都不能给他们。(阿里 95)

不过,移民汇回的资金给当地经济带来的繁荣的表象底下,还有另一种可持续性发展的潜流。伦敦移民的投资取代了政府的部分功能,刺激了当地的教育发展。"除了数十所由移民兴建并由村民担

---

① 道格·桑德斯:《落脚城市》,陈信宏译,上海:上海译文出版社,2014 年,第110 页。

任教职员工的英语学校之外,毕斯瓦纳还有四所专科学校,兴建及运营的经费全都来自伦敦人汇回的金钱,而且全都经营得相当不错,招生人数皆得以达到满额。"①拥有投资资本的移民被当地乡村农民视为效仿的榜样,当地人热衷于投资孩子的教育,他们想让自己的孩子变得更加优秀,从而可以移民到英国并且结婚,英国的移民法规越严苛,这些学校的效益就越好。移民前进行的专项强化训练,能够很好地提升孟加拉移民的文化水准,有利于他们在英国的发展。

这种经济体制及其独特的建筑业发展和教育形态,都是英国第一代孟加拉移民的产物。塔村第一代移民的后代通常不会延续城市与农村之间的资金连接。出生于伦敦的第二代移民与故国的联系至多停留在父辈的讲述中,不再有那么强烈的动机寄钱回乡,二代移民没有意愿在故国建立自己的地位。由此产生的问题是,在这些直接的实质性的资金联系消失之后,先前的资金流入和急剧变化的社会结构在乡村的影响能否维系很久。锡尔赫特地区人口大批量移居英国已有五十年之久的发展。"移民持续汇回的金钱已逐渐缩减为偶尔一次或是策略性投资。伦敦人住宅屋主回乡小住的频率愈来愈低。随着移民寄回乡的金钱逐渐萎缩,村庄里的中产阶级景象看似也将慢慢消失。"②

---

① 道格·桑德斯:《落脚城市》,陈信宏译,上海:上海译文出版社,2014 年,第111 页。

② 道格·桑德斯:《落脚城市》,陈信宏译,上海:上海译文出版社,2014 年,第112 页。

那么,移民如何能在一代人中顺利地从农村生活转变为中产阶级的城市生活呢? 还是两代人? 毕竟,这是移民定居点的核心功能,也是成千上万孟加拉人从农村搬到城市的唯一目的。塔村的核心功能是助推他们完成这一个目的。然而,我们对如何实现这一成就知之甚少。现实中似乎并无整齐划一的路径可寻。世界其他地方的聚居区居民地位升迁的经验显示,这一转变通常不会在一代人中完成,时间是一个时代甚或两个时代。不过,塔村乡下移民期待这种转变的发生,只是这个过程太过漫长和艰涩。

移民中原本出身于下层阶级的孟加拉乡村人口绝大多数都利用伦敦的塔村作为在迁入社会时力争上游的渠道。纵观城市少数族裔聚居区的发展背景,可以看出,自 19 世纪以来,聚居区的功能具有鲜明的时代与地缘特征。在英国,19 世纪中叶之后,等级森严的社会阶层开始松动,社会壁垒越来越容易跨越,而且城市与乡村间的人口社会向上流动的比率在 19 世纪的后半期有所增加。"在 19 世纪初期,每三个人当中有一个人能够摆脱自己出生时的收入阶级;到了 19 世纪末,已经是每两个人有一人能够达到这样的成果。"[①]

不过,社会流动的通道是有限制的。19 世纪初,英国工业革命得到了突飞猛进的发展,传统的手工业被大机器工业取代,英国的生产关系和社会构成随之发生了重大变化,英国正迅速从传统社会

---

① 道格·桑德斯:《落脚城市》,陈信宏译,上海:上海译文出版社,2014 年,第 133 页。

向现代社会转型。英国土地归属的落后性凸显,成为阻碍英国社会经济发展的制约因素。封建土地保有制依然存留,家族授产制度使得土地交换价值难以实现,终身地产制度限制了土地资源的开发利用。19世纪的英国,工人阶级要购买脚下的土地是无法想象的事情,即使是他们当中最成功的人员也不例外。城市房地产的限制加剧了上层社会知识型人才高收入人员的聚集,同时也阻碍了低技能劳动力的流入。因此,对于农村移民而言,舒适的工匠生活通常就是他们能够达到的最高成就。19世纪末期,英国政治制度领域内部进行了一系列变革,民众们强烈要求改革土地法,议会制定了一系列的法律,在政策把控上努力适应社会发展。20世纪初土地法的系统改革促进了英国社会从传统向现代的转型。虽然一部分城市移民可以在一代人的时间内从非熟练的贫困农民提升到收入更高、生活更稳定的熟练工人或商人,然而却只有少部分的劳动阶层男性在20世纪初能够晋升为中产阶级。

20世纪末期,《砖巷》中塔村的移民有成功的范例。阿扎德医生和太太一家成功地跨越阶级的壁垒,进入中产阶级。划分中产阶级的一种方式是指收入介于全国中等位数的家庭。具体而言,“中产阶级就是能够在横跨多个世代的时间里,以可长久的方式轻易照顾饮食、居住与交通上的要求,也持续具备为了投资未来成长而进行借贷的能力与意愿”。① 阿扎德一家起初的生活十分艰苦,“我们

---

① 道格·桑德斯:《落脚城市》,陈信宏译,上海:上海译文出版社,2014年,第239页。

刚来的时候,住在一间陋室里。我们的正餐是米饭和木豆。早饭还是米饭和木豆。午饭时我们喝水来填饱肚子。他就这样念完了医学院"(阿里 114)。在晋升中产阶级的挑战过程中,阿扎德太太对阿扎德的影响至关重要。她凭借娘家的经济实力资助丈夫完成了学业,从事了体面的医生工作,成功跻身高收入者的行列。阿扎德太太没有拘泥于所谓的文化碰撞与社会阶层划分,由于殷实的家庭条件和从小受过良好的家庭教育,她比其他保守的孟加拉妇女思想开通,于是她挣脱了传统思想的束缚,主动改变自己,以此来适应英国伦敦社会的发展。与丈夫共同开辟新生活,改善生活的品质。他们一家攒集的存款与资产允许子女接受良好的教育,有能力购置房屋地产,改善生活条件。阿扎德家现在的住所是"一个小小的前花园,园里的小径是用五彩板石铺的,石头形状各异,大小不同,仿佛一个大花园从很高的地方摔下来,在房前落了一地的碎片。窗户下面,一个石膏鹅戴着一顶红底花点的软帽向黑暗里凝视"(阿里107)。这是一笔坚实的房产。这种成功不仅是自力更生、自强不息的结果,也是自己聪明才智的结果。阿扎德一家一开始租住在房价低廉的塔村聚居区,但他们在脱离种族聚居地进入主流社会以后,才算真正在经济与文化方面融入了伦敦城市生活,并且成功在都市立足。实际上,社会流动性增加的时期也是公共教育和基本社会福利出现的时期,许多研究发现这两种趋势相辅相成。的确,在第一波人口大迁徙潮期间,英国社会阶层固化的情况有所改观,以 1848年为分界点可以划分出移民临时落脚的聚居区的两个不同时期:1848 年以前,社会底层人群能够感知到在城市向上层流动的可能,但在都市中奋斗失败的概率也高达一半左右；1848 年以后，当时移民改变出身，提高社会地位与收入的成功机会比失败的概率高得多。即使第一代移民有生之年无法实现，但是也为他们的子女跨越所处的社会层级做了充足的前期准备。

不过，在聚居区里，外来移民也同样有可能在经济与文化方面融入城市社会。实际上，英国学者佩奇、费尼与辛普森对看似具有种族隔离现象的小区进行的检视，带来了最具挑战性的论点，种族"聚集"可能是促成社会与经济融合最有效的渠道。对塔村这类恶名昭彰的聚居区地进行检视，结果发现这些小区和没有种族聚居现象的小区比较起来，并不易陷入贫穷或社会孤立的状态，相反，这些小区具有自我更新的能力，不断吸引着新进的来自不同文化的移民，塔村顺利发挥功能，这个社区是一部运作良好的融合机器。因为四散进入种族混居的中产阶级小区的人口，大致上就相当于从国外通入这些聚居区的人口数。这些地区之所以一直处于贫穷的状态，乃是因为流出人口进出失衡，一再接收新的贫穷移民。"在一根灯柱病恹恹的橙色灯附近，两个黑人孩子坐在铁栅栏后面，注视着他们的新世界。他们从何处来？他们逃避什么？纳兹奈恩已经学会了辨认难民儿童的面孔：那种受了精神创伤的安静，他们所具有的那种再学习玩耍的需要。"（阿里 518）

一个多世纪以来，大部分的塔村移民都来自农村，并遵循着欧洲典型的连锁式移民模式，从锡尔赫特乡村地区居住到伦敦塔村的各个社区。砖巷的孟加拉人以咖喱饭为食，家里珍藏着《古兰经》，挂着伊斯兰教的经文。女性穿着纱丽，而且对虔诚的信仰要求极为严格。伦敦可能是全世界最能完整见到这种旧式聚居区的地方。移民们居住在租金低廉的维多利亚风格的多层住宅里,社区的环境差强人意。他们在这些地方建立了相互支持的网络,建立了许多商店和咖喱餐馆,改善了住房条件,利用抵押贷款和房地产作为资金来源,然后搬进城市中更昂贵的其他人口聚居点。有时候,事业有成的移民会居留在砖巷,改善自己的住宅,以房东及放贷者的身份从下一波新进移民中挣取利润。他们在自己的族群内部建立了完整的企业网络,建立了自己的金融组织,形成了聚居区有影响力的精英群体。少数民族聚落的最终经验是,他们不会简单地依附于城市边缘,而是终将成为城市本身。该地区建设性或破坏性的结果取决于政府的干预方式。

今天,这个社区里到处可见新政治势力带来的影响。塔村工作队建立起来,主要调研的是青年失落现象与社会凝聚作用。"两年之内,它要交出它的评估意见。"(阿里 537)这种互助循环缔造了塔村的城市中产阶级,他们的偏好通常足以主导当地和英国的政治决策,不管哪个政党执掌政权,移民的立足过程都会成为英国政治中一个永久的中心议题。现在,每年从塔村移居到伦敦其他中产阶级地区的孟加拉人可以和从锡尔赫特迁入的农村移民持平。换句话说,塔村社区是一部不断进行新陈代谢运行正常的置换区域。经过长时间的运行后,塔村会演变成一个富有生产力和发展潜能的聚居区,从而与城市真正融合。

殖民地的新移民受到多元文化结构和英国多元文化主义的影响,产生了大量类似"砖巷"的移民社区。他们面临着大量的经济、身份、宗教、种族和混杂性等各方面的冲突问题，移民们既然选择了来到这里生活，就意味着要面对移民潮的利弊。虽然少数族裔移民的到来，特别是伊斯兰群体的到来，给英国带来了文化、经济和社会生活的快速发展，但也带来了许多新的社会问题，比如殖民地新移民在英国受到白人中心主义的歧视。与此同时，多元文化主义也带来了社会和经济不平等，文化和宗教导致了英国本土白人和有色人种之间的冲突。连锁移民需要自己独特的城市空间，承载持续的双向流动。连锁移民通常会导致相当比例的实验性移民，也会导致大量人返回原籍。在移民迁入地，连锁移民往往能够与同一出身的人形成持久的社会关系。这种执着的社区和少数族裔聚居地是最纯粹的定居城市形式。一旦我们从这个角度理解了少数族裔移民临时的城市落脚聚落，这个社区对城市和农民发展的重要性就会凸显出来。不仅仅是贫民窟收容了被城市淘汰的失败者，不仅仅是短期工人的临时避难所，也是城市再生的关键因素。数以万计甚至几十万计伦敦人仍然处于类似的境地，他们不敢或不能将收入投资于他们所居住的地区，他们虽然活跃在经济体系中，但仍然处境艰难，他们已经在这里了，但他们不能真正地安居在此。这种不明确的城市身份可能对定居城市产生破坏性影响，导致本应充满机会的社区受到威胁。

结

语

本书至此已经基本上完成了对"战后英国小说中的伦敦城市空间和民族文化身份建构"这一课题的初步探讨。本书在对第二次世界大战后英国小说城市主体身份的考察以及伦敦城市想象在诸多文本中的书写中，表明了身份认同在伦敦城市小说中建构与解构过程中的不同面向。诚然，这一过程是互为表里存在的，正如身份认同和身份危机的关系一样，交错混合。每一部伦敦小说，对建构和解构的偏重都有所不同。如果将建构与解构的二元对立看作人类辩证思维的两个维度，我们方可了解到，不论是哪一个时期的城市小说，身份问题对民族共同体的建构与解构都是同时存在的，而城市小说位于建构与解构两种对立之间。其中战后英国小说解构的因素较为明显，而19世纪英国小说和现代英国小说中，建构因素更为明显。在当代伦敦小说中，对身份建构与解构的因素更为复杂烦冗。身份认同是"二战"后多部作品中的重要主题。

伦敦正是因为其有着数量相当大的移民数目，因此也可被称之为后殖民社会。即使殖民体系已瓦解，但殖民主义的影响依然存在，殖民话语在日常生活中的影响仍然不可避免，并因此可能加剧社会矛盾冲突。本书试图从"二战"后少数族裔英国作家的不同文本中,多方面地了解与认识伦敦社会的众生百相和身份认同问题。少数族裔作家试图通过对不同的后殖民主体在伦敦生活的美好未来的憧憬与期待,来结束英国当地白种人与其他少数族裔人种之间存在的所谓二元对立关系。伦敦是一个多元文化国家的城市,通过借助作家对后殖民社会移民的经验,来强调各国文化的不同性,以此转变对英国身份认同的看法,改变对英国性的重新定义。

英国小说对民族"文化认同"的标举,凸显了"民族性与文化认知"的课题意义,它不仅使战后英国小说呈现新的研究价值,也使战后英国小说中多元身份政治下的"文化认同"价值诉求有着鲜明的时代精神。本书的创新点主要表现在如下方面:第一,研究视角多元。城市自身是复杂和持久的结构。城市研究是一项复杂的研究活动。文学中的城市用不同的美学表达方式反映并塑造了居住于其间的人的价值观和城市形象。对于当代社会中的城市而言,各种应接不暇的复杂冲突和旷日持久的博弈关系构成了城市千变万化的图景。本书尝试着用综合的视野多角度切入城市,用多学科多领域的综合研究,理出一种思路,把繁复的要素整饬起来,更好地适应城市的宽泛主题,以期能综合展呈战后文本中城市的多重面相。第二,研究内容多样。近年来,有关英国小说的城市研究虽然硕果累累,但是仍然存在诸如特定时段的综合性研究等薄弱环节。本书在前人研究的基础上深入作品与理论前沿,聚焦第二次世界大战后至21世纪初的小说,从多部作品多个方面展示这一时段的内容。探讨的范围涵盖了从社会现状分析到个人精神整合的方法和方向,提出的问题直面各种复杂冲突和博弈关系,为寻找契合当代中国社会文化治理提供有益的知识参照。第三，研究方法更新。研究者在考察英国小说中的城市问题等相关研究过程中，运用的通常是空间批评、地理景观等相关领域的研究方法。本书在采纳上述研究方法的同时，综合运用了城市社会学、文化地理学、阐释学等角度进行文学现象的分析，尝试对选题进行多样的研究和阐释风格，以期能克服一孔之见的局限，纵览城市经验的各色碎片。

城市文化和文学话语中的一个普遍问题是追求一个可被认同的英国身份。"二战"后的小说通过不同的视角以此来表现英国白人文化霸权下艰难的文化身份认同过程，揭露了多元文化冲击下少数族群的边缘生存问题。奈保尔是英国印度裔前殖民地作家，2001年荣获诺贝尔文学奖。在他的自传体小说《抵达之谜》中讲述了一个拥有双重移民背景的天生流放者在多元文化条件下苦苦探索自我身份认同的艰辛过程。作家早年居住在特立尼达，一味地推崇英国文化而否认印度及特立尼达的本位文化；青年时来到英格兰学习，追求英国作家身份，他用观察与描写世界的方法来探索自己的写作风格，与此同时也在旅行和写作中认证和探求自己的文化身份。主人公原先希望能够找到属于自己的精神归属地，在达到自己的作家梦后能完成自我身份认同，但是，"抵达"英国伦敦后，却发现依然身似浮萍，飘荡无根，终于几经体验后，对自己一直以来关注的流亡、身份、文化不确定性等问题有了自己的答案，完成了一次精神的抵达。

2017年诺贝尔文学奖得主，同时也是日裔英国作家的石黑一雄在他的小说《长日留痕》中所塑造的主人公史蒂文斯是一类极为特殊又具有普遍意义的帝国"遗民"形象。他们亲身经历了旧时代的跌宕起伏和辉煌创举,也参与了旧时代的政治与制度运行,见证着旧时代帝国的成就,分享了其价值与荣耀;但另一方面,他们又不得不面对时代更迭下的变迁、文化的没落,逐步发现自己所从事的事业的虚幻性,又逐步走出过去的阴影,寻求个体的救赎与新生。这一人物固守着管家身份,扼守着职业伦理,体现了个体的悲剧在大英帝国时代交替下的焦虑。小说通过描写了史蒂文斯的乡村之旅揭开了英帝国乡村神话的面纱,近距离接触到被帝国权力浇铸而成的自然风光和乡间景色,揭示了营造于其中的英国神话的虚伪性以及英国民众在帝国霸权衰落之后所面临的怀旧情绪和多元文化碰撞下英国文化的他者化。

塞尔文是特立尼达黑人英语作家,他的第一部小说《孤独的伦敦人》以战后英国伦敦为描写背景,描写了移民在 20 世纪 50 年代从西印度群岛迁往英国时在伦敦的生存困境。小说描写了伦敦的充满敌意的都市空间、黑人移民共同体的缺失、移民们收入微薄的工作以及移民家庭的无望,这些种种现状造成他们身份的迷失。该小说主要讲述了初代加勒比移民在英国的生活经历,再现了黑人移民在白人主流社会面临的种族歧视和身份认同危机。小说对现实世界空间的精准描述加重了移民内心深处的孤寂与不安;移民心灵深处的悲惨境遇则加快了现实世界中日常生活方面的空间异化。伦敦空间的概念内涵超越了地理界线的架构,"城市"在建构日常生活的感受和社会文化问题的表现以及空间内部权力机制的运作等方面都发挥了重要作用。

牙买加裔英国女作家扎迪·史密斯在小说《白牙》中叙述的事件依据在伦敦生活的琼斯、伊克巴尔、夏尔芬三家人展开。小说以代际的变化为线索,寻找多元文化背景下移民所面临的文化身份之困,以及分析如何在文化差别中寻找个体的归属感。例如史密斯笔下所呈现的伦敦不仅是具象空间内的单纯的外在物质形象描写,她将城市生活描绘进在英国文化中,并且与其他少数族裔移民的经历并行发展。小说针对其 20 世纪后半叶的伦敦繁扰复杂的空间的描绘,生动展现了多元文化并存的社会样态,记录了城市居住者在寻找空间归属时所经历的憧憬、分裂与融合的意识流变,也指出在多元文化时代下,英国移民的文化身份诉求经历了复杂的流变过程:寻根、全盘西化、最终走向建构混杂身份的流变过程。

2003 年,莫妮卡·阿里的处女作《砖巷》发表,阿里从第三世界移民视角出发,书写了这样一种身份:孟加拉裔移民在新的文化语境中跨越种族、国家、语言和文化等界限,经历了身份认同危机、文化疏离和精神挫伤后,重新建构的新的文化身份。这部小说体现出作家对西方文化优越论的批判和对当代社会政治、文化等问题的关注和思考,开拓了建构以文化杂糅为特征的新型文化身份的可能性。正如《砖巷》所传达的,孟加拉移民身处"砖巷",他们对祖国的迷思和真实的孟加拉国间的迥异反映了流散对移民身心产生的影响。

纵观英国历史,英国民族认同的形成过程是一个漫长而曲折的过程,英国性在这一过程中起到了至关重要的作用。在中世纪晚期的社会变迁中,英国统治者和精英阶层逐渐形成了共同的身份认同意识,并利用英国性加强了这一认同,使之涵盖广大民众。英国至上论和种族等级观不仅是有着上层社会的观念,而且它已存在于普通人民的日常生活中,并加深了整个国家和其民族的种族观念。这种观念的加深体现在:首先,大多数的英国人在进行海外拓殖的进程中对"帝国"和"联邦"有着深入的体验与经历,因此其种族优越感让他们获得了某些不同的期待与满足;其次,殖民国家的所见所闻被纷纷地传到国内,大多数的家庭会直接或间接地进入对殖民国家的生活体验。而在帝国殖民下所生长出的强烈的优越感,又会在学校的教育中通过一些课程,例如历史、地理和宗教等灌输给青年一代。

在英国传统社会里,由于每一个人的生活空间基本上是固定的、与之发生关联的人基本上也是确定的。因此,社会成员个体所担任的社会角色或者身份相对也比较固定,甚至是先赋性的。在这种情况下,认同相对比较简单。在第二次世界大战这一契机下,现代科学技术的进步带来了生产力巨大飞跃并随之带来了日常生活的迅猛前进,人类社会进入了一种飞速变迁中。外来移民现象是英国一种剧烈的变迁现象。大批量的移民越过了古老的领土国界,在这一过程中坚不可摧的观念和文化分界得以弱化。鉴于全球流动带来的文化交融与碰撞,各民族文化发展的不均衡是可以预见的。在某些情景里,民族身份因文化流动而表现出不同于传统的形式,使它朝着具有同一性特点的大众文化方向发展,但在其他情景里,它们或许会促生新的文化排他主义的表现方式,同时鼓励文化杂交。正如"二战"后,殖民地作家和生活在大都市的作家写作时并未相互沟通,但都不约而同地表现和描写欧洲文化中的差异。

创作主体经历的瞬息万变的生活使传统的、既定的空间边界和交往网络渐趋消弭,少数族裔作家开始用伦敦的眼光重新塑造他们遥远的故土,艺术化地把"都市"与"殖民地"叠合起来。他们在西方人眼中代表并证明了世界的多元性。一直以来,"英国性"濒于崩溃或已经崩溃,人们对传统的社会认知的社会环境被不断地更新与抽离,经历了一种前所未有的恐慌与畏怯的生存环境,对赖以确立自己民族身份的社会参照越来越模糊,失去"确定性"的个人在定位"我是谁"时,处在一种茫然不知所措的状态中。社会的急剧变化和民族文化的高频交流,导致个人坚守的社会认同方式的更替成为十分重要的思考议题。

由于移居英国的少数族裔对于权利的要求不同于本土的英国人对于权利的要求,因此需要进行重新评估。社会人口族缘结构的改变导致英国居民的混杂性特点更为明显。在情境化的跨文化问题中,"归属"已成为一个越来越复杂的术语。归属的当代状况以全球新身份政治的出现为标志,使国籍、性别、种族和语言之间的关系变得更加复杂。因为自我认同是"社会的产物",因此"归属"的当代性质动摇了民族概念化的隐含假设,群体本身和关系不是离散的统一,而是一种需要排斥和结合的社会过程。在战后英国小说中,20世纪的英国移民身处异乡,虽然记忆的延续使得他们与原乡保持着认同,但是小说中的移民有被同化的强烈愿望,他们在积极主动地融入移居国异质文化的过程中与过去的记忆出现了中断。然而,移民回乡探亲以及全球化时代的世界主义又使得移民对于家乡的记忆被激活,干预了新身份的建立。

从共时结构观之,从宗主国到殖民地和从殖民地到宗主国的离乡经验,两种迁移方向形成对比,前者是发展型移民面对冲突的主动开拓与融合,后者为生存型移民被迫漂泊与陷入困境;从历史发展观之,两者在同一历史阶段的小说中共存,充满共时性差异与历时性遗忘的表述方式既蕴含着社会主流意识形态的运作策略,也显现出英国身份认同问题的关键所在:历史的书写始终深陷于刻意片面化的建构中,导致很难达成共识。

从历史考证上观之,"不列颠人"包括讲凯尔特语的布列塔尼人和居住在大不列颠的威尔士以及康沃尔郡的人。经过漫长的岁月变迁,"英国性"这个词汇现在包括任何持有英国护照的人,而不再局限于居住在英国的人,这种所指范围的变迁隐含了历史的妥协,也就是"英国性"一定会混合各种"异质性"。英国从来都不是一个在种族成分构成上纯洁的国家,相反它具有种族"混杂共生"的特点。然而,英国一直试图掩盖,幻想勾勒出一个乌托邦世界,顽固地将"非白人性"和"白人性"对立起来。在 20 世纪末,后帝国时代的国家很快地失去了对一致性的民族认同的掌控,他者的出现从内部揭示了帝国神话的虚假,让一个杜撰出来的"英国性"逐渐失去了神圣性,同时这种历史复杂化也使西方现代社会看起来是完美衔接的。

20 世纪末期,英国社会的代表性事件诸如"帝国顺风号"靠岸五十周年的庆祝仪式以及英国废除奴隶制二百年的纪念活动都彰显了英国黑人在社会历史发展中的真实存在,显现出英国各民族文化混杂共生的现代征兆。进入 21 世纪,在全球化浪潮下,以标榜纯洁为特征的"白人性"民族特征不断变化,"白人性"与"非白人性"之间简单粗暴的二元对立被包容与融合的现代社会发展趋势所更替。从心理学角度来讲,身份建构的内在同一性和确定性被干扰破坏,无法调和的元素在人格形成中造成心理焦虑与混乱,引发身份认同的错位与危机。这种危机一旦出现如果得不到及时的解决,就会导致个人、群体乃至社会的动荡,由此衍生的社会问题则难以估计。因此,在彰显多元、强调个性的时代,移民移居英国,完成了从农村向城市的位移。身处繁华的都市,因为失去了身份确认的定位感,人们又不得不为"我们是谁"的"本体性安全"而忧虑,从而陷入了不知所措的境地。

非殖民化、流散迁徙的影响使得英国的社会生活正在快速变化。英国社会的标志出现了认同和归属的新模式。新的归属形式是以都市生活为代表的多元文化现实演变而来的。英国多元文化归属与城市主体的身份关系紧密地缠绕在一起。多元文化正在迅速取代单一文化,人性框架具有多样性的内在倾向,每种文化都具有独特性。所有的文化都是平等地培养和维持一定的人类能力,培养不同的美德和气质。包容和多样化的英国必须承认所有生活在后帝国时代中个体的身份差异性。

移民散居者必须在异质文化中确证文化身份。多元混杂的社会在不同层面造成自我身份危机,用于有效化解危机的包容温和心态由于个体差异和个人理解的偏差等原因始终无法平和地建立起来。在当今世界,几乎没有一个社会拥有"本真的"、自足的文化。英国居民身份流变的历史表明,英国社会稳定发展需要政府强有力的领导,也需要千百万居民发自内心的身份认同。英国需要给予普通百姓更多实惠,使每个社会成员都能分享国家统一和社会发展的红利,从而在国家认同中获得更多更好的生存资源和发展机会。与此相辅,政府需要给予公民良好教育和有力的社会意识引导,使每一个社会成员深刻认识"民族""宗教"的本质及其生成与发展的历史,清楚地认识"公民"的责任与形成相关意识,彻底消除少数族裔与非少数民族等狭隘性壁垒。生活在英国的少数族裔移民面临文化身份选择困境,在异乡生活的移民都不同程度地对自己的文化身份感到焦虑,在追寻文化身份过程中他们克服种种困难,最后通过杂交文化身份的重构克服本质主义的思想,想方设法找到了生活的出口。

值得注意的是,由于身份重叠给人带来"本体性安全"有多重角色和认同,所以,解决身份问题不能单独地强调一种认同而忽视其他认同。否则,就有可能引起认同危机——一种因为身份的错失而导致的认同混乱乃至冲突。对于现代社会曾一度盛行的强调民族认同超越其他各种认同的现象,英国著名历史学家霍布斯鲍姆告诫说:千万不能将认同简单地只看作民族认同,在民族认同之外,还存在其他许多不同的认同,"未来的人类在自我介绍时,不一定非得说自己是英国人、爱尔兰人或犹太人等等,他们可以根据不同目的地和场合选择不同的身份认同"①。

稍稍回顾一下历史,我们就会发现,在人类争取自由和解放的

---

① 埃里克·霍布斯鲍姆:《民族与民族主义》,李金梅译,上海:上海人民出版社,2006年,第184页。

过程中,因为过度强调"民族认同"所致的偏差及其造成的消极影响往往会破坏民族乃至人类整体的存在与发展,有时这种破坏甚至是灾难性的。这一点,在多民族统一的国家中表现得尤为突出。身份建构的内部意义在于生存个体在从个体身份到社会身份的改换中,根据具体情境所表达意义的差别而弃取自己的行为,以协调和安排身份同一性的识别与界定。社会成员因在不同的情景中扮演形色各异的角色需要,形成多重复杂的身份,依据特定情景中的言行要求来规范自己的行为举止。人们在与他人的交往过程中,依据实际行为与获益程度,编排不同的身份顺序,并依此形成自我身份期待的观念。

城市是移民历史的承载者,是"我从哪里来"的追溯者,因此也成为身份认同问题的介入与建构者。伦敦城市空间作为一种物质性存在,在文学家的笔下有多种建构。文学作品是审视社会变迁的最佳视角。面对内部日益庞大、多元化和文化背景迥异的移民群体不断冲击英国民族自我封闭的文化壁垒,给英国社会带来了多元的文化和国家认同统一性的问题,英国政府始终在还原少数族裔历史本真和移民政策的制定与规约中探索外来族群带来的社会问题,其核心正是围绕着"我们是谁"的问题来重新塑造坚实的国家认同。与之相关的争论,也引发了学界对英国民族精神气质、民族长期的共同生活基础和社会实践以及不同阶段少数族裔移民融合原则的争论。以战后英国小说为代表的英国族裔文学建构了以文化多样性为特征的英国民族认同的可能性。

近三十年来,中国现代化进程加速,城市化、城市主体、城市书写不仅成为中国当代文学的重要命题,也是中国文化亟须建设的内容。由于近年来的中国城市建设发展速度较快,而且由此所产生的巨大集聚和吸纳效应,也在对众多的人口造成吸纳作用。大量人口在较短时间内涌入城市,不但给城市的基础设施和环境容量,带来了很多新的问题和压力,更给新的城市文化建设提出了很多难题。我们不具备预知世界走向的能力,无法预言复杂的城市化世界的未来,更无从勾勒出未来城市的发展路径。但是,我们可以做一些客观的观察,就英国现代城市如何应对复杂社会问题的局面做一个梳理回顾。本书从作为资源地点的城市中移民与隔离、商业性的郊区化,从作为边缘化空间的贫民区与城市政策的关系,从分化的城市空间表征中共同体和社区的分布,到城市公共空间中文化多样性的认同,全方位、多角度观测英国文化整合再生的实施效果。社会科学家和文学评论者处理与界定城市和城镇有关问题的方式为我们认识当代英国社会的城市发展逻辑提供了参考,同时也为中国在新时代推进城市文化建设,在坚持走社会主义文化道路的过程中,面对城市的新境况作出回应提供了可资借鉴的良好示例。

参考文献

英文文献

Alison Blunt and Olivia Sheringham. "Home-City Geographies: Urban Dwelling and Mobility," *Progress in Human Geography* 43(5), 2019, pp. 815 – 834.

Andre Thacker. *Modernism, Space and the City*, Edinburgh: Edinburgh University Press, 2019.

Andrew Smith and Anne Graham. *Destinstion London: The Expansion of the Visitior Economy*, London: University of Westminster Press, 2019.

Anthony D. Smith. *National Identity*, Reno, Las Vegas and London: University of Nevada Press, 1991.

Anthony Elliott. *Routledge Handbook of Identity Studies*, London and New York: Routledge, 2011.

Ashti Anwar Muhammed. A Female Bangladeshi's Quest for Her New Identity in Monica Ali's *Brick Lane*: A Textual Analysis,

International Journal of Humanities and Cultural Studies 3，2017，pp. 185 – 202.

Avtar Brah. *Cartographies of Diaspora: Contesting Identities*，London：Routledge，1996.

Azadeh Lak，Mina Ramezani and Reihaneh Aghamolaei. "Reviving the Lost Spaces under Urban Highways and Bridge：An Empirical Study，" *Journal of Place Management and Development* 12(4)，2019，pp. 469 – 484.

Barry Cunliffe，*The Penguin Illustrated History of Britain and Ireland: From Earliest Times to the Present Day*，London：Penguin Books，2004.

Belinda Edmondson. *Making Men: Gender*，*Literary Authority*，*and Women's Writing in Caribbean Narrative*，Durham：Duke University Press，1999.

Benedict Anderson. *Imagined Communities: Reflections on the Origin and Spread of Nationalism*，London：Verso，1998.

Catharina Löffler. *Walking in the City Urban Experience and Literary Psychogeography in Eighteenth-Century London*，Wiesbaden：J. B. Metzler，2017.

Cecilie Sachs Olsen."Urban Space and the Politics of Socially Engaged Art，" *Progress in Human Geography* 43(6)，2019，pp. 985 – 1000.

Charles L. Redman. *The Rise of Civilization: From Early*

Farmers to Urban Society in the Ancient Near East, San Francisco: W. H. Freeman and Company, 1978.

Colin Hay and Daniel Bailey (Eds.). *Diverging Capitalisms: Britain, the City of London and Europe*, Cham: Springer International Publishing, 2019.

Colin Hill. *Modern Realism in English-Canadian Fiction*, Toronto, Buffalo, London: University of Toronto Press, 2012.

David Bradshaw (ed.). *Virginia Woolf: Selected Essays*, Oxford and New York: Oxford University Press, 2008.

David Farrier. "The Other is the Neighbor: The Limits of Dignity in Caryl Philip's *A Distant Shore*," *Journal of Postcolonial Writing* 44(4), 2008, pp. 403 – 413.

David Harvey. *The Condition of Post-Modernity: An Enquiry into the Origins of Cultural Change*, New York: Wiley Blackwell, 1991.

David James and Urmila Seshagiri. "Metamodernism: Narratives of Continuity and Revolution," in *PMLA* 129 (1), 2014, pp.87 – 100.

David James. Wounded Realism, *Contemporary Literature* 54(1), 2013.

Donna McCormack. *Queer Postcolonial Narratives and the Ethics of Witnessing*, London and New York: Bloomsbury, 2014.

Doreen Massey. *Questions of Locality*, Geography (Chinese),

1993，pp.142‐149.

Doreen Massey. *Spatial Division of Labour: Social Structures and the Geography of Production*，London：Macmillan，1984.

Doris Lessing. *The Four-Gated City*，London：Macgibbon & Kee Ltd.，1969.

Douglas Massey and Nancy Denton. "Segregation and the Making of the Underclass," in Jan Lin & Christopher Mele（Eds.），The Urban Sociology Reader，London：Routledge，2005，pp. 192‐201.

Gayatri Gopinath. *Impossible Desires: Queer Diasporas and South Asian Public Cultures*，Durham：Duke University Press，2005.

Gayle Greene. "Feminist Fiction and the Uses of Memory," *Journal of Women in Culture and Society* 16（2），1991，pp. 290‐321.

Geoffrey G. Hiller，Peter L. Groves，Alan F. Dilnot.（Eds.）. *An Anthology of London in Literature, 1558‐1914*，Cham：Springer International Publishing，2019.

Hans Kohn. *The Idea of Nationalism: A Study in Its Origins and Background*，Translation Publishers，2005.

Haoyang He. "Formation of the Sense of Order of Ancient Greece's External Public Space From the Perspective of Culture," *Journal of Landscape Research* 11（6），2019，pp. 154‐156.

Irene Pérez-Fernández. *Representing Third Spaces, Fluid Identities and Contested Spaces in Contemporary British Literature*, *Atlantis-Journal of the Spanish Association of Anglo-American Studies* 31(2), 2009, pp. 143 – 160.

Jan Lin and Christopher Mele (Eds.). *The Urban Sociology Reader* (2nd ed.), New York: Routledge, 2013.

Jan Lowe. *No More Lonely Londoners*, Small Axe (9), 2001, pp. 160 – 180.

Jennifer Cramer and Chris Montgomery. *Cityscapes and Perceptual Dialectology: Global Perspectives on Non-Linguists' Knowledge of the Dialect Landscape*, De Gruyter Mouton, 2016.

John Czaplicka, Andreas Huyssen and Anson Rabinbach. "Cultural History and Cultural Studies: Reflections on a Symposium," *New German Critique* (65), 1995, pp. 3 – 17.

John Eade and Christopher Mele (Eds.). *Understanding the City: Contemporary and Future Perspectives*, Oxford: Blackwell, 2002, pp. 49 – 65.

Judith Butler. *Bodies That Matter: On the Discursive Limits of "Sex"*, New York: Routledge, 1993.

Judith Butler. *Gender Trouble: Feminism and the Subversion of Identity*, New York and London: Routledge, 1999.

Kathleen O'Grady. "White Teeth: A Conversation with Author Zadie Smith," Interview Published in *Atlantis: A Woman's*

Studies Journal 27（1）. 2002，〈http：//bailiwick. lib. uiowa. edu/ wstudies/ogrady/zsmith2004.htm♯_ednl〉.

Kristin V. Monroe. *The Insecure City Space，Power，and Mobility in Beirut*，New Brunswick，New Jersey：Rutgers University Press，2016.

Len Platt. *Writing London and the Thames Estuary 1576 - 2016*，Boston：Brill Rodopi，2017.

Lewis MacLeod. "'You Have to Start Thinking All Over Again'：Masculinities，Narratology and New Approaches to Sam Selvon," *Ariel: A Review of International English Literature* 36(1 - 2)，2005，pp. 157 - 181.

Lisbeth Larsson. *Walking Virginia Woolf's London: An Investigation in Literary Geography*，Cham，Switzerland：Palgrave Macmillan，2017.

Magdalena Mączyńska. "Welcome to the Post-Anthropolis：Urban Space and Climate Change in Nathaniel Rich's *Odds Against Tomorrow*，Lev Rosen's *Depth*，and Kim Stanley Robinson's *New York* 2140," *Journal of Modern Literature* 43(2)，2020，pp. 168 - 181.

Malcolm Petrie. *Popular Politics and Political Culture: Urban Scotland*，*1918 - 1939*，Edinburgh：Edinburgh University Press，2018.

Mark Abrahamson. *Global Cities*，New York：Oxford Unviersity Press, 2004.

Matthew L. Newsom Kerr. *Contagion*, *Isolation and Biopolitics in Victorian London*, Cham: Springer International Publishing, 2018.

Micek Michał and Staszewska Sylwia. "Urban and Rural Public Spaces:Development Issues and Qualitatives Assessment," *Bulletin of Geography: Socio-economic Series* 45 (4), 2019, pp. 75 – 93.

Michael Miller. "SusanSteinberg: Spectacle." *The Literary Review* 56(1), 2013, pp. 184 – 186.

Michel de Certeau. *The Practice of Everyday Life*, Berkeley: University of California Press, 1988.

Muhammad Anwar. *Between Cultures: Continuity and Change in the Lives of Young Asians*, Routledge Press, 1988.

Myron A. Levine (ed.). *Clashing Views in Urban Studies*, Beijing: Foreign Language Teaching and Researching Press, 2015.

Natasha Distiller and Melissa Steyn (Eds.). *Under Construction: "Race" and Identity in South Africa Today*, Heinemann, 2004.

Nick Bentley. "Form and Language in Sam Selvon's *The Lonely Londoners*," *Ariel: A Review of International English Literature* 36(3 – 4),2005, pp.67 – 84.

Nick Hubble, and Philip Tew, Lynn Wells. London in Contemporary British Fiction: The City Beyond the City, London: Bloomsbury Academic, 2016.

Nick Hubbles, Philip Tew and Lynn Wells (eds.). *London in Contemporary British Fiction the City Beyond the City*, London: Bloomsbury Academic, 2016.

Pangallo Matteo. "Producing Early Modern London: A Comedy of Urban Space, 1598 - 1616," *Early Theatre* 22, 2019(1): 179 - 182.

Patricia Pye, *Sound and Modernity in the Literature of London, 1880 - 1918*, London: Palgrave Macmillan, 2017.

Paul Giles, "Sentimental Posthumanism: David Foster Wallace," *Twentieth Century Literature* 53(3), 2007, pp. 327 - 344.

Paul Gilroy. *There Ain't No Black in the Union Jack: The Cultural Politics of Race and Nation*, London: Routledge, 1987.

Paul L. Knox and Peter J. Taylor. *World Cities in a World-System*, Cambridge University Press, 1995.

Peter Bromhead. *Life in Modern Britain*, Harlow: Longman Group Ltd., 1991.

Peter Brooker and Peter Widdowson. *A Practical Reader in Contemporary Literary Theory*, London: Prentice Hall, 1996.

Peter Childs, Shahana Edmund and Mike Storry. *British Cultural Identities*, London: Routledge, 1997.

Peter Fryer. *Staying Power: The History of Black People in*

Britain, London: Pluto Press, 1984.

Peter J. Hugill. *Upstate Arcadia: Landscape, Aesthetics, and the Triumph of Social Differentiation in America*, Lanham, Md: Rowman & Littlefield, 1995.

Rachel Lichtenstein. *On Brick Lane*, London: Penguin Books, 2008.

Rebecca Dyer. "Immigration, Postwar London, and the Politics of Everyday Life in Sam Selvon's Fiction," *Cultural Critique* (52), 2002, pp. 108 – 144.

Richard T. LeGates and Frederic Stout (Eds.). *The City Reader* (5ᵗʰ ed), London: Routledge, 2011.

Robert Young. *Colonial Desire: Hybridity in Theory, Culture and Race* (2nd ed), United Kingdom: Routledge, 2008.

Roddolfo D. Torres, Louis F. Miron and Jonathan Xavier Inda(Eds.). *Race, Identity, and Citizenship: A Reader*, Oxford: Blackwell Publishers, 1999.

Rosi Braidotti. *Nomadic Subjects: Embodiment and Sexual Difference in Contemporary Feminist Theory*, New York: Columbia University Press, 1994.

Rupert Brown and Dora Capozza (Eds.). *Social Identities: Motivational, Emotional and Cultural Influences*, Hove, England: Psychology Press, 2006.

Sam Selvon. *The Lonely Londoners*, Toronto: Penguin

Group，2006.

Sara Nichols. "Biting off More than You Can Chew: Review of Zadie Smith's 'White Teeth'," *New Labor Forum* (9), 2001, pp.62 – 66.

Saskia Sassen. *The Global City: New York*, *London*, *Tokyo*, Princeton University Press，2001.

Setha Low and Neil Smith. *The Politics of Public Space*, London: Routledge，2006.

Sharon Zukin. "Doing Postmodernism: A Forum," *Theory and Society* 21(4), 1992, pp. 463 – 465.

Stephanie Merritt. "She's Young, Black, British—and the First Publishing Sensation of the New Millennium," January 16, 2000, ⟨http://books.guardian.co.uk/departments/generalfiction/story/0, 122817,00.html⟩.

Stuart Hall and Paul du Gay (Eds.). *Questions of Cultural Identity*, London: Sage Publication，2003.

Susheila Nasta. *Home Truths: Fictions of the South Asian Diaspora in Britain*, New York: Palgrave，2002.

Thomas E. Jordan. *Quality of Life and Mortality in Seventeenth Century London and Dublin*, Cham: Springer International Publishing，2017.

Thomas Hylland Eriksen. *Ethnicity & Nationalism: Anthropological Perspectives*, London: Pluto Press，2010.

Tim Murray and Penny Crook. *Exploring the Archaeology of the Modern City: Melbourne and Sydney Compared*. Melbourne：Springer，2019.

Vania L. Sandoval. *The Meaning of Leisure: Definitions and Practices Among Migrant and Non-Migrant Women in an Urban Space*，Cham：Springer International Publishing，2017.

Wai-Chew Sim. *Globalization and Dislocation in the Novels of Kazuo Ishiguro*，New York：The Edwin Mellen Press，2006.

William Bloom. *Personal Identity*，*National Identity and International Relations*，U. K. ：Cambridge University Press，1990.

William J. Wilson. *The Truly Disadvantaged: The Inner City*，*The Underclass and Public Policy*，Chicago：University of Chicago Press，1987.

中文文献

阿尔弗雷德·格罗塞:《身份认同的困境》,王鲲译,北京:社会科学文献出版社,2010 年。

阿雷恩·鲍尔德温等:《文化研究导论》,陶东风等译,北京:高等教育出版社,2004 年。

阿丽亚娜·舍贝尔·达波洛尼亚:《种族主义的边界——身份认同、族群性与公民权》,钟震宇译,北京:社会科学文献出版社,2015 年。

埃比尼泽·霍华德:《明日的田园城市》,金经元译,北京:商务印书馆,2000年。

　　埃里克·H.埃里克森:《同一性:青少年与危机》,孙名之译,北京:中央编译出版社,2015年。

　　艾勒克·博埃默:《殖民与后殖民文学》,盛宁、韩敏中译,沈阳:辽宁教育出版社,1998年。

　　艾伦·哈丁、泰尔佳·布劳克兰德:《城市理论——对21世纪权力、城市和城市主义的批判性介绍》,王岩译,北京:社会科学文献出版社,2016年。

　　爱德华·W.萨义德:《文化与帝国主义》,李琨译,北京:生活·读书·新知三联书店,2016年。

　　爱德华·W.苏贾:《后现代地理学》,王文斌译,北京:商务印书馆,2004年。

　　安东尼·D.史密斯:《民族主义:理论、意识形态、历史》,叶江译,上海:上海人民出版社,2006年。

　　安东尼奥·葛兰西:《狱中札记》,葆煦译,北京:人民出版社,1983年。

　　班纳迪克·安德森:《想象的共同体》,吴叡人译,台北:时报文化出版企业有限公司,1999年。

　　包亚明主编:《后现代性与地理学的政治》,上海:上海教育出版社,2001年。

　　包亚明主编:《现代性与空间的生产》,上海:上海教育出版社,2003年。

　　保罗·霍普:《个人主义时代与共同体重建》,沈毅译,杭州:浙江大学出版社,2010年。

　　本尼迪克特·安德森:《想象的共同体:民族主义的起源与散布》,吴叡人译,上海人民出版社,2003年。

　　彼得·伯格、托马斯·卢克曼:《现实的社会构建》,王涌译,北京:北京大学出版社,2009年。

　　邴金伏、杨明杰:《困扰欧洲的移民问题》,载《现代国际关系》1991年第5期,第45—49页。

　　蔡永良、祝秋利、颜丽娟:《英吉利文明》,上海:上海三联书店,2014年。

　　查蒂·史密斯:《白牙》,周丹译,海口:南海出版社,2008年。

　　查尔斯·蒂利:《身份、边界与社会联系》,谢岳译,上海:上海人民出版社,2008年。

　　查尔斯·泰勒:《自我的根源——现代认同的形成》,韩震等译,南京:译林出版社,2008年。

　　陈伯海:《"文学是人学"再续谈——贺钱师百岁寿诞》,载《华东师范大学学报》(哲学社会科学版)2017年第4期,第33—35页。

　　陈淳:《聚落考古与城市起源研究》,载《杭州师范大学学报》(社会科学版)2014年第1期,第47—57页。

　　陈宇飞:《城市文化概论》,北京:文化艺术出版社,2008年。

　　陈蕴茜:《空间维度下的中国城市史研究》,载《学术月刊》2009年第10期,第142—145页。

　　道格·桑德斯:《落脚城市》,陈信宏译,上海:上海译文出版社,2012年。

德波拉·史蒂文森:《城市与城市文化》,李东航译,北京:北京大学出版社,2015 年。

邓中良、华菁译:《〈巴黎评论〉莱辛访谈录》,〈http://ewen.cc/qikan/bkview.asp?bkid=150276&cid=462409〉(2008 -11‒23)。

多丽丝·莱辛:《影中漫步》,朱风余译,西安:陕西师范大学出版社,2008 年。

厄内斯特·盖尔纳:《民族与民族主义》,韩红译,北京:中央编译出版社,2002 年。

尔东:《乡村,西方贵族的生活场》,载《安家》2018 年第 3 期,第 20—21 页。

菲利克斯·格罗斯:《公民与国家——民族、部族和族属身份》,王建娥、魏强译,北京:新华出版社,2003 年。

弗朗兹·法农:《黑皮肤,白面具》,万冰译,南京:译林出版社,2005 年。

弗里德里希·梅尼克:《世界主义与民族国家》,孟钟捷译,上海:上海三联书店,2007 年。

盖奥尔格·西美尔:《社会学——关于社会化形式的研究》,林荣远译,北京:华夏出版社,2004 年。

耿喜波:《二战后英国移民政策的演变》,载《广西社会科学》2004 年第 5 期,第 144—146 页。

贺玉高:《霍米·巴巴的杂交性身份理论研究》,北京:中国社会科学出版社,2012 年。

华梅:《人类服饰文化学》,天津:天津人民出版社,1995 年。

黄继刚：《身体现代性的生成及其话语向度——以晚近"身体遭逢"为对象》，载《文艺理论研究》2018年第3期，第169—178页。

黄仲山：《当代城市移民文化变迁与文化共同体建构》，载《中华文化论坛》2018年第4期，第68—73页。

加里·古廷：《福柯》，王育平译，南京：译林出版社，2013年。

蹇昌槐：《西方小说与文化帝国》，武汉：武汉大学出版社，2004年。

杰西卡·曼：《写书是一种艰辛的苦力——多丽丝·莱辛访谈》，邹永梅译，载《译林》2007年第6期。

凯文·林奇：《城市意象》，方益萍、何晓军译，北京：华夏出版社，2001年。

雷蒙·威廉斯：《乡村与城市》，韩子满等译，北京：商务印书馆，2013年。

李雪梅：《"正常心灵"的异类：黑人妇女阶级——酷读〈天堂〉》，载《西安外语大学学报》2016年第3期，第96—101页。

李银河：《酷儿理论面面观》，载《国外社会科学》2002年第2期，第23—29页。

理查德·利罕：《文学中的城市：知识与文化的历史》，吴子枫译，上海：上海人民出版社，2009年。

刘白、蔡熙：《论本雅明的城市空间批评》，载《当代外国文学》2015年第2期，第140—146页。

刘易斯·芒福德：《城市文化》，宋俊岭、李翔宁、周鸣浩译，北京：中国建筑工业出版社，2009年。

路易·阿尔都塞：《哲学与政治：阿尔都塞读本》，陈越编译，长春:吉林人民出版社,2004 年。

罗宾·多克:《伊斯兰世界帝国》,王宇洁、李晓瞳译,北京:商务印书馆,2015 年。

罗伯特·E. 帕克、欧内斯特·W. 伯吉斯:《城市——有关城市环境中人类行为研究的建议》,杭苏红译,北京:商务印书馆,2016 年。

罗钢、刘向愚主编:《后殖民主义文化理论》,北京:中国社会科学出版社,1999 年。

马海良:《后结构主义》,载《外国文学》2003 年第 6 期,第 59—64 页。

马克·戈特迪纳、雷·哈奇森:《新城市社会学》,黄怡译,上海:上海译文出版社,2011 年。

迈克·费瑟斯通:《消费文化与后现代主义》,刘精明译,南京:译林出版社,2000 年。

迈克·克朗:《文化地理学》,杨淑华、宋慧敏译,南京:南京大学出版社,2005 年。

曼弗雷德·B. 斯蒂格:《全球化面面观》,丁兆国译,南京:译林出版社,2013 年。

曼纽尔·卡斯特:《认同的力量》,曹荣湘译,北京:社会科学文献出版社,2006 年。

梅丽:《从〈长日留痕〉看英国"二战"后的文化困境》,载《解放军外国语学院学报》2018 年第 1 期,第 15—21 页。

米尔希·埃利亚德:《神秘主义、巫术与文化风尚》,宋立道、鲁奇译,北京:光明日报社,1990 年。

米歇尔·福柯:《不正常的人》,钱翰译,上海:上海人民出版社,
2003 年。

米歇尔·福柯:《疯癫与文明》,刘北成、杨远婴译,北京:生活·
读书·新知三联书店,2003 年。

米歇尔·福柯:《空间、知识、权力——福柯访谈录》,载包亚明
主编《后现代性与地理学的政治》,上海:上海教育出版社,2001 年,
第 1—17 页。第 13—14 页。

莫里斯·哈布瓦赫:《论集体记忆》,毕然、郭金华译,上海:上海
人民出版社,2002 年。

莫妮卡·阿里:《砖巷》,蒲隆译,北京:人民文学出版社,2005 年。

潘毅:《书写城市》,上海:牛津大学出版社, 2003 年,第 362 页

珀西·H. 波恩顿:《笔尖下的伦敦》,王京琼等译,北京:中国青
年出版社,2015 年。

綦亮:《民族身份的建构与解构:论伍尔夫的文化帝国主义》,载
《国外文学》2012 年第 2 期,第 67—76 页。

乔治·赫伯特·米德:《心智、自我与社会》,渠东译,北京:生
活·读书·新知三联书店,2000 年。

塞缪尔·亨廷顿:《文明的冲突与世界秩序的重建》,周琪、刘绯
等译,北京:新华出版社,2010 年。

尚杰:《空间的哲学:福柯的"异托邦"概念》,《同济大学学报》
(社会科学版)2005 年第 3 期,第 18—24 页。

石黑一雄:《长日留痕》,冒国安译,南京:译林出版社,2014 年。

孙妮:《V. S. 奈保尔小说研究》,合肥:安徽人民出版社,2007 年。

塔尔科特·帕森斯:《社会行动的结构》,张明德、夏遇南、彭刚译,南京:译林出版社,2008 年。

唐娜·戴利、约翰·汤米迪:《伦敦文学地图》,张玉红等译,上海:上海交通大学出版社,2011 年。

特瑞·伊格尔顿:《文化的观念》,方杰译,南京:南京大学出版社,2003 年。

王卉:《〈孤独的伦敦人〉中的身份迷失》,载《外语研究》2016 年第 4 期,第 104—109 页。

王宁编:《全球化与文化:西方与中国》,北京:北京大学出版社,2002 年。

王烨:《"后帝国"时代英国乡村神话的祛魅——石黑一雄小说〈长日留痕〉的空间权力分析》,载《当代外国文学》2018 年第 3 期,第 137—143 页。

王涌:《战后英国移民政策透视》,载《世界历史》2002 年第 3 期,第 47—55 页。

王卓:《"主""客"之困——论扎迪·史密斯新作〈西北〉中的空间政治和伦理身份困境》,载《当代外国文学》2015 年第 3 期,第 99—105 页。

夏建中:《新城市社会学的主要理论》,载《社会学研究》1998 年第 4 期,第 47—53 页。

肖云华:《菲利普·拉金:英国性转向与个人焦虑》,载《世界文学评论》2008 年第 2 期,第 63—66 页。

休·希顿-沃森:《民族与国家——对民族主义起源与民族主义政治的探讨》,吴洪英、黄群译,北京:中央民族大学出版社,2009 年。

雅克·拉康:《拉康选集》,褚孝全译,上海:上海三联书店,2001 年。

杨宁:《城市、空间与人——杨德昌电影中的台北城市形象》,载《当代电影》2007 年第 6 期,第 106—109 页。

约恩·吕森:《历史思考的新途径》,綦甲福、来炯译,上海:上海人民出版社,2005 年。

约翰·伦尼·肖特:《城市秩序:城市、文化与权力导论》,郑娟、梁捷译,上海:上海人民出版社,2015 年。

约翰·汤林森:《文化帝国主义》,冯建三译,上海:上海人民出版社,1999 年。

约翰·汤姆林森:《全球化与文化》,郭英剑译,南京:南京大学出版社,2002 年。

曾艳红:《服饰:文化的一种载体及传播媒介》,载《丝绸》2013 年第 1 期,第 58—62 页。

扎迪·史密斯:《西北》,赵舒静译,上海:上海译文出版社,2015 年。

翟晶:《边缘世界——霍米·巴巴后殖民理论研究》,北京:文化艺术出版社,2011 年。

张杰:《复调小说的作者意识与对话关系——也谈巴赫金的复调理论》,载《外国文学评论》1989 年第 4 期,第 37—44 页。

张鹂:《城市里的陌生人:中国流动人口的空间、权力与社会网络的重构》,袁长庚译,南京:江苏人民出版社,2014 年。

张卫良:《19 世纪伦敦东区:一个城市的"另类世界"》,载《世界历史》2015 年第 5 期。

张一兵:《从自恋到畸镜之恋——拉康镜像理论解读》,载《天津社会科学》2004 年第 6 期,第 12—18 页,转 74 页。

赵娜:《后现代主体理论转向中的朱迪斯·巴特勒性别操演理论再审视》,载《安徽师范大学学报》(人文社会科学版)2017 年第 4 期,第 522—528 页。

周小粒:《试析〈1948 年英国国籍法〉》,《世界历史》2012 年第 3 期,第 41—52 页转 158—159 页。

朱迪斯·巴特勒:《性别麻烦:女性主义与身份的颠覆》,宋素凤译,上海:上海三联书店,2009 年。

D. 佛克马、E. 蚁布思:《文学研究与文化参与》,俞国强译,北京:北京大学出版社,1997 年。

P. J. 马歇尔主编:《剑桥插图大英帝国史》,樊新志译,北京:世界知识出版社,2004 年。

R. E. 帕克等:《城市社会学——芝加哥学派城市研究文集》,宋俊岭等译,北京:华夏出版社,1987 年。

V. S. 奈保尔:《抵达之谜》,蔡安洁译,海口:南海出版公司,2016 年。

V. S. 奈保尔:《奈保尔家书》,北塔、常文祺译,杭州:浙江文艺出版社,2006 年。